AF579105

Nella memoria eterna dell'Universo
il passato e il presente coesistono.

Nel ricordo di mia madre N.D. Bianca Cappello
(pronipote della Granduchessa)

I MISTERI DI BIANCA CAPPELLO
Graduchessa di Toscana

La storia vera
(da documenti inediti)

ENZO ROSSI

Design di copertina: Manuela Designer

Codice ISBN: 979-12-210-6969-3

Indice

PREFAZIONE

In quanto discendente dalla famiglia Cappello da parte di madre, Bianca Cappello, omonima della granduchessa, il mio interesse per la vita di questa nostra eccezionale antenata affonda le sue radici già negli anni della mia prima giovinezza. In famiglia si parlava spesso di lei, famosa patrizia veneta e personaggio storico, essendo stata la granduchessa di Toscana. Nel nostro albero genealogico il suo nome appare sormontato da una corona e la cosa mi incuriosiva fin dall'infanzia.

Osservavo anche la sua immagine di dama rinascimentale dipinta negli arazzi di casa Cappello, dove sono nato. Negli anni ho raccolto molte notizie sulla vita di Bianca Cappello. La vicenda di Bianca Cappello è stata oggetto di grande interesse storico, nel corso dei secoli, anche per il giallo tuttora irrisolto della sua misteriosa fine. Avvenne il 20 ottobre del 1587, a 11 ore dalla morte del marito, il granduca Francesco I.

Il mistero continua da 450 anni…

La ricostruzione dettagliata della singolare vita di Bianca mi è stata resa possibile dalla consultazione di documenti originali, carteggi e dispacci, conservati negli archivi di Stato di Venezia e Firenze ma anche dalla lettura di antichi testi, oggi introvabili, che abbiamo in famiglia. Alcuni di essi, lasciatimi dalle mie zie Cappello, contengono notizie risalenti al XVI secolo, riportate "in diretta" dai cronisti del tempo. Testimonianze scritte sono anche a Roma, negli archivi segreti vaticani, nelle raccolte dei Gonzaga (Mantova), degli Este (Ferrara e Modena) dei Bentivoglio (Bologna), degli Asburgo (Vienna e Madrid), dei Valois (Parigi). Ho confrontato il nostro materiale privato con i documenti originali conservati negli archivi pubblici. In essi è possibile consultare perfino i singoli dispacci degli ambasciatori trasmessi ai governati dell'epoca (alcuni sono scritti in latino, altri in volgare e in francese) e le lettere originali scambiate fra i protagonisti della vicenda di Bianca. La ricostruzione cronologica dei fatti è la risultante del confronto e del coordinamento dei contenuti e delle date. Un lavoro certosino e impegnativo durato oltre vent'anni.

Questo lavoro mi ha proiettato, come una macchina del tempo, nell'affascinante epoca del Rinascimento italiano. Ho così potuto ammirare, quasi come un testimone oculare, il "modus vivendi" elegante e raffinato di 500 anni fa, completamente diverso da quello, superficiale e volgare, dei nostri giorni.

Questo libro dedicato alla vita della patrizia veneziana Bianca Cappello, granduchessa di Toscana per otto anni (dal 1579 al 1587) non è pertanto una storia romanzata. Il racconto potrebbe sembrare di fantasia, tanto sono incredibili le vicende storiche della sua vita, ma è totalmente basato sui documenti originali e sulle testimonianze dirette di cronisti coevi. Ci sono perfino le lettere autografe della stessa Bianca (conservate negli Archivi di Stato citati), i dispacci del papa ai nunzi apostolici a Firenze, quelli fra i due fratelli: il granduca Francesco de' Medici e il cardinale Ferdinando, le comunicazioni degli ambasciatori delle varie corti residenti a Firenze e a Venezia ai loro signori, le relazioni dei dottori che curarono i granduchi nei loro ultimi tredici giorni ed altre centinaia di documenti originali dell'epoca.

Ad essi si aggiungono le cronache di alcuni contemporanei famosi come i poeti: Torquato Tasso, Francesco Bembo, Celio Malaspini e altri letterati, non solo italiani. Per esempio il filosofo francese Montaigne che fu assiduo ospite di Francesco e Bianca a Firenze, nella corte medicea. Ci sono pervenute anche alcune memorie private di Bianca che pare siano state ritrovate nel XVIII secolo da un antiquario fiorentino nella dimora che fu di proprietà della dama veneta in via Maggio a Firenze. Esse furono pubblicate nel 1823 da Stefano Ticozzi, un letterato, storico, scrittore e ricercatore di chiara fama, nato nel 1762. Si tratta di un diario che contiene incredibili coincidenze storiche con i documenti originali conservati negli Archivi di Stato citati, ai quali peraltro si fa riferimento prioritario.

Può sembrare strano che la vita e le vicende di Bianca siano state seguite in dettaglio dagli ambasciatori e delle signorie dell'epoca già a partire dalla sua fuga romantica da Venezia con il giovane fidanzato plebeo, di cui si racconterà. Il motivo è che allora c'era un controllo molto stringente fra i potentati italici. Tutti i fatti, anche quelli in apparenza di poco conto, erano considerati rilevanti. Bianca Cappello apparteneva ad una delle più importanti famiglie di Venezia (un suo zio, il patrizio Ser Paolo Cappello, qualche anno prima della nascita di Bianca, aveva sfiorato l'elezione a doge per pochi voti).

La vicenda della fuga romantica della giovane patrizia veneta si tradusse da subito in una serie di complicazioni diplomatiche fra Firenze e Venezia. Il marito di Bianca, il plebeo Pietro Bonaventuri, suo compagno di fuga, all'inizio era probabilmente innamorato, o quantomeno infatuato dalla bellezza e dal carattere solare e gentile di Bianca, ma lo era certamente anche della sua cospicua dote. Costui non era, come si dice, uno "stinco di santo" e, una volta a Firenze, cominciò presto a frequentare le alcove di altre donne, trascurando completamente la sua pur bellissima sposa. Pare che, superato il primo anno di serenità coniugale, il marito cominciasse a trattarla molto male e perfino con violenza. E che, oltre a frequentare le belle donne fiorentine, amasse un po' troppo il vino toscano e la malmenasse da ubriaco.

La vita sentimentale di Bianca fu "monitorata" (come si direbbe oggi) già a partire dalla sua rocambolesca fuga di sedicenne da Venezia (nel novembre 1563) fino alla sua morte per presunto avvelenamento avvenuta il 20 ottobre 1587.

Per la sua vicenda possiamo pensare a qualcosa di simile a quanto capitato più recentemente, pur se per questioni diverse, al famoso personaggio della casa reale inglese, Lady Diana. Una principessa perennemente inseguita dai paparazzi e dai media di mezzo mondo fino all'istante della sua misteriosa morte a Parigi, nell'incidente d'auto, mentre aveva alle costole un nugolo di fotografi e di giornalisti.

Dalla attenta ricostruzione di questo libro esce un ritratto di Bianca completamente differente da quello che il cognato Ferdinando volle divulgare dopo essere diventato granduca al posto del fratello Francesco. Le lettere di Bianca e le puntuali risposte che ricevette dai suoi interlocutori consegnano alla storia un profilo inaspettato di Bianca Cappello: quello vero. Smantellano completamente le superficiali valutazioni su di lei e sulle sue vicende che furono distorte e mistificate, subito dopo la sua misteriosa morte, dalla sistematica "*damnatio memoriae*" orchestrata dal cognato Ferdinando. Quest'ultimo falsificò di persona dei documenti importanti e, come vedremo, altri ne fece falsificare da personaggi prezzolati da lui. Perciò fece in modo che Bianca, al contrario apprezzatissima granduchessa dalle qualità oggi pienamente riconosciute dai veri storici, divenisse un facile bersaglio da parte dei superficiali commentatori fiorentini del tempo.

Dal seguente racconto si desumono invece, con evidenza, le elevate qualità politico-diplomatiche di Bianca nel periodo in cui fu la sovrana di Toscana. Le sue caratteristiche di intelligente e avveduta diplomatica (il suo "skill" si direbbe oggi) hanno fortemente caratterizzato il periodo della sua co-reggenza del Granducato di Toscana durante gli otto anni in cui fu l'amatissima sposa del granduca Francesco I. In quel periodo dimostrò di saper tenere in mano le redini politiche. sia interne che interazionali del granducato, forse più del suo stesso marito, maggiormente attratto dalle proprie ricerche naturalistiche, alchemiche, tecnologiche e di collezionista d'arte piuttosto che dalle, per lui noiose, faccende di gestione del granducato. Francesco lasciava volentieri gestire le incombenze diplomatiche e di governo alla granduchessa Bianca per quanto riguarda i rapporti con le altre corti italiane ed europee del tempo e per gli affari interni della Toscana.

Sbaglia chi riduce quello di Bianca ad un ruolo di secondo piano, facendo riferimento unicamente al periodo in cui fu una delle giovani damigelle favorite della corte medicea (in cui peraltro aveva un incarico operativo anche il suo giovane marito).

Francesco allora non era ancora sposato con Giovanna d'Austria, ma suo padre, Cosimo de' Medici, duca di Toscana, lo convinse a farlo per meri motivi di opportunità politica (il matrimonio fu il 18 dicembre 1565, due anni dopo la fuga di Bianca a Firenze). Giovanna d'Austria era piccola e decisamente bruttina, ma era una delle figlie dell'imperatore austriaco del Sacro Romano Impero, Ferdinando I d'Asburgo. Francesco, da sposato con l'austriaca, non l'amò mai: amava solo Bianca della quale si era perdutamente innamorato da quasi due anni.

Anche Bianca, una volta rimasta vedova per la morte violenta del marito da parte della famiglia De' Ricci (nel 1572, per ragioni d'onore), amò sempre, pienamente e fedelmente, solo Francesco.

Mi domando allora: perché si considera Bianca solo per il breve tempo (1575-1578) in cui fu la presunta amante del granduca e non invece per il ben più lungo e importante periodo (1578-1587) in cui fu una delle più importanti regnanti del suo tempo? Anche riguardo a questa diceria su di lei come amante del granduca Francesco I ci sono dei forti dubbi. Il confine fra il ruolo di dama di corte e quello di amante allora era piuttosto indefinito. Si collocava a metà strada fra l'ammirazione per la bellezza (e la personalità) di una donna indubbiamente speciale come Bianca e l'effettiva esistenza di rapporti carnali e consenzienti tra due persone.

A questo proposito può essere curioso leggere alcuni dispacci inviati dagli ambasciatori veneziani a Firenze alle loro Signorie conservati nell'Archivio di Stato di Venezia. Riportano, esprimendo *grande maravilia*, che il granduca Francesco I, ogni domenica mattina, si posizionasse in centro a Firenze rimanendo in attesa, in sella al suo cavallo (obbligando il suo seguito a fare lo stesso) per cercare di sapere, mediante alcuni suoi servitori sguinzagliati nelle principali chiese della città, in quale di esse si recasse Bianca per assistere alla messa. Non appena veniva informato dove lei era andata, si recava al galoppo presso la chiesa in questione ed entrava ponendosi nella fila di banchi opposta a quelli dove lei era inginocchiata. Poi cominciava a fissarla insistentemente, fino a che lei non gli rivolgeva i suoi occhi azzurro-chiaro e il suo sorriso smagliante. Inutile dire che l'ambasciatore veneziano a Firenze (allora veniva trasmesso anche questo tipo di notizie, oggi diremmo "gossip"), aggiungeva pungenti osservazioni alla descrizione del comportamento del principe, che definiva ridicolo e adolescenziale. Si leggono commenti decisamente canzonatori, tipici dello spirito veneziano: *"…el par un putelo et el fa ridare tuti"* (sembra un adolescente innamorato e fa ridere tutti). Ora, uno che si comportava così era evidentemente in preda ad un innamoramento totalizzante nei confronti di una dama sposata che evidentemente lo "teneva a distanza".

Queste notizie (documentate) sul comportamento "puerile" del principe erano riferite anche da altri ambasciatori a Firenze (come per esempio quello di Ferrara: Ercole Cortile). Continuarono ad essere trasmesse fra la corti del tempo fino a qualche anno prima del matrimonio di Francesco e Bianca (avvenuto nel 1578), il che fa supporre che la cattolicissima Bianca, prima di rimanere vedova (1572), non fosse così "disponibile" verso il granduca. Se infatti Francesco l'avesse avuta come amante consenziente, certamente non gli sarebbe stato necessario stazionare con il suo drappello ogni domenica, in attesa di sapere dove Bianca sarebbe andata per la messa, al solo scopo di vederla. Il citato ambasciatore estense, Ercole Cortile, riferì al suo signore, Alfonso d'Este, di questo comportamento del granduca almeno fino al 1574, quattro anni prima del matrimonio tra Francesco e Bianca.

Dopo una certa data, che i documenti pongono intorno al 1575, Bianca, che quell'anno era comunque una donna ormai libera da legami matrimoniali, in quanto vedova dal 1572, probabilmente cedette alla pressante corte del pur sposato Francesco quando questi le propose di avere un figlio da lei. In quegli anni la legittima moglie di lui era Giovanna d'Austria, che rimase in vita fino al 1578, ma che gli dava solo figlie femmine. Le regole dinastiche prevedevano che, in questo caso, il governante fosse libero di cercare di avere un figlio anche fuori dal matrimonio.

Alcuni commentatori cattolici considerano una grave colpa spirituale di Bianca il fatto di essere stata disponibile ad avere un figlio dallo sposato granduca Francesco prima del 1578, come detto, l'anno della morte di Giovanna d'Austria, e prima del loro regolare matrimonio religioso. Ma nessuno può ergersi a giudice e condannare l'anima di una persona senza conoscere nei dettagli le motivazioni dinastiche e i comportamenti conseguenti.

Da alcuni scambi epistolari del 1574 di Bianca con i suoi cugini Andrea e Girolamo Cappello a Venezia [1] sembra che in quegli anni il granduca pressasse Bianca e la facesse sorvegliare strettamente da sua sorella Isabella de' Medici, moglie di Paolo Orsini, duca di Bracciano. Bianca aveva deciso di rientrare a Venezia dopo essere rimasta vedova. Segno che se da un lato il granduca la teneva sotto controllo tramite la sorella perché evidentemente ne era sempre innamorato, dall'altro Bianca pensava invece a rifarsi un futuro ritornando nella sua città natale. E allora perché mai un'amante, solo ipoteticamente consenziente, del principe della Toscana avrebbe cercato di andarsene da Firenze? Quindi, almeno fino al 1574, Bianca fu certamente una donna libera e probabilmente solo corteggiata, pur se in maniera ossessionante, da Francesco.

Ma nel 1575 successe un fatto misterioso che le fece cambiare idea, come vedremo in dettaglio nel racconto storico e nelle sue lettere originali inviate ai cugini a Venezia. Nella ricostruzione dei fatti che seguirà questa premessa (necessaria per comprendere meglio la vicenda) si sono voluti considerare anche gli aspetti etici per inquadrare meglio la personalità di Bianca e il suo "identikit spirituale". I due

---

[1] *Archivio di Stato di Firenze – Filza 5945b, n. 196 lettere*

granduchi, al momento della loro morte nella villa di Poggio a Caiano, furono assistiti spiritualmente dal frate domenicano Maranta, inviato dal cappellano della vicina chiesa di S. Maria di Bonistallo, Giovan Battista Seriacopi. Il Maranta raggiunse i capezzali dei granduchi che si confessarono e si comunicarono in punto di morte. Entrambi in quel momento erano ancora in grado di parlare, come indicato nei resoconti scritti da coloro che li stavano assistendo (i medici di corte ed alcuni religiosi).

Poco prima del decesso fu loro impartita l'estrema unzione che, come i cattolici informati sanno bene, assolve in punto di morte chiunque da qualsiasi peccato grazie alla Misericordia di Dio ed alla Grazia spirituale di detto sacramento, basato sul sacrificio terreno di Gesù sulla croce. È la conseguenza teologica della Grazia diffusa sull'Umanità dall'uccisione-sacrificio di Dio fattosi umano e colpito a morte dal Male per averci rivelato l'esistenza certa dell'Aldilà e per averci indicato l'etica corretta per andare in Paradiso ed evitare la condanna spirituale eterna (per chi crede al Vangelo). Ovviamente per gli atei questi interrogativi sul destino delle anime di Francesco e Bianca e sul loro attuale "status trascendente" nell'eventuale Aldilà, non sono di alcuna importanza. Ma, considerata la loro fede, dimostrata con evidenza in punto di morte (quando non si può più barare) non si spiegano gli epiteti dispregiativi da parte di alcuni storici (sia cattolici che atei) di cui fu fatta oggetto la memoria di Bianca.

Riguardo ai giudizi dei cattolici sugli eventuali convegni adulterini dei granduchi (ma non è ovviamente provato che ci furono prima del 1575) sappiamo con certezza che lei accettò di avere un figlio da lui per le ragioni dinastiche che vedremo oltre. Va comunque osservato che in quel tempo perfino i papi si macchiavano di trasgressioni di tipo sessuale. Secondo la visione cattolica i comportamenti di alcuni papi furono maggiormente inaccettabili rispetto a quelli analoghi dei laici. Il loro "status" di vicari di Cristo rende infatti particolarmente gravi le loro immoralità. Un esempio è quello di Rodrigo Borgia, che fu papa col nome di Alessandro VI. Da papa, ebbe quattro figli naturali, fra cui la famosa Lucrezia Borgia. Invece per quanto riguarda le eventuali colpe "di violenza" del granduca Francesco (alcuni dei Medici furono famosi per non essere troppo mansueti nei confronti degli oppositori) occorre ricordare che Francesco pragmaticamente dovette governare uno stato. In caso di congiure, reagì ovviamente con durezza anche attraverso condanne capitali, come del resto facevano tutti i governati del tempo. Ma per completezza occorre evidenziare anche i suoi alti meriti scientifici ed artistici. Protesse il giovane ventenne Galileo Galilei, finanziò importanti scienziati, artisti e pittori, stimolò lo sviluppo artistico ed economico di Firenze e dell'intera Toscana, fondò la galleria degli Uffizi etc. Se vogliamo continuare queste riflessioni etiche pensiamo anche al papa Giulio II (Giuliano della Rovere) che, protetto da un'armatura e brandendo la sua spada, entrò personalmente nella città della Mirandola dopo il sanguinoso e famoso assedio da lui condotto contro l'importante baluardo della pianura padana, allora in mano ad una famiglia filo-francese nemica dello Stato Pontificio.

Per chi è cattolico la conclusione di questi ragionamenti etici non può che essere di tipo "evangelico": *...non giudicate per non essere giudicati (Matteo 7, 1-5)*. Per gli altri può bastare l'affermazione di Niccolò Machiavelli nella sua famosa opera "Il Principe" (molto letta e largamente praticata dai governanti dell'epoca) : *"...il fine giustifica i mezzi"*.

La vicenda di Francesco I e Bianca Cappello, i loro otto anni da granduchi e la loro strana morte avvolta nel mistero, hanno ispirato nei secoli molti studiosi e letterati. In merito esistono saggi, lavori artistici, studi storici, romanzi, regie teatrali, produzioni cinematografiche, testi del tempo e altri più recenti, autorevoli pubblicazioni di docenti universitari, ricerche necroscopiche, di tossicologia, di medicina, di verifiche sul dna etc. In fondo a questa parte del libro è riportato un estratto della vasta bibliografia in merito.

Le più recenti indicazioni scientifiche sulle cause del contestuale e misterioso decesso della granduchessa Bianca e del granduca Francesco I Medici, risalgono a pochi anni fa. Nel 2007, sui principali giornali nazionali, comparve a caratteri cubitali la clamorosa notizia riguardante i risultati delle ricerche condotte dalla professoressa Donatella Lippi dell'Università di Firenze, dai dottori Francesco Mari ed Elisabetta Bertol, tossicologi forensi del medesimo ateneo con il professor Aldo Polettini, tossicologo forense dell'Università di Pavia. Nei resti delle interiora attribuite ai due granduchi, essi rilevarono, tracce di arsenico in quantità letale. Tali resti erano stati rinvenuti nel 2005 in un secchiello posto quattrocentocinquanta anni prima sotto il pavimento della chiesa di S. Maria in Bonistallo. Bonistallo è una piccola frazione di Poggio a Caiano (PO) dove è situata la famosa e omonima villa medicea, ora patrimonio dell'Unesco, nella quale i due illustri coniugi morirono. Francesco nella notte fra il 19 e il 20 ottobre e Bianca alle

15 del pomeriggio del 20. Il dna dei resti delle interiora fu analizzato dai professori citati. Quelli appartenenti al soggetto maschio furono confrontati con il dna del corpo del granduca Francesco I, riesumato per l'occasione dalla sua tomba tuttora ubicata nelle cappelle medicee della chiesa di San Lorenzo a Firenze. Le cappelle medicee sono il Pantheon della famosa famiglia fiorentina.

I ricercatori hanno confermato che si tratta dello stesso dna, il che avvalora quanto fu riportato nei documenti ufficiali dell'epoca. Cioè che dopo il decesso del granduca Francesco e della granduchessa Bianca, il fratello di lui, cardinale Ferdinando (che da qualche giorno era ospite nella dimora medicea di Poggio a Caiano) fece eseguire un'autopsia per allontanare da sé il sospetto di averli avvelenati. Nel racconto che segue questa introduzione sono riportati i risultati dell'autopsia di allora.[2] Nel 2011 alcune altre indagini, curate questa volta dai professori Gino Fornaciari e Raffaella Bianucci dall'Università di Pisa, si concentrarono invece sulla parte scheletrica dei corpi di alcuni Medici, compreso quello del granduca Francesco. Nello scheletro di quest'ultimo sono state trovate tracce di *Plasmodium falciparum*, il che indica, almeno per il granduca, la morte per presunta febbre malarica, pur se la misteriosa presenza di arsenico nelle interiora rimane. Francesco era stato con certezza colpito da febbre terzana a Poggio a Caiano, ma questo gli era capitato anche a Firenze, alcuni anni prima della sua morte. Di norma un adulto, dopo i primi contagi, acquisisce una certa immunità e nelle sue ossa rimangono le tracce di episodi precedenti. Peraltro in quel tempo l'arsenico, in dose leggera, veniva usato per la conservazione delle salme importanti, ma nelle interiora dei granduchi è stato ritrovato in dosi letali. Inoltre l'autopsia e la relativa asportazione delle parti interne di norma veniva eseguita in una fase precedente a quella prevista per la conservazione delle salme con l'arsenico. Il mistero rimane anche considerando le date delle autopsie, come si vedrà oltre.

Coordinando fra loro i numerosi documenti ufficiali, le date ed i personaggi coinvolti mediante l'ausilio di un algoritmo di calcolo computerizzato, messo a punto dal sottoscritto, in grado di confrontare istantaneamente le date e i relativi eventi della vicenda con lo scenario storico che in quei tempi fu l'importante sfondo politico delle vicende

---

[2] *Archivio di Stato di Firenze - Relazione sulla autopsia di Francesco I e Bianca Cappello del 26-28 ott. 1587 - Miscellanea Medicea Filza 28-ins. 22 cc. 2.*

amorose e di potere di Francesco e Bianca, ho potuto cogliere dettagli essenziali che saranno evidenziati nel seguente racconto. Ne risulta una mia ipotesi per spiegare l'enigma della morte dei due granduchi. La morte di Francesco I potrebbe essere stata causata da due concause: una febbre terzana intermittente aggravata da gravi congestioni e cure maldestre, o peggio, impedite. Vedremo che prima di star male il granduca volle fare un bagno gelido dopo un pasto esagerato nella villa La Magia, non lontana da quella di Poggio a Caiano ove avvenne il decesso dopo 13 giorni. Per abbassare la febbre, assunse bevande ghiacciate e tenne di continuo le braccia nel ghiaccio affidandosi ad altre pseudocure da lui inventate che sarebbero state in grado di uccidere chiunque.

Rimane però il dubbio secondo cui, dopo 13 giorni di alti e bassi, Francesco, in un momento critico della sua malattia, abbia commesso l'errore di fidarsi del fratello. Potrebbe essere stato finito col veleno da un sicario del cardinale, come sostengono alcuni storici oppure lasciato morire per ordine di Ferdinando, come affermano altri. In questo ultimo caso si sarebbe trattato di una sorta di deliberata "omissione di soccorso".

Per la granduchessa Bianca l'avvelenamento è invece pressoché certo. Dopo la morte di Francesco la veneziana Bianca, cognata del cardinale Ferdinando, avrebbe assunto nel granducato di Toscana un ruolo di "leadership" inaccettabile per lui. Dalla ricostruzione della vicenda non appare chiaro da chi fu effettivamente avvelenata Bianca. Probabilmente un sicario perché Ferdinando era rientrato a Firenze di notte, appena dopo la morte del fratello per prendere il potere nella città e nel Granducato.

E la sepoltura di Bianca? È storicamente confermato che Bianca Cappello non fu tumulata nelle tombe medicee a Firenze nonostante fosse la granduchessa di Toscana da otto anni. Era odiata dal cognato, Ferdinando, e quindi fu esclusa dal Pantheon dei Medici, in cui avrebbe avuto pieno diritto di essere posta. Il cognato Ferdinando dichiarò ai suoi nuovi cortigiani che non la voleva nell'area sepolcrale della famiglia. Il corpo della granduchessa, a detta di alcune dichiarazioni dei cronisti del tempo, fu sepolto all'esterno della chiesa di San Lorenzo, in un punto oggi sconosciuto. Pare a sinistra della scala di accesso o nei sotterranei.

Nel 1906 il corpo di una donna bionda, vestita con eleganza rinascimentale, è stato ritrovato per caso da alcuni muratori che stavano aprendo una piccola porta di accesso alla chiesa. Era circa il punto indicato da quei cronisti fiorentini di quattro secoli prima.

Il seguente racconto indicherà quali persone erano presenti in quei giorni a Poggio a Caiano e cosa successe durante le fasi cruciali della vicenda, quasi ora per ora. Saranno evidenziate le motivazioni di ognuno verso l'eventuale duplice omicidio e sarà quindi il lettore stesso a desumere, da alcuni indizi e da quanto successe dopo, chi potrebbe esserne stato l'esecutore e il mandante.

Da secoli rimane il mistero dell'epilogo dell'affascinante vicenda di Francesco e di Bianca, due giovani che all'inizio furono entrambi vittime dei meccanismi della società di allora, ma che poi riuscirono a porre il loro amore al di sopra delle ragioni di stato e del giudizio della Storia.

Enzo Rossi

PROLOGO

BARTOLOMEO CAPPELLO
Senatore e Podestà
(padre di Bianca)

Bartolomeo discendeva dal ramo più antico della nobile famiglia Cappello, quello denominato "di S. Maria Materdomini". Suo padre Girolamo e il nonno, Andrea Cappello, erano stati Senatori della Repubblica e lui era pronipote in linea diretta dal famoso Vettore Cappello, il "Generale da mar" della flotta veneta che fu protagonista e più volte vincitore di scontri navali determinanti fra la Serenissima e il Turco nell'anno 1461 nell'Adriatico meridionale e in Grecia nel 1466. Ser Bartolomeo nacque il 24 agosto 1519 e, dato l'elevato livello sociale e il rango della sua nobile famiglia, fu avviato molto presto alla carriera politica. Entrò giovanissimo in Senato e fu nominato quasi subito Podestà a Bergamo, città in quel periodo sotto la dominazione veneziana.

La sua vita fu fortemente condizionata dalla singolare storia della figlia Bianca, la futura Granduchessa di Toscana. Nella primissima parte della vita di Bartolomeo Cappello accadde un retroscena molto importante (sconosciuto ai più) che si collega alla storia della sua famosa figlia. Questo retroscena è stato ricostruito confrontando diverse fonti storiche e alcuni documenti originali riguardanti le due famiglie (Cappello e Medici) conservati all'Archivio di Stato di Venezia e in quello di Firenze. Dal confronto fra i luoghi e le date ivi contenuti con le biografie ufficiali dei personaggi coinvolti, sono emerse dettagliate indicazioni che spiegano una parte dei molti misteri della vicenda di Bianca Cappello.

Iniziamo dai clamorosi contatti, pressoché sconosciuti, fra i veneziani

Cappello e i fiorentini Medici durante il periodo in cui questi ultimi furono esuli a Venezia, nei primi decenni del 1500. La particolare importanza di Ser Bartolomeo nelle vicende di Bianca Cappello a Firenze verrà evidenziata nel corsivo che segue. "*Nel 1527, quando Bartolomeo Cappello aveva solo otto anni, la sua famiglia ospitò a Venezia Cosimo de' Medici, futuro Granduca di Toscana e padre di Francesco I, il futuro marito di Bianca Cappello.*"

Cosimo era figlio di Giovanni de' Medici (il famoso Giovanni delle Bande Nere, capitano di ventura) e di Maria Salviati, ricchissima discendente di Lorenzo il Magnifico, appartenente all'altro ramo dei Medici. I due rami si erano ricongiunti proprio grazie al matrimonio fra Giovanni e Maria.

E qui inizia l'inedito intreccio fra la storia della famiglia fiorentina dei Medici e quella veneziana dei Cappello. Questo intreccio costituisce la chiave storica per comprendere meglio le vicende della discussa vita di Bianca Cappello. Quando Maria Salviati fuggì da Firenze, esule per la cacciata del Medici, suo figlio Cosimo de' Medici aveva solo otto anni. La loro fuga a Venezia avvenne proprio l'anno successivo a quello della morte del marito di Maria, Giovanni delle Bande Nere, deceduto per setticemia nel 1526 a causa di una ferita subita in battaglia. Maria Salviati, come accennato, discendeva dal ramo principale della famiglia Medici ed era una donna ricchissima. Si rifugiò a Venezia grazie all'aiuto del banchiere Salviati, suo parente, che aveva un importante banco nella città lagunare. Giunta a Venezia assieme al piccolo Cosimo, Maria trovò ospitalità proprio nel palazzo Cappello, situato nel rione di S. Maria Materdomini. Il proprietario di Palazzo Cappello in quegli anni era il nobile patrizio Ser Girolamo Cappello, padre del figlioletto Bartolomeo che allora aveva anch'egli otto anni. Ser Girolamo era ricchissimo e si racconta che avesse quaranta persone al suo servizio fra servitori, cuoche e fantesche. Tutti abitavano nel suo grande palazzo. I due bambini, Cosimo de' Medici e Bartolomeo Cappello (nati entrambi nel 1519), furono compagni di giochi in questa specie di reggia veneziana e tra di loro si instaurò una naturale simpatia e poi una solida amicizia. I due piccoli amici vissero nel palazzo Cappello, a Venezia, per tutto il periodo dell'esilio dei Medici, durato alcuni anni. Dal patrizio Ser Bartolomeo, che nell'età adulta fu un politico veneziano di primo piano, nel 1546 nacque Bianca. Da Cosimo nacque Francesco che divenne il granduca di Toscana e che sposò Bianca in seconde nozze. Dopo che a Firenze ebbe termine la persecuzione nei confronti dei Medici, Maria Salviati rientrò in Toscana con Cosimo ormai giovanetto. Inizialmente abitarono in una delle tenute dei Salviati nel Mugello. Nel 1529 dal Mugello partì la riscossa dei Medici che portò Cosimo al potere ancora giovanissimo, a soli 18 anni.

Queste vicende, sconosciute ai più. costituiscono un prologo che spiega finalmente il misterioso motivo, finora incomprensibile anche a diversi storici, per cui Bianca Cappello fu accolta a Firenze con speciale benevolenza dal granduca Cosimo I dopo la sua fuga da Venezia e quivi fu sempre protetta da lui. Cosimo era stato un antico compagno di giochi del padre di Bianca a Venezia. La sua autorevole protezione nei confronti di Bianca continuò anche dopo la sua abdicazione a favore del figlio, Francesco I, che divenne a sua volta granduca di Toscana. Bianca fu paternamente protetta da Cosimo a partire dal 1563, l'anno della sua fuga da Venezia, fino alla morte dell'anziano granduca avvenuta nel 1574.

Questo prologo inedito spiega anche perché Bianca fu inserita subito come damigella di corte nell'entourage dei Medici, già pochi mesi dopo il suo arrivo a Firenze e confuta totalmente la tesi che Bianca fosse diventata l'amante di Francesco negli anni in cui era sposata col giovane Pietro Bonaventuri (con il quale era fuggita da Venezia).

A Venezia il palazzo dei Cappello, nel rione di S. Maria Materdomini è esattamente di fronte alla ex sede del Banco dei Salviati, i ricchissimi banchieri fiorentini imparentati con Maria Salviati, la madre di Cosimo. Lo stemma dei Salviati è ancora visibile nell'antico palazzo veneziano che nel 1500 ospitava il banco.

Ed ecco l'origine della rocambolesca fuga e della singolare storia di Bianca Cappello: il giovane fiorentino che corteggiò e mise incinta la sedicenne Bianca fuggendo con lei, le si era presentato come appartenente alla nobile famiglia fiorentina dei Salviati. Invece si chiamava Pietro Bonaventuri e era un semplice impiegato della sede veneziana del banco. Bianca venne a sapere la verità solo durante la sua fuga a Firenze.

Da ulteriori ricerche condotte per realizzare questo libro emerge un altro elemento inedito che spiega la ragione dell'affetto filiale dell'anziano granduca di Toscana Cosimo I per Bianca. Si tratta di questo: Cosimo ebbe undici figli, fra cui Francesco I, il futuro granduca e marito, in seconde nozze, di Bianca Cappello. Ma ebbe anche quattro figli illegittimi. Nel 1537 gli nacque una femmina alla quale era particolarmente affezionato e che morì di malaria il primo marzo 1542, a soli cinque anni.

E come si chiamava questa bambina? Bianca !!

Una curiosa coincidenza che si aggiunge a quella del soggiorno a Venezia di Cosimo bambino, in esilio con la madre come riportato sopra. L'anno di nascita della veneziana Bianca Cappello fu il 1546, quattro anni dopo la morte della omonima Bianca, la piccola figlia di Cosimo I Medici. E nel 1563, ventuno anni dopo la morte precoce di lei, comparve a Firenze un'altra Bianca, in fuga da Venezia e figlia di un proprio amico di infanzia. Un'impaurita e nobile damigella sedicenne incinta che, come vedremo, era braccata dai sicari veneziani del Consiglio dei Dieci.

L'apparizione di Bianca Cappello a Firenze rappresentò per Cosimo, in un certo senso, il "ritorno" della sua piccola e amata Bianca come fosse ormai giovinetta. Un intreccio storico, poco noto, di amicizie, di ospitalità, di riconoscenze e di affetti fra i membri di una importante famiglia patrizia veneziana (i Cappello) e quelli della famosa stirpe fiorentina (i Medici). Un intreccio che, come vedremo, giocò un ruolo determinante per la storia della giovane veneziana Bianca Cappello, futura Granduchessa di Toscana.

A questo prologo, inserito qui in quanto legato alla vita di Ser Bartolomeo, seguirà il capitolo con la vera storia di Bianca Cappello, una delle donne più famose del Rinascimento italiano, la cui vita, terminata prematuramente a soli 41 anni con una morte piena di mistero, fu caratterizzata da una modernità eccezionale per una donna di quei tempi.

La permanenza di Ser Bartolomeo Cappello a Bergamo dove era stato nominato Podestà durò dal novembre del 1537 al marzo del 1539. Suo padre Girolamo, al quale era succeduto alla reggenza della città, gli aveva insegnato i primi rudimenti dell'arte di governo. Per le più importanti famiglie veneziane era una consuetudine, molto diffusa far subentrare i propri figli negli incarichi di governo nelle città della terraferma che erano sotto il dominio veneziano. Rientrato a Venezia dopo questo importante "noviziato", Ser Bartolomeo iniziò la sua attività politica in città occupando alcuni importanti ruoli nelle magistrature e ricoprì cariche di grande prestigio.

Per mantenere il parallelo storico con la vita della più famosa figlia Bianca, nel 1544 Bartolomeo Cappello aveva sposato la nobildonna Pellegrina Morosini figlia del patrizio Filippo. I Morosini nel 1148 avevano dato a Venezia il 37° doge Domenico e successivamente altri due dogi: Marino Morosini nel 1249 e Michele Morosini nel 1382. Dal matrimonio di Bartolomeo con Pellegrina, durato solo 13 anni per la precoce morte di lei, avvenuta nel 1557, erano nati due figli: Bianca nel 1546 e Vettore il 13 agosto del 1547.

Nel 1548 Ser Bartolomeo fu nominato Officiale della Dogana "*da mar*", una magistratura molto importante della Serenissima. Nel 1558, quando Bianca aveva solamente 12 anni, Bartolomeo, rimasto vedovo, aveva sposato la nobildonna Lucrezia Grimani una nipote di Antonio Grimani, doge di Venezia dal 1521 al 1523. Questo secondo matrimonio pose Ser Bartolomeo in una posizione di assoluto rilievo nell'ambito del patriziato veneziano e accrebbe ulteriormente il suo già elevato prestigio sociale. Nel 1549 Ser Bartolomeo fu eletto Membro dei Quaranta e negli anni successivi gli furono affidate altre magistrature, sempre molto importanti, che lo tenevano costantemente fuori casa. Nel 1562 fu eletto Provveditore sopra i Dazi e nel 1567 Provveditore alla Sanità.

A parte i consistenti emolumenti che riceveva per le sue cariche, ser Bartolomeo Cappello disponeva di un ingente patrimonio personale. Un inventario del 1566, conservato nell'Archivio di Stato di Venezia, indica, tra le sue proprietà, una grande tenuta nel Padovano, un potere di "trecento campi" a Cassola nel Bassanese, alcune case date in affitto a Venezia e un sontuoso palazzo a Murano, quella stessa residenza dove fu ricevuto e ospitato il giovane re di Francia, Enrico III nell'occasione della sua visita a Venezia del 1574. Durante gli anni successivi ser Bartolomeo continuò a ricoprire altre numerose e importanti magistrature e nel 1573 venne riconfermato Senatore della Repubblica.

Ma il culmine della sua carriera politica fu l'elezione, il 19 giugno 1575, a Podestà di Treviso, ruolo che occupò fino al gennaio 1577. Dai dispacci da lui inviati ai capi del Consiglio dei Dieci e dalla relazione che, tornato a Venezia, lesse in Collegio il 12 marzo 1577 (i documenti sono conservati nell'Archivio di Stato di Venezia) appare la sua attività di governo, molto equilibrata nel rispetto delle popolazioni amministrate, senza ovviamente trascurare le esigenze della Dominante (la Serenissima). Durante la sua reggenza di Treviso dovette far fronte alla grave emergenza della famosa "peste del Redentore", scoppiata in Trentino nell'estate del 1575, che si estese per tutto lo Stato veneziano. Intanto a Firenze, il 10 luglio 1579 sua figlia Bianca era diventata la Granduchessa di Toscana per il matrimonio con il Granduca Francesco I Medici, rimasto vedovo di Giovanna d'Austria, sua prima moglie. Tornando ai rapporti di Bianca col padre, ser Bartolomeo Cappello si era riconciliato con lei già qualche anno prima del matrimonio di sua figlia col granduca Francesco I.

Nel 1577 Bianca, che dopo la morte di Cosimo I nel 1574 era diventata una specie di "ministro degli esteri" alla corte del Granduca Francesco I, regalò al padre un antico palazzo in centro a Venezia, che aveva acquistato dalla famiglia Trevisan. Questo importante regalo di Bianca aveva un duplice scopo: da un lato quello di completare il proprio percorso di riappacificazione a distanza con il genitore, dall'altro quello di facilitare un progetto di alleanza fra Firenze e Venezia che interessava entrambe le città. Il granduca Francesco contava sui buoni uffici dal padre di Bianca nei confronti del doge.

Oggi il palazzo che fu proprietà di Bianca e che lei donò a suo padre si chiama Palazzo Trevisan-Cappello e si trova non lontano dal palazzo ducale. Negli anni successivi ser Bartolomeo sviluppò una serie di relazioni nazionali e internazionali a 360 gradi utilizzando come base il suo nuovo palazzo nel centro di Venezia. Erano suoi ospiti i principi e gli ambasciatori di tutte le nazioni europee. L'attivismo di ser Bartolomeo a favore di Firenze nel tempo non fu ben visto da una larga frangia dell'aristocrazia veneziana che cominciò a sospettare che lui volesse diventare doge e unificare Venezia con Firenze sotto il governo del granduca Francesco I e di sua figlia Bianca. Venezia temeva che i due granduchi volessero poi governare su metà Italia. La Signoria veneta considerò grave il rischio perchè, in tale ipotesi, Venezia sarebbe stata posta in un ruolo subalterno a Firenze. Le maggiori famiglie veneziane presero quindi le distanze da ser Bartolomeo Cappello a causa di sua figlia Bianca e, dopo la misteriosa morte di lei, le sue fortune politiche declinarono. Fu escluso dal Senato e non fu più eletto ad alcuna magistratura. Per spiegare il voltafaccia delle famiglie aristocratiche veneziane nei confronti di ser Bartolomeo Cappello, uno storico del tempo riportò il seguente giudizio pubblico di un senatore veneziano "*le consetudini della casa Cappello con quel principe di Fiorentia, sebbene fossero di gran utile per alcuni, non parvero essere convenienti alla grandezza dell'animo d'un nobil Venetiano cha à d'aver il suo fine sol nella vera gloria*".

La riappacificazione con la figlia Bianca costò a ser Bartolomeo la sua carriera politica e la concreta possibilità di diventare doge. Ser Bartolomeo morì nel dicembre 1593, sei anni dopo i decessi della figlia Granduchessa Bianca e del Granduca Francesco I, avvenuti entrambi fra l 19 e il 20 ottobre 1587.

Fu sepolto nella chiesa veneziana di Sant'Elena, nella tomba di famiglia.

IL RACCONTO STORICO

BIANCA A VENEZIA (1546-1563)

Bianca Cappello, al tempo della sua fuga da Venezia, era una giovane patrizia di elevatissimo lignaggio, figlia della Serenissima ed appartenente ad una stirpe veneziana molto ricca e potente. I Cappello erano fra le più antiche famiglie della città lagunare: una delle 40 fondatrici di Venezia e diversi suoi membri sono passati alla storia. Qualche anno prima della nascita di Bianca (1546) un suo prozio, ser Paolo Cappello, era stato il generale veneziano che nel 1510 aveva affiancato papa Giulio II nell'assedio di Mirandola. Aveva poi condiviso col futuro doge, Andrea Gritti, numerose campagne militari in terraferma e aveva sfiorato il trono dogale per pochi voti. Ser Paolo aveva sposato Elisabetta Cornaro, sorella di Caterina, la regina di Cipro, la cui madre discendeva dagli imperatori bizantini di Trebisonda. Un altro famoso prozio di Bianca era stato Vettore Cappello, il celebre comandante della flotta veneziana che il 12 luglio del 1466 conquistò Atene contro i Turchi. Successivamente aveva disapprovato la politica, secondo lui dannosa, di apertura del doge verso i Turchi e lo aveva considerato un tradimento della propria azione militare. Per questo da allora non fu mai più visto ridere fino alla sua morte di crepacuore a Negroponte, nel Mar Egeo.

Bianca Cappello era stata preceduta da una serie di altri clarissimi antenati: procuratori, ambasciatori, uomini di Stato, generali di mare e di terra, magistrati, scrittori, poeti. I Cappello, di origine padovana, avevano un'ascendenza ancora più remota: erano una famiglia di comandanti militari dell'Impero Romano. Risultavano ufficialmente presenti nel governo lagunare veneziano dall'810 d.C. come indicato da alcuni documenti. Certamente avevano ricoperto ruoli preminenti in laguna anche prima. Nell'anno 960 d.C. costruirono uno dei loro primi palazzi in centro a Venezia ed eressero, a loro spese, la chiesa di Santa Maria Mater Domini nell'omonimo rione.

I Cappello erano devotissimi alla Madonna e la scritta S.T.P. riportata nelle loro insegne e negli stemmi di famiglia, è la forma abbreviata del motto latino "Sub Tuum Praesidium" che indica espressamente la loro devozione alla Madre di Cristo. Lo storico Cappellari-Vivaro sottolinea che i Cappello erano *"…forniti di copiose ricchezze, erano potenti, animosi e guerrieri molto devoti alla patria…"*.

Il papà di Bianca, ser Bartolomeo Cappello, di cui pure abbiamo raccontato nel prologo, aveva ricoperto, fin da giovane, diverse cariche di primo piano nella Signoria veneta. Il destino avrebbe potuto portare Bianca sul trono dogale come dogaressa, perché a Venezia era consuetudine sposare le figlie delle famiglie più importanti con i giovani dell'alta aristocrazia. Questi ultimi erano poi i candidati naturali alla massima carica della Repubblica. Invece Bianca fuggì da Venezia con un mediocre fiorentino di cui si era follemente invaghita. Per cercare di capire questa incredibile scelta della giovane patrizia sedicenne è fondamentale inquadrare la vita di Bianca a Venezia negli anni precedenti la sua fuga. La fanciulla portava il nome della nonna materna, la nobildonna Bianca Morosini, suocera del padre, il magnifico ser Bartolomeo Cappello. Da parte sua il padre di Bianca discendeva, attraverso la sua nonna materna, dalla famosa principessa greco-bizantina Nexia, di sangue regale. La madre di Bianca, Pellegrina Morosini, vantava tra i suoi antenati due regine e tre dogi.

Bianca nacque nel 1546. I due nobili e ricchi coniugi Cappello ebbero anche un figlio maschio: Vettore, nato un anno dopo Bianca. La loro bellissima e dolce mamma, Pellegrina Morosini, che l'anno dopo la nascita della figlia era rimasta incinta di Vettore, ebbe travagliatissima questa seconda gravidanza. Tanto che nell'agosto del 1547, pur se ancora giovane, dettò ad un notaio veneziano, di nome Bevilacqua il suo testamento, giunto fino a noi. Fra gli esecutori testamentari, Pellegrina nominò sua madre, la nobildonna Bianca Morosini e lo zio materno Carlo Morosini, ordinando che alla fanciulla, quando sarebbe andata sposa, fossero consegnati tremila ducati (circa 300.000 euro di oggi).

Nel tempo intercorso fra la morte della mamma e la fuga di Bianca da Venezia, grazie agli interessi, questi divennero sei mila ducati (circa 600.000 euro). Il testamento prevedeva anche tremila ducati aggiuntivi per l'eventuale nascituro di Bianca (altri 300.000 euro). [3]

La gravidanza della preoccupata Pellegrina andò invece bene e il 18 agosto del 1547 diede alla luce Vettore, il fratellino di Bianca. La mamma dei due bambini morì solo undici anni dopo, nel 1558, quando Bianca aveva 12 anni. Suo padre, Ser Bartolomeo, l'anno successivo alla morte della moglie, passò a seconde nozze con la nobildonna Lucrezia Grimani, vedova del magnifico Andrea Contarini, altro nobile patrizio di primo piano. Lucrezia era la nipote del doge Antonio Grimani e sorella del temutissimo patriarca di Aquileia. Non era né bella né giovane, ma di altissimo lignaggio e di non comuni ricchezze. I Cappello vivevano a Venezia, nel loro palazzo situato a Sant'Apollinare preso il ponte Storto e trascorrevano l'estate in un altro dei loro palazzi, a Murano. Entrambi i palazzi esistono tuttora. Quello dei Cappello di Murano, ora municipio e museo, era famoso per la magnificenza e sontuosità del giardino e degli arredi. Vi avevano luogo banchetti e conviti piacevolissimi. Nel 1574 questo edificio aveva accolto, con grande pompa, Enrico III re di Francia. Durante gli altri periodi dell'anno la famiglia di Bianca si trasferiva in un'altra loro villa sulla collina del Belvedere di Cassola, presso Bassano, dove ser Bartolomeo aveva una grande tenuta con un allevamento di superbi cavalli. In quel tempo i patrizi veneti più ricchi tenevano a libro paga dai trenta ai quaranta servitori e possedevano dalle sei alle dieci gondole. Erano sempre splendidi nei ricevimenti, ma semplici e frugali nella loro vita familiare.

Bianca, come le altre fanciulle del suo grado, viveva una vita segregata, senza mai vedere nessuno, all'infuori dei parenti. Queste damigelle della nobiltà veneziana uscivano di casa soltanto a Natale e a Pasqua, col volto coperto dal tradizionale velo bianco ed erano scortate da fidi armati perché la cosmopolita Venezia era piena di delinquenti e di potenziali rapitori che prendevano di mira proprio le ricche damigelle patrizie per venderle in oriente negli harem. La presenza di cappelle private nei palazzi nobiliari dei patrizi veneziani, tutti profondamente cattolici osservanti, evitava alle loro figlie la necessità di recarsi in chiesa nelle altre feste comandate.

Bianca studiò il latino e il volgare (l'italiano rinascimentale) e fu introdotta alle arti ed alla musica. In particolare si riporta che suonasse

---

[3] *Archivio di stato di Venezia - Testamento della N.D. Pellegrina Morosini, moglie del N.D. Bartolomeo Cappello a favore della figlia (10 agosto 1547) - Testamenti Busta 100 n.116.*

molto bene il liuto ad amasse la pittura. Le arti pittoriche a Venezia fiorivano tantissimo in quel secolo grazie a Tiziano, Tintoretto ed agli altri numerosi artisti dello splendido 1500 veneziano. Come vedremo più tardi, Bianca, da granduchessa, fece convergere a Firenze ed in Toscana numerosi artisti e nel suo ruolo di brillante moglie del granduca Francesco I, con il quale condivideva il mecenatismo e l'amore per l'arte, mantenne sempre vivi i suoi interessi per la musica e la pittura. Aveva un gioioso spirito solare, tipicamente veneziano, che mantenne sempre acceso il giovanile amore di Francesco verso di lei. Il duca aveva invece un carattere molto chiuso ed ombroso.

Nel 1559 a Venezia, Bianca, appena tredicenne, vide entrare in casa la nobildonna Lucrezia Grimani, la nuova sposa del padre. La considerò da subito come un'intrusa ed usurpatrice del ruolo che era stato di sua madre. Bianca non poteva dimenticare la sua dolcissima mamma Pellegrina, scomparsa giovane solamente l'anno prima. Lei era stata tutto l'opposto di ciò che era ora Lucrezia. La matrigna la trattava con distacco ed alterigia, nella completa indifferenza e senza darle nessun affetto. Lucrezia vedeva in Bianca una fanciulla giovane ma già di un'avvenenza sorprendente, il che probabilmente la ingelosiva anche. La relegò al secondo piano del palazzo con alcune ancelle ed una governante, generando ovviamente nella ragazza un profondo odio che si aggiungeva alla grande tristezza per la sua condizione di orfana. Oltre che triste e maltrattata era quasi una prigioniera.

Bianca, a sedici anni fiorì ulteriormente e divenne una ragazza bellissima come riportato dai cronisti e da famosi poeti del tempo come Torquato Tasso. La sua statura era superiore alla media, il suo portamento era signorile ed aggraziato ad un tempo, tipico della donna di razza. Il volto era roseo, gli occhi azzurro-chiaro intensi e penetranti, le sopracciglia leggere e ben delineate, i capelli di un biondo tizianesco distesi sul collo candido, le labbra vermiglie a forma di cuore, i denti bianchissimi come perle, la mano bianca affusolata ed aristocratica. Si potrebbe dire una bellezza perfetta.

Dalle descrizioni del tempo i suoi lineamenti appaiono ai nostri occhi di oggi circa come quelli di una Charlize Theron o di una Chiara Ferragni, ma con il carattere solare di una Serena Autieri. Lo si desume anche dai ritratti dei pittori che l'avevano raffigurata a Firenze nella sua prima giovinezza. Vanno aggiunte altre qualità meno esteriori ma importanti: una grazia spontanea, una incomparabile gentilezza e signorilità, un carattere dolce ma deciso, un'intelligenza pronta e perspicace. La voce era dolcissima e avvolgente, la conversazione piacevole e arguta: aveva tutte le qualità per far innamorare qualsiasi cuore maschile.

Le giovani patrizie venete si sposavano con cerimonie quasi regali. L'abito della sposa era normalmente di seta bianca, a lungo strascico. Una corona di perle ornava il loro capo e ricchi gioielli pendevano al collo. Una gioiosa comitiva di gentildonne attorniava le promesse spose prima della cerimonia e, dopo il matrimonio, ognuna di loro era condotta dinanzi al doge al suono delle trombe, dei tamburi e dei pifferi. Questo era il sogno di tutte le giovani veneziane, ma Banca volle rinunciare ad esso per l'amore di quel giovane plebeo di alcuni anni più maturo di lei. Questi si era proditoriamente qualificato come un Salviati, parente di nobili fiorentini, quindi, secondo i suoi piani, l'unione con la nobile e ricca Bianca non sarebbe stata impossibile. Qualificandosi come nobile sarebbe stato certamente accettato dalla ragazza e dalla famiglia Cappello.

Il furbo corteggiatore Pietro si chiamava invece Bonaventuri. Era bello, audace, intelligente ed assai elegante negli abiti, il prototipo del conquistatore. Ma in realtà era un toscano di scarsissimi mezzi, frequentatore di giovanotti gaudenti e di brigate veneziane libertine. Anche i giovani coetanei lo credevano un gentiluomo di casa Salviati. Egli era invece solo il semplice cassiere di quel Banco Salviati di cui suo zio, Giovanni Battista Bonaventuri, era l'agente per Venezia. Il padre di Pietro, Zanobi Bonaventuri, era invece un notaio di Firenze, benestante ma non ricco.

Pietro considerava l'irraggiungibile Bianca quasi una regina, anche perché, da bancario, conosceva bene le cospicue ricchezze del padre di lei. Dalle finestre del secondo piano del palazzo Cappello, Bianca aveva spesso incrociato lo sguardo di quel Pietro che la turbava e anche lui era attratto da quella bellissima ragazza. Presto si rese conto che la giovane si era ingenuamente innamorata di lui ed inizialmente riuscì a corrompere la servitù di casa Cappello ottenendo di entrare nel palazzo mediante una chiave falsa. Dal settembre del 1563 iniziarono i primi timidi colloqui fra i due giovani che presto, con la complicità di una ancella di Bianca, divennero frequenti convegni notturni. Pietro, temendo di essere scoperto nelle stanze di Bianca e di essere ucciso dai suoi fierissimi parenti, riuscì a convincerla ad essere lei a visitarlo nel vicino palazzo Salviati. Di sera, avvolta in un mantello scuro, Bianca attraversava il ponticello coprendo il breve tratto fra le due case, leggera ed innamorata.

Nei mesi autunnali si verificò però il fatto che determinò per sempre il destino della fanciulla: sotto gli ampi abiti di foggia veneziana si svilupparono i primi segni del frutto dell'amore clandestino. I due giovani furono presi dal panico. E se la matrigna, donna Lucrezia, e il padre Bartolomeo li avessero scoperti, che sarebbe avvenuto di loro? Certamente Pietro sarebbe stato in grave pericolo, forse della stessa vita perché i Cappello non scherzavano e avrebbero difeso l'onore di famiglia con ogni mezzo.Bianca sarebbe stata certamente obbligata alla vita monacale. Allora i monasteri accoglievano le giovani ragazze aiutandole ad allevare i figli avuti da non sposate. Lui invece, se non ucciso, sarebbe stato certamente denunciato e condannato al carcere o a remare in una galera. Così i due giovani amanti, per non essere divisi qualsiasi cosa sarebbe successa, si scambiarono l'anello di matrimonio, anche per regolarizzare la situazione del nascituro. In quel tempo i matrimoni non erano ancora considerati un sacramento dalla Chiesa. Proprio negli stessi anni si stava svolgendo il Concilio di Trento e solo l'11 novembre 1563 fu introdotta la dottrina del matrimonio con il dogma che lo confermava un sacramento con l'entrata della Grazia di Dio nelle anime dei coniugi. Fino ad allora anche la sola adesione fra due giovani, sulla base della reciproca promessa di amore eterno, era considerata un regolare matrimonio.

A quel punto i due erano marito e moglie e come unica scelta logica rimaneva la fuga da Venezia. Ma qualche storico sostiene che Bianca conoscesse bene il testamento di sua madre e ne avesse ingenuamente messo al corrente Pietro ancora prima del matrimonio. Ricordiamo che c'era a disposizione una grande somma per lei. Con gli interessi, ormai era maturata a 6.000 ducati (circa 600.000 euro) e doveva esserle corrisposta al momento delle nozze. Poi c'erano altri 3.000 ducati (circa 300.000 euro) per il nascituro. La somma che la ricchissima mamma Pellegrina aveva lasciato a Bianca era considerevole e per Pietro si profilava un vero affare. Era bastato mettere incinta l'innamorata Bianca. Ora poteva fuggire a Firenze assieme a lei con la dote.

A Venezia i testamenti avevano pieno valore legale e non sappiamo se Pietro abbia freddamente calcolato di ingravidare con questo preciso scopo Bianca, di otto anni più giovane e certamente più inesperta di lui. Preferiamo pensare che la cosa non fosse premeditata, ma se si pensa male, talvolta si coglie nel segno. In ogni caso con quel denaro i due avrebbero potuto vivere bene ovunque e decisero di fuggire a Firenze. La banca dei Salviati, non appena fosse nato il loro figlio, avrebbe successivamente trasferito il denaro di cui Bianca era la legittima proprietaria, in quanto sposata e giovane madre.

Lo zio di Pietro Bonaventuri, informato di tutto, cercò di dissuadere i giovani dal lasciare Venezia suggerendo al nipote di dichiararsi alla famiglia Cappello padre del bambino e legittimo marito della gravida

Bianca. Ma nei due giovani prevalse il terrore di affrontare la situazione perché la reazione della rigorosissima famiglia di Bianca poteva essere imprevedibile.

Per Pietro c'era anche l'aggravante di essersi spacciato come appartenente alla famiglia Salviati nascondendo alla stessa Banca la sua vera identità di giovane squattrinato. Riuscì facilmente a convincere l'innamorata a fuggire con lui e si diede da fare per organizzare la fuga nei minimi dettagli. D'altro canto la giovane patrizia era sempre stata maltrattata dalla matrigna e costantemente minacciata da lei di finire in un monastero. Per quanto era successo ora ormai Bianca aveva la certezza di entrarvi, se fosse rimasta a Venezia. La famiglia avrebbe certamente denunciato il suo amato e loro due arebbero stati divisi per sempre. Fuggendo insieme, lei invece sarebbe stata finalmente libera dai maltrattamenti della matrigna Lucrezia e, grazie all'eredità della mamma, sarebbe stata felice a Firenze con la sua nuova famiglia.

Anni dopo, nel 1573, quando ormai era già una riverita dama alla corte dei Medici, in una lettera che inviò da Firenze al cugino e confidente, Andrea Cappello, dichiarò espressamente che lei aveva sempre amato il padre e il fratello affermando tuttavia a proposito della matrigna che "*fu l'origine di ogni mia sventura*"

FUGA DA VENEZIA

(Novembre 1563)

Nella primissima mattina del 29 novembre 1563 verso le tre, quando era ancora buio, alcune ombre scivolarono furtive da una porta laterale dell'antico Palazzo Cappello nel rione veneziano di S. Maria Materdomini. Le ombre camminavano con circospezione sul lato lungo del palazzo, in direzione di una delle gondole di famiglia ormeggiate nello stretto canale fra il Ponte Storto e il Canal Grande. Bianca era coperta da un mantello maschile scuro. Fu aiutata a salire nell'imbarcazione dalle robuste mani di Pietro, il suo giovane amato. La gondola era condotta da Mario, il marito di Marietta una cameriera di casa Cappello. La porta laterale del palazzo fu subito richiusa dietro ai tre da Giovanna, la fedele dama di compagnia di Bianca alla quale quest'ultima rivolse i suoi occhi azzurro-chiaro per un ultimo sguardo di gratitudine e di tristezza, perché sapeva che non si sarebbero mai più riviste.

Il giovane Pietro sedeva al fianco di Bianca e la stringeva con le sue braccia, proteggendola. Dall'altra parte della seduta della gondola era Marietta che la sorreggeva proteggendola dagli schizzi freddi dell'acqua. Mario fece scivolare l'imbarcazione oltre il Canal Grande infilando con destrezza la prua negli stretti canali che lui conosceva molto bene. Intorno non c'era nessuno, tranne quei pochi che, nelle fredde e primissime ore del giorno, cominciavano ad aprire i banchi a Rialto per preparare l'eposizione delle loro merci.

In breve la gondola raggiunse la zona dell'Arsenale e di S. Elena, con le tombe del nonno di Bianca e degli altri suoi illustri antenati fa cui il famoso *"Generale de mar"*, Vettore Cappello, quello che aveva tenuto in scacco per mesi le galere dei Turchi ed aveva conquistato Atene. Bianca aveva sentito spesso il padre raccontare di queste epiche storie di famiglia, quando era una bambina felice, con la sua mamma

Pellegrina ancora viva. Ma le cose da tempo erano cambiate. Pensava a questo mentre la gondola filava silenziosa nella bruma grigia che già lasciava passare la prima luce dell'alba assumendo il colore chiaro dell'incipiente mattino. Lei guardò ancora, ormai da più lontano, la chiesa dei suoi avi e rivolse una silenziosa preghiera alla Madonna, alla quale era particolarmente devota fin da piccola, chiedendole protezione per il suo futuro di giovane mamma e perdono per la sua fuga, con quella scelta fra il coraggioso e l'incosciente. Non ci volle molto per superare il breve tratto fra S. Elena, l'ultima propaggine della sua amatissima Venezia, e l'approdo di Malamocco. La gondola costeggiò velocemente la lunga isola del Lido per arrivare alla bocca del porto di S. Nicolò dove Bianca si volse a guardare per l'ultima volta il campanile di S. Marco. Sapeva che non avrebbe più rivisto la sua familiare forma che domina la città.

Pietro aveva predisposto proprio tutto: due suoi giovani amici di Malamocco, sulla riva opposta, erano in attesa con tre cavalli già sellati, due per lui e Bianca mentre sull'altro furono caricate le poche cose che i due fuggiaschi avevano portato con loro. Bianca, essendo una nobile patrizia di ricca famiglia, sapeva cavalcare perfettamente. Aveva imparato a montare in terraferma, nelle tenute di suo padre ser Bartolomeo, dove la famiglia andava in vacanza. Pietro aiutò con dolcezza Bianca a montare in sella, facendo molta attenzione perché lei era incinta ormai da circa un mese. Bianca gettò a Marietta e a Mario, che vedeva anche loro per l'ultima volta, uno sguardo pieno di riconoscenza ed i due spronarono i cavalli nella bruma verso Pellestrina. In fondo all'isola, lunga e stretta, un altro amico di Pietro era in attesa per portarli a Chioggia in barca e li nascose a casa sua. Bianca poté finalmente riposarsi e riprendersi dalla fatica e dalla tensione di quella fuga durata circa nove ore: dalle tre del mattino a quasi mezzogiorno.

Durante il viaggio tumultuoso in laguna, il Bonaventuri aveva rivelato all'innamorata il suo vero cognome. Bianca, delusa nel suo orgoglio, aveva accettato ugualmente la nuova sorte, pur sentendosi raggirata. Come scriverà lei stessa nelle sue successive lettere, allora era convinta di amare Pietro. Era stata indotta al folle passo dalla sua passione di sedicenne. Lui, invece, che aveva già ventiquattro anni, pur se accecato dalla bellezza di lei, era stato indubbiamente spinto anche dalla brama per la cospicua dote lasciata dalla madre della ragazza nel testamento. Ma per i rimpianti non c'era più tempo. Qualche ora dopo la barca dell'amico di Pietro, con a bordo i fuggitivi, raggiungeva, più a sud, Goro e, dopo poco, Volano, che allora era il porto di Ferrara. Presero una nuova cavalcatura e raggiunsero l'entroterra estense. Dopo aver trascorso la prima notte a Ferrara proseguirono per Bologna, Modena, Pieve Pelago, Pistoia fino all'agognata Firenze.

Una leggenda popolare narra che, durante una sosta dei giovani sposi in una locanda nei pressi di Bologna, una zingara domandò loro se accettavano che lei predisse il futuro. Bianca, incuriosita, accettò con un aristocratico sorriso di condiscendenza.

La zingara afferrò la mano morbida della giovinetta, la fissò a lungo negli occhi ed improvvisamente si mise in ginocchio dicendo: "*Tu principessa...principessa con grande corona...quasi regina* ". Poi si rivolse a Pietro prendendo anche la sua mano e lo guardò corrucciata: *"Tu invece...niente di buono"*.

Il giorno dopo Bianca e Pietro raggiunsero Firenze attraverso le amene regioni del Granducato di Toscana su una carrozza ove Banca poté finalmente viaggiare più comodamente grazie al buono stato delle strade toscane, ben tenute dal Duca di allora, Cosimo de' Medici.

LE REAZIONI A VENEZIA (dicembre 1563)

A Venezia lo scandalo fu enorme.

Si pensò ad un rapimento. L'oltraggio colpì gravemente il padre, ser Bartolomeo, sia nel suo affetto che nell'orgoglio di casta. Il fatto fu anche considerato come una grave offesa alla dignità dell'intera aristocrazia sovrana di Venezia. Da parte sua la Signoria lagunare diffidava di tutte le signorie rivali del tempo e quanto successo divenne una questione di stato fra Venezia e Firenze che coinvolse l'intero sistema di potere della Serenissima. Il 4 dicembre 1563, a cinque giorni dalla fuga, entrò in scena addirittura il Consiglio dei Dieci, supremo organo di potere dopo il doge, che istituì un processo per direttissima, in contumacia, contro il giovane Pietro Bonaventuri con l'accusa di rapimento e ufficializzò il sospetto che esso fosse stato ordito da qualcuno a Firenze. L'intervento dei Dieci fu fortemente richiesto anche dal patriarca di Aquileia, quel temibile Grimani, potente fratello della matrigna di Bianca.[4] Fu subito deliberata una condanna contro Pietro e una taglia di 2000 ducati (circa 200.000 euro) per i sicari veneziani che l'avessero catturato. Alcuni avventurieri si gettarono avidi sulle tracce dei due. Il 9 dicembre 1563 anche il padre di Bianca, il magnifico ser Bartolomeo Cappello, presentò una querela contro

---

[4] .*Per la condanna del Consiglio dei Dieci: Archivio di Stato di Venezia, Avogaria di Comun, reg. Raspe, reg. 3685 3 e 7 gennaio 1564*

Pietro, chiedendo il bando per lui e per gli ignoti rapitori suoi complici. Vi si legge che fu querelato anche lo zio di Pietro, il banchiere dei Salviati Gian Battista Bonaventuri. Da parte della famiglia Cappello fu aggiunta una seconda taglia da 1000 ducati (altri 100.000 euro).

Il padre di Bianca trascinò in tribunale lo zio del Bonaventuri che, sotto tortura, fu costretto a confessare di aver favorito la fuga del nipote con Bianca. Fu cacciato a languire in un malsano carcere veneziano ove morì di tifo petecchiale il 24 febbraio successivo. Furono condannate anche le due donne che avevano in custodia Bianca: la cameriera Giovanna e l'ancella di Bianca, Marietta, moglie del gondoliere. Entrambe furono liberate dopo alcune settimane di carcere mentre non si conosce quale fu il destino del gondoliere Mario. Ed ecco lo stralcio essenziale della denuncia trasmessa al Consiglio dei Dieci da ser Bartolomeo Cappello, padre di Bianca *(Archivio di Stato di Venezia – Bianca Cappello Cod. 145 – Dicembre 1563): "…Io Bartolomeo Cappello brevemente esponerò non senza lagrime il crudel et atroce caso commesso alla casa mia propria a meggianotte alli 29 di novembre passato per li sceleratissimi Pietro Bonaventuri con consenso di Giobatta suo barba et altri a me incogniti complici, quali havendo una casa alquanto discosta dalla mia dove abito a S.Aponal al Ponte storto, che facilmente si può vedere per retta linea per via del canal. Gli scellerati et perfidi, havendo io un'unica figliola d'età d'anni sedici, con mali et detestandi modi a tempo di notte sono entrati in casa mia et condotta via la figlia in casa loro et poi strabalzata (*passata di nascosto altrove ndA*) et rubata con grandissima offesa et vergogna di tutta casa mia… e ultimamente mi ha fatto intendere che la putta è tre miglia oltre Ferrara…"* (la denuncia del padre, che si legge per intero nel citato codice, ipotizzava il rapimento di Bianca. Invece si trattò della sua fuga a Firenze, consenziente col suo amato). NdA: Gli atti processuali del Consiglio dei Dieci contro Bianca non sono conservati nell'Archivio di Stato di Venezia perché furono distrutti quando, nel 1579, divenne granduchessa di Toscana.[5]

A FIRENZE (dicembre 1563)

Pietro e Bianca raggiunsero Firenze e la casa ove abitava il padre di lui, Zenobi Bonaventuri un notaio della città, benestante ma non ricco. Bianca si rese subito conto che le cose che gli aveva raccontato il

---

[5] *Archivio di Stato di Venezia – Parti secrete del Consiglio dei Dieci – Decreto 23 giugno 1579 "da depennar le sentenze della Quarantia Criminal del 3 gennaio 1564 riferite alla N.D. Bianca Cappello.*

giovane marito non corrispondevano a ciò che vedeva. L'avito palazzo Cappello di Venezia era una reggia rispetto alla pur dignitosa ma modesta casa in cui era capitata a Firenze. Dai Bonaventuri non c'erano i raffinati arredi veneziani, i luminosi specchi con le cornici dorate in cui Bianca era solita osservare, con piacere, fiorire la sua giovanile bellezza, gli armadi stuccati pieni di preziose vesti, le ampie stanze arredate sontuosamente e dotate di tutte le comodità con i vari servitori cui lei era abituata fin dalla sua nascita. L'appartamento della famiglia di Pietro, che il padre notaio aveva in affitto nella fiorentina piazza San Marco, non reggeva lontanamente il confronto. I documenti conservati nell'archivio di Firenze riportano che Ser Zanobi Bonaventuri possedeva anche un podere ed una casa di campagna presso Pontassieve dove i due sposi rimasero nascosti per qualche tempo. Bianca fu accolta con grande amore dalla suocera e fu sempre protetta dal preoccupatissimo padre di Pietro. Questi, con la prudenza del notaio e dell'uomo avveduto, raccomandò agli sposi di rimanere nascosti senza mai uscire, prima che la loro unione venisse sancita anche in una chiesa di Firenze. Il nuovo e più regolare matrimonio religioso fu frettolosamente celebrato da un frate domenicano amico di famiglia. Furono rispettate le nuove liturgie, in piena osservanza dei recentissimi decreti papali sul sacramento del matrimonio, promulgati solamente poche settimane prima, nel Concilio di Trento. I documenti fiorentini riportano che la data della mesta cerimonia fu il 12 dicembre 1563, a circa quindici giorni dalla fuga. Fu sancito con rogito del notaio fiorentino Antonio Rigogli, amico e collega dello Zenobi. Da quel momento Bianca era regolarmente sposata anche secondo i nuovi decreti del papa ed era automaticamente diventata cittadina di Firenze, in quanto moglie di un fiorentino. La fanciulla, che nel 1564 sfiorava il diciassettesimo anno, fu presto avvisata che alcuni sicari veneziani erano giunti a Firenze di nascosto, incentivati dalla grossa taglia, per uccidere il suo Pietro, che nonostante tutto, lei amava sempre perdutamente.

La vita di Bianca a Firenze cominciò quindi piena di preoccupazioni, a partire dal timore di essere uccisa anche lei assieme al marito dai sicari che la Serenissima aveva messo alle loro costole. La loro fuga da Venezia era diventata intanto una sempre più grave questione di stato. Tre potenti casati veneziani erano stati gravemente offesi da quello che, in laguna, continuava ad essere considerato un rapimento da parte di un fiorentino per impadronirsi della dote della nobile patrizia veneziana. Attorno ai Cappello, ai Grimani e ai Morosini si coalizzò l'intero patriziato della città, compatto e geloso dell'incolumità delle sue giovani donzelle. Per timore dei sicari Bianca si adattò a stare nascosta. Visse le sue giornate di gravidanza nella semplicità di casa Zenobi. Divenne amica della suocera che la trattava come una sua figlia e pure dei cognati e delle cognate. Per la sua bellezza, per quella grazia naturale e quei modi che rivelavano la sua alta origine, riuscì in breve a farsi benvolere da tutti i parenti di suo marito. A Venezia la situazione si era ulteriormente complicata e ormai anche la diplomazia di Firenze era in allarme.

L'ambasciatore fiorentino presso la Serenissima, Cosimo Bartoli, fu incaricato di esaminare la spinosa questione dal giovane principe Francesco de' Medici, che nel 1569 sarebbe diventato il reggente di Toscana per l'abdicazione del padre Cosimo I. Questi aveva deciso di affidare al figlio la reggenza del ducato, pur essendo ancora vivo, perché lui aveva ormai governato per oltre trenta anni e voleva godersi il resto della vita più libero dagli impegni di governo. La diplomazia fiorentina cercò subito di far uscire dal carcere veneziano lo zio di Pietro, Gian Battista Bonaventuri, grazie all'interessamento del principe Francesco e ai buoni rapporti fra il fratello notaio Zenobi e la corte medicea. L'ambasciatore fiorentino fece però sapere al principe di aver parlato con la Signoria ma aggiunse sconsolato: *"…a nulla giova, giacché gli avogadori non danno retta ad alcuno, finché Bianca Cappello non sarà ritornata a Venezia e rinchiusa in un monastero, secondo la volontà del padre di lei".* [6]

Il padre di Pietro, da esperto notaio, segnalò al principe Francesco e all'ambasciatore anche la questione del lascito testamentario della mamma di Bianca. Ormai, visto che lei ora era sposata ed in attesa di un figlio, aveva raggiunto i 9.000 ducati (circa 900.000 euro) ed era in diritto di avere la dote piena. L'ambasciatore fiorentino a Venezia, Cosimo Bartoli, si rese conto che la faccenda diventava sempre più intricata e scrisse al principe Francesco che *"…mi guardo bene dal fare qualche passo a favore del prigioniero, pur cittadino di Firenze, a meno che non habbia un ordine preciso in tal senso da Sua Eccellenza…."* [7] Francesco, che era giovane ma già avveduto e prudente, rispondeva al Bartoli che: *"…se possibile aiutasse il Bonaventuri condannato al carcere per il ratto di quella fanciulla, ma che facesse le cose con molta circospezione, da non sembrare che Firenze*

[6] *Archivio di Stato di Firenze – Relazione sulla fuga di Bianca Cappello di Cosimo Bartoli, ambasciatore fiorentino residente a Venezia - Mediceo del Principato - Dispacci del Bartoli da Venezia - Filza 483A-484*

[7] *Ibidem*

volesse difendere una cosa, forse, disonesta…"[8] .

Ai primi di gennaio del 1564 sempre l'ambasciatore fiorentino a Venezia riferiva al principe Francesco che il Bonaventuri (lo zio di Pietro) sarebbe stato tenuto a lungo in carcere e che Bianca era stata radiata dalla famiglia Cappello e dalla stessa Repubblica. Quindi non avrebbe più potuto avere la sua dote e *che "… su Pietro pende sempre una taglia di tremila ducati (300.000 euro): duemila da parte del terribile Consiglio dei Dieci"* (i Dieci erano definiti dai Veneziani "babai" dal termine "babau" che era usato per spaventatore di fanciulli ndA) *e mille ducati dal padre: e questo per monito ai forestieri che non debbano troppo osare sulle donzelle della Serenissima…".*[9] Ma il disgraziato Bonaventuri zio di Pietro, dopo aver ricevuto i sacramenti, morì in carcere il 24 febbraio 1564 di tifo petecchiale, come accennato in precedenza. Le donne che erano state accusate come complici della fuga, non confessarono neppure sotto tortura e, nel 1564, furono tutte scarcerate.

BIANCA AL COSPETTO DEI GRANDUCHI DI TOSCANA *(primavera 1564)*

Con la famiglia Cappello di Venezia i Medici avevano avuto stretti rapporti molto tempo prima dell'avventura di Bianca. Come raccontato nel prologo, il granduca Cosimo I de' Medici, padre di Francesco, era salito al trono ducale toscano molto giovane, nel 1537. Dieci anni prima, nel 1527, quando i Medici erano stati cacciati da Firenze, Cosimo bambino si era rifugiato a Venezia proprio nel palazzo dei Cappello nel rione di Santa Maria Mater Domini, dove fu ospitato a lungo. Il padre di Bianca, ser Bartolomeo, allora contava soltanto otto anni, la stessa età di Cosimo e fu suo compagno di giochi. A Firenze Cosimo non aveva dimenticato i suoi trascorsi a Venezia e la nobile famiglia veneziana dei Cappello gli era perfettamente conosciuta.

La vicenda di Bianca, ingannata da un cittadino di Firenze suo suddito, suscitò in lui, e nel figlio Francesco, una certa curiosità. Tanto che diversi anni dopo queste vicende l'ambasciatore veneziano a Firenze, Andrea Gussoni, si rivolse al doge con queste parole: *"...mi rispose il Granduca Francesco che conosceva molto bene la paterna affezione di Vostra Eccellenza e di tutta la Repubblica et che essendo stato il Granduca Cosimo, suo padre, a Venezia ospite dei Cappello a' tempi della gioventù aveva quivi ricevuto favori et grandi cortesie…"*.

[8] *Ibidem*

[9] *Ibidem*

Proprio per questa loro precedente amicizia di infanzia, a fine 1563 ser Bartolomeo Cappello inviò al duca Cosimo un messo per porre direttamente a lui la questione. La famiglia veneziana si doleva, anche a nome dell'intera aristocrazia della Repubblica e chiedeva che la donzella fosse restituita al padre al più presto. Cosimo non volle dare seguito alla richiesta di estradizione pervenuta a Firenze dai Cappello, ma convocò a corte i due giovani sposi per udire la loro versione. I due coniugi furono ammessi alla sua presenza separatamente. Pietro, essendo in soggezione nei confronti del signore della sua città, gli si gettò ai piedi e piangendo confessò il suo errore, sanato comunque dal matrimonio. Bianca invece, non piegò minimamente il capo, forte della sua dignità di nobile figlia di Venezia, e quando il Granduca minacciò di rinchiuderla in un monastero e mandare Pietro in carcere, con tutta la sua fierezza di gentildonna di razza, disse: *"…faccia, Vostra Eccellenza Illustrissima, quello che vuole di noi meschini, io sono paratissima a chiudermi volontariamente in un monastero oppure ad andare in un carcere, purché sia compagno indivisibile, Pietro, mio marito"*.

Questa inaspettata reazione di Bianca, la sua bellezza imperiosa e i suoi occhi azzurro-chiaro soggiogarono Cosimo de' Medici, che aveva già una certa età, ma non era certo indifferente alle grazie femminili. Tanto che, con voce raddolcita, le disse che loro correvano dei gravi rischi e aggiunse che comunque teneva conto dei benefici da lui ricevuti a Venezia a casa Cappello e della giovanile amicizia con suo padre Bartolomeo. Quindi perdonò i due coniugi ma impose a Bianca di non uscire mai di casa, promettendole di proteggerla dall'ira dei suoi parenti e dai sicari della potente Repubblica veneta.

PRIMO INCONTRO FRA BIANCA E FRANCESCO

(tarda primavera 1564)

Bianca era troppo bella, raffinata ed intelligente per passare inosservata da parte dei personaggi più in vista di Firenze, una città allora molto vivace, piena di poeti, di artisti e di mercanti. Suo marito però aveva cominciato molto presto a comportarsi in modo indegno, forse deluso per non essere riuscito e mettere le mani sulla cospicua eredità della moglie. La vita del giovane squattrinato era priva di quelle prospettive di ricchezza che aveva vagheggiato quando aveva convinto Bianca a fuggire con lui. Già dopo pochi mesi dall'arrivo della coppia a Firenze, addirittura durante la gravidanza della moglie, cominciò a frequentare le brigate dei giovanotti della città ed a tessere relazioni galanti con le dame fiorentine più disponibili e lascive.

Intanto Bianca, dal mattino alla sera, rimaneva nascosta per sicurezza in quelle stanze modeste, attendendo la sua creatura che, pensava fra sé, sarebbe stata certamente infelice quanto lei. Poco più che diciassettenne vedeva profilarsi un futuro triste. Non poteva più neppure contare sull'affetto di quel marito nelle cui mani aveva posto la sua vita, ma del quale le riferivano i libertinaggi con le altre donne. Il suo potente protettore, il duca Cosimo de' Medici aveva avuto undici figli dalla bellissima principessa spagnola, donna Eleonora di Toledo. Fra loro i più famosi della famiglia sarebbero diventati Francesco, Ferdinando, Pietro, e Isabella. Quest'ultima andò sposa a Paolo Giordano Orsini ed ebbe una parte di rilievo nelle successive vicende di Bianca.

Francesco, il primogenito di Cosimo, era un giovane di ormai ventidue anni di bell'aspetto e dal corpo molto atletico per la consuetudine con gli sport dell'epoca. Però aveva ereditato da sua madre un animo triste e meditabondo. Indubbiamente aveva un'intelligenza molto precoce e, a sette anni, oltre a parlare alla perfezione lo spagnolo conosceva già il francese, il tedesco, il latino e il greco. Si dice che leggesse Omero e Aristotele direttamente in greco. Amava anche la matematica, l'astronomia, ed il disegno. Suo padre gli aveva assegnato precettori di primo piano per prepararlo a regnare, ma la passione predominante del figlio era l'alchimia. Studiava nuovi farmaci e conduceva esperimenti sui materiali e sulle leghe ferrose creando oggetti artistici in una fonderia situata al piano terra dell'attuale palazzo ducale fiorentino in piazza delle Signoria. Qui è tuttora visitabile, al piano superiore, il suo famoso studiolo, meta di milioni di turisti da tutto il mondo. A Francesco spetta il merito storico di aver protetto le lettere e le arti a Firenze ed in tutta la Toscana, di aver fondato la Galleria degli Uffizi, l'Accademia della Crusca e di aver promosso e finanziato le opere di scienziati, artisti e poeti rinascimentali di grande fama. Lui pensava più a queste sue passioni (oltre a quella per le belle donne) che alle incombenze della gestione del ducato. Dopo il suo ritorno da un viaggio in Spagna, dove era rimasto per qualche anno alla corte del re Filippo, suo padre decise di abdicare in suo favore. Nel 1564 Cosimo lasciò quindi Firenze e si ritirò a Pisa da dove comunque continuò a consigliare Francesco ed a sorvegliare la sua condotta.

Quando avvenne il primo incontro del giovane principe Francesco con Bianca? Si racconta che Bianca, sempre tenuta nascosta nella casa dello suocero per il pericolo dei sicari veneziani, fu adocchiata da Francesco mentre era affacciata ad una delle finestre. Il principe passava nella piazza S. Marco a cavallo con il seguito della sua corte e la salutò con una reverenza. La conosceva di fama perché aveva sentito raccontare delle vicissitudini della giovane veneziana dal padre Cosimo e lui stesso aveva seguito, su incarico del padre, i problemi diplomatici insorti fra Firenze e la Serenissima per la fuga da Venezia della giovane Bianca e del marito Pietro. Non desta quindi meraviglia che il principe Francesco, in quel periodo ancora celibe e grande ammiratore di donne, venisse colpito dalla eccezionale bellezza di Bianca. Incrociando lo sguardo di lei e i suoi occhi azzurro-chiaro, Francesco si accese di desiderio e da quel momento cercò con tutti i mezzi di corteggiarla e prese a passare sempre più spesso davanti alla casa dove lei abitava. Ma Bianca, timorosa, fedele al marito e memore delle sue recenti disavventure, ad un certo punto smise di affacciarsi alla finestra perché gli sguardi insistenti del principe l'avevano turbata. Francesco allora cercò di organizzare un incontro per poterle almeno parlare. Il suo ciambellano, Fabio di Arazzola marchese di Mondragone aveva una moglie che frequentava la stessa chiesa della suocera di Bianca. La marchesa di Mondragone, recandosi alla messa, una volta le chiese di poter conoscere la giovane veneziana per farsi raccontare la sua storia di cui ormai parlava tutta Firenze. "*Suvvia, fatemela conoscere* - le disse la Mondragone - *e col mezzo di mio marito potrò introdurla fra le dame di corte*".

L'anziana signora Bonaventuri si precipitò a casa, tutta lieta di riferire a Bianca dell'incontro. Bianca, sulle prime, non volle nemmeno sentir parlare della cosa perché il suo intuito femminile e gli sguardi del principe, durante i suoi frequenti passaggi sotto la finestra, l'avevano da tempo messa in allarme. Qualsiasi ragazza fiorentina avrebbe fatto carte false per entrare nelle grazie del principe, ma Bianca era un'aristocratica molto ligia ai principi della religione cattolica. Anche se era stata delusa da suo marito, riteneva sacro il matrimonio "nella buona e nella cattiva sorte". Intimamente inoltre si considerava di nobile lignaggio in misura anche maggiore del principe fiorentino. I patrizi veneziani infatti si ritenevano più nobili rispetto a quelli delle altre signorie italiane. In particolare consideravano la stirpe dei Medici una famiglia di semplici "*parvenu*", ex mercanti ed avventurieri. Ma la suocera che, d'accordo col marito notaio, voleva mantenere buoni rapporti con la corte medicea, insistette dicendo che in fondo quella proposta dalla Mondragone era solo una nuova conoscenza, magari utile.

Una mattina un ricco cocchio con a bordo la marchesa in persona venne a prendere l'esitante Bianca e la portò nel sontuoso palazzo del ciambellano di corte. Mentre la giovane veneziana se ne stava a guardare lo splendore degli arredi che le ricordavano tanto il palazzo veneziano in cui era cresciuta, da una porta laterale entrò, quasi per incanto, il granduca Francesco de' Medici in persona. Bianca ebbe un sussulto. Ecco quello che aveva intuito. Ma, incrociando gli occhi del principe, quegli stessi, neri e profondi che l'avevano tanto turbata alla finestra quando lui la fissava da cavallo, sentì il cuore batterle forte. Arrossì comprendendo che in lei, pur sposata, era nato un sentimento che onestamente non aveva mai provato. Neppure quando, a sedici anni, si era infatuata del suo giovane corteggiatore a Venezia. Senza mostrare nulla di questo strano sentimento gli disse: "*Poiché, Serenissimo Principe, è piaciuto a Dio e alla mia triste sorte che io abbia perduto tutto e non essendomi rimasto che l'onore di donna, io prego che a Vostra Altezza esso sia raccomandato*". Il principe ammirato da tale comportamento, ben diverso da quello delle altre dame fiorentine con le quali talvolta si accompagnava con estrema facilità, le porse la mano e le rispose: "..*non sono venuto a violarle l'onore ma a dimostrarle la mia ammirazione e la volontà di proteggerla in qualsiasi evenienza*". Francesco prese poi commiato da lei ed ecco riapparire la Mondragone che si scusò con Bianca ma le disse che aveva pensato di farle un favore con un simile incontro. Conoscere il principe rappresentava per chiunque una grande fortuna. La marchesa non si rese conto che durante quell'incontro fra Bianca e Francesco era scoccato il famoso "colpo di fulmine". Quella non fu una infatuazione superficiale: da quel giorno del 1564 infatti il loro amore durò ininterrotto per 23 anni, fino alla loro contestuale e strana morte nel 1587.

Durante quell'anno non ci furono altri incontri fra lei e il granduca. Nel 1564 infatti Bianca era incinta e avrebbe partorito durante l'estate. La freccia di Cupido aveva colpito i loro cuori in casa Mondragone, quando i segni esteriori della gravidanza non erano ancora molto evidenti. Il 23 luglio del 1564 nacque la creatura di Bianca e di Piero Bonaventuri: una bambina alla quale fu imposto il nome di Pellegrina, lo stesso della indimenticabile mamma di lei. Dall'atto di nascita di Pellegrina, giunto in originale fino a noi, si desume che i giovani coniugi Bonaventuri erano molto ben considerati a Firenze. Infatti al battesimo della bimba, impartito il 25 luglio successivo, furono padrini Ser Camillo Strozzi, già ambasciatore fiorentino presso papa Pio V ed il gentiluomo Giovanni Battista Gondi, appartenente anch'egli ad un importante casato toscano. Bianca dedicò i mesi successivi ad allevare Pellegrina, perdonando sempre il marito per le sue sempre più frequenti scappatelle con le più avvenenti dame fiorentine.

UN MATRIMONIO POLITICO (1565)

Cosimo I Medici, padre di Francesco, di spirito ambizioso e lungimirante, da Pisa controllava e condizionava il figlio. Lo sapeva già infatuato di Bianca, ma voleva che lui avesse un matrimonio regale perché la Toscana acquisisse la parentela con uno stato europeo. Con un matrimonio di altissimo livello, il prestigio della Toscana sarebbe cresciuto fino a divenire certamente superiore a quello di tutti i principati e le signorie italiani. In quel periodo i più potenti sovrani d'Europa erano quello spagnolo, il francese, l'inglese e l'antico Sacro Romano impero, quest'ultimo governato dagli Asburgo d'Austria. Questi regnanti però guardavano dall'alto in basso la casa dei Medici, anche se la bellicosa famiglia fiorentina governava una delle regioni italiane più importanti e ricche.

Inizialmente Cosimo propose Francesco ad una delle figlie del re di Spagna, il quale gli oppose uno sdegnoso rifiuto. Allora pensò di farlo sposare con una delle figlie dell'Imperatore Ferdinando I d'Asburgo. Era libera la principessa Giovanna e le trattative matrimoniali, con le pratiche diplomatiche, furono lunghe. Finalmente, nel gennaio del 1565 (quasi due anni dopo la fuga di Bianca e suo marito a Firenze) Cosimo annunciava ufficialmente ai suoi sudditi che suo figlio Francesco avrebbe sposato l'arciduchessa Giovanna d'Austria, principessa imperiale di Vienna. Poco importava che l'arciduchessa non conoscesse affatto la Toscana né la corte di Firenze. La trama di Cosimo aveva avuto successo: l'alleanza con l'imperatore avrebbe conferito al Granducato di Toscana una maggiore sicurezza. I Medici erano da sempre nel mirino di congiure interne e Firenze era di continuo a rischio di attacchi militari da parte delle altre signorie italiane. L'imperatore sarebbe stato un alleato potente e molto utile. L'Impero asburgico, in quel periodo, era in notevoli ristrettezze economiche a causa delle spese sostenute per le battaglie contro i Turchi sul lato est dell'impero e il furbo Cosimo supportò il matrimonio del figlio con un'ampia elargizione di denaro all'imperatore.

I Medici non risparmiarono nulla per imparentarsi con gli Asburgo.

Giovanna d'Austria non era bella anche se di costumi irreprensibili e devotamente cattolica. Era bassa di statura, di carnagione eccessivamente pallida, leggermente claudicante per un difetto all'anca e una deformazione "ad esse" della colonna vertebrale. Il volto troppo lungo recava le caratteristiche imperfezioni dei denti e della mandibola che si possono osservare a Vienna nei ritratti degli Asburgo. Inoltre, come scriveva alla Signoria veneziana l'ambasciatore della Serenissima residente a Vienna: *"...l'ingegno di lei è mite e placido piuttosto che vivo ed alto"*.

Intanto Francesco da Vienna, dove era stato subito mandato dal padre per definire i preparativi del suo matrimonio con Giovanna, inviava a Bianca, di cui era sempre follemente innamorato (anche se di un amore platonico per le resistenze di lei, ormai mamma e, per il momento, fedele sposa di Pietro) i seguenti disperati versi poetici: "*...ma ohimè che dovrei dir, dove son io che, lungi dal mio ben dal mio tesoro (Bianca), mille volte il dì nasco e mille volte moro?* ". Oltre a questi versi esistono decine di sonetti poetici che Francesco dedicò a Bianca anche nel periodo in cui era sposato con Giovanna *("Poesie di Don Francesco dè Medici a Bianca Cappello" - da un codice dal conte Paolo Galletti*).

Francesco aveva idealizzato Bianca che rappresentava per lui la trasposizione fisica del suo concetto ideale dell'amore sublime, un po' come era stata Beatrice per Dante o Laura per Petrarca. Francesco, pur se lontano da Firenze per i preparativi delle nozze, faceva comunque tenere d'occhio Bianca per mezzo delle sue spie. Da loro ebbe la certezza che la vita della patrizia veneta, ospite del suo granducato e sposa di un suddito, si manteneva sempre onesta. Tanto che, molti anni dopo, raccontò al padre di Bianca, ser Bartolomeo, ed al fratello di lei, ser Vettore Cappello (che erano convenuti a Firenze per assistere all'incoronazione della figlia a granduchessa) una famosa frase (riportata dagli storici): "*... Bianca fu sempre stata castissima di corpo e non ha mai conosciuto altro uomo all'infuori di me e del suo primo marito*".

E va considerato che una affermazione come questa, espressa da un Medici, di una famiglia che a Firenze controllava tutto e tutti mediante una capillare rete di informatori segreti, smentisce del tutto l'offensiva diceria (che fu diffusa ad arte dal cognato rivale dopo la contestuale morte di Bianca e Francesco) di "viziosa per istinto".

Invece Bianca aveva affascinato il granduca con il suo comportamento morale di sposa irreprensibile. La sua considerazione per lei era divenuta altissima proprio perché non gli aveva mai voluto cedere, differenziandosi nettamente in questo dalle altre dame fiorentine che invece facevano a gara per entrare nelle grazie di principe. Ma Francesco era innamorato di Bianca anche per le risorse intellettuali e lo stile della veneziana, superiori alla media, oltre che per il suo carattere solare che traeva da ogni cosa motivo di gioia, di spensieratezza e di letizia, nel più classico stile veneto. Un carattere, quello della giovane patrizia veneta, particolarmente adatto ad un principe chiuso e malinconico come Francesco.

La nuova sposa del granduca, Giovanna d'Austria, verso la fine del 1565 fu accolta trionfalmente a Firenze. In suo onore furono organizzate feste che durarono oltre un mese. Per festeggiarla degnamente furono anche realizzate opere artistiche di pregio, tuttora rimaste: una serie di affreschi in Palazzo Vecchio, il Salone dei Cinquecento, il Corridoio vasariano etc. Il matrimonio di Francesco e Giovanna fu celebrato il 18 dicembre 1565 ma la loro vita matrimoniale non fu quasi mai piacevole, dimostrando che le ragioni di stato non vanno sempre d'accordo con quelle dell'affetto.

Francesco I era un personaggio prevalentemente interessato alla ricerca intellettuale, alle scienze e all'arte. Trovava la moglie non molto intelligente, né colta e, come donna, per nulla attraente e poco interessante. Per lui, abituato ad avere le più belle donne di Firenze, Giovanna non era di nessuno stimolo. La Granduchessa austriaca partorì in totale sette figli: ben sei figlie femmine, delle quali solo due arrivarono all'età adulta. Una fu la famosa Maria de' Medici che poi divenne la regina di Francia, l'altra fu Eleonora de' Medici che andò in sposa a Vincenzo Gonzaga, signore di Mantova. Per il diritto dinastico le femmine erano escluse dalla successione granducale e, su pressione di Cosimo, Giovanna fu ingravidata ancora fino a che, il 20 maggio 1577 nacque finalmente un figlio maschio, chiamato Filippo, che diede serenità a tutti. Salvo purtroppo morire in età infantile: il 29 marzo 1582 a soli quattro anni. Era gracile ed ammalato di idrocefalia: una malattia congenita.

UN PRINCIPE INNAMORATO

Il Molin, un cronista del tempo (autore dei Diari) ed alcuni ambasciatori di diverse signorie accreditati alla corte medicea, raccontarono che anche dopo il matrimonio del granduca Francesco con Giovanna d'Austria, i corteggiamenti del principe verso Bianca si mantenevano continui fino ai pedinamenti ("*light stalking*" si direbbe oggi).

Tutte le domeniche mattina il granduca, fermo a cavallo in centro a Firenze (il suo seguito era obbligato a fare altrettanto) incaricava alcuni servitori di scoprire in quale chiesa fosse andata Bianca per la messa. Venutone a conoscenza, vi si recava al galoppo al solo scopo di poter incrociare i suoi sguardi con quelli di lei. Si sedeva nella fila opposta dei banchi e la fissava mantenendosi sempre a distanza. Atteggiamenti che furono definiti puerili e ridicoli nei dispacci pieni di ironia degli ambasciatori alle loro signorie.

Bianca, profondamente delusa dalla infedeltà del marito Pietro, che ormai non amava più come una volta, era ovviamente lusingata, come donna, da queste principesche attenzioni, ma da buona cattolica osservante, all'inizio (dal 1564 fino al 1575) fu una roccaforte invalicabile per Francesco. Questo atteggiamento di serietà di Bianca da sposata, totalmente inaspettato per il principe, lo colpì profondamente, tanto che se innamorò ancora di più. Nel tempo gli assalti di Francesco, a detta del Molin, "*divennero intensissimi, e ad un certo punto si presentarono così poderosi che Bianca fu costretta a parlarne col marito.*".

I due coniugi furono presi da timore perché temevano di perdere la protezione garantita dai Medici da quando erano giunti a Firenze. Pietro rischiava, in tal caso, di essere anche imprigionato. Nessuno a Firenze ignorava quanto terribile poteva essere la vendetta di un principe respinto. D'altra parte Bianca non poteva negare, nel suo intimo, di amare ormai Francesco molto di più del suo infedele marito, che era stato pure scorretto, essendosi qualificato fin dall'inizio con un nome falso per avere la sua dote e che successivamente si era dimostrato un cacciatore di donne. Il marito, preso ancora una volta dalla cupidigia, cercò di sfruttare la debolezza del potente granduca innamorato di sua moglie. Capì che questo poteva costituire un ottimo affare per lui e indusse Bianca ad accettare l'invito del principe ad inserirla fra le damigelle di corte. Anzi riuscì ad entrarci anche lui con un incarico speciale.

Il granduca Cosimo proteggeva sempre la coppia anche perché a Venezia Pietro era stato un dipendente dei banchieri Salviati, una famiglia amica dei Medici. Pietro, non contento di avere lusingato Bianca a Venezia, la spinse quasi nelle braccia del principe Francesco per sfruttare i vantaggi del loro inserimento nella corte medicea. Le disse: "*Accetta la corte del Principe. Tu sarai sempre ugualmente mia, ma potrai anche essere il mezzo della nostra ricchezza*". Bianca, a sentire quella frase, si sentì offesa ed ebbe l'ulteriore conferma che il marito, infedele impenitente, non l'amava più e forse non l'aveva mai amata. Se da un lato, l'uomo del suo primo amore le aveva dimostrato ormai il suo vero volto, dall'altro il suo cuore di giovane donna era veramente molto attratto dalla più intelligente e versatile personalità del principe che, di continuo, le si dichiarava sinceramente innamorato. Seppe però tergiversare per vario tempo come si desume dal tono dei citati sonetti e dalle poesie di Francesco a lei dedicati e dagli inseguimenti nelle chiese di Firenze. In queste dediche le scriveva che la sua bellezza e fascino avevano acceso in lui un incendio ed in un sonetto la supplicava di corrisponderlo lamentandosi del fatto che il modo di fare distaccato di Bianca lo aveva quasi spento: "*…la ria vostra asprezza tutt'havea quasi la favilla spenta.*". Bianca, da parte sua, fino a quel momento aveva sentito il dovere di rispettare il sacro giuramento del suo matrimonio, anche se la sua vita con il marito non era quella in cui lei aveva creduto all'inizio. Non riusciva a darsi ragione di questa sua situazione di sposata ma vittima di falsità. Innanzitutto il raggiro di quando era a Venezia e poi le gravi infedeltà, una volta giunta a Firenze.

Volle allora consigliarsi con il suo confessore che prese a cuore la vicenda e si diede un certo tempo per esaminare le indicazioni papali deliberate dall'allora recentissimo Concilio di Trento sul sacramento del matrimonio e sui diritti e doveri dei coniugi. Dopo alcuni giorni, durante un colloquio riservato, il prelato ebbe a dirle: "*…il matrimonio è sì un sacramento indissolubile, ma si basa sulla sincerità completa e reciproca fra i coniugi. Se uno dei due falla gravemente di non sincerità per ottenere vantaggi dell'unione, essa unione è sì considerata impegno davanti agli uomini ma gli è nulla* *davanti a Dio, maxime se uno coniuge è infedele nel matrimonio*".

Bianca, vittima della vicenda che le aveva provocato gravi delusioni e la sventura di essere stata bandita per sempre dalla sua città, uscì dalla chiesa con un grande sollievo spirituale che le invadeva il cuore. Finalmente, dopo tante traversie, era serena: lei non aveva sbagliato nulla, era stata un'ingenua e giovane ragazza quindicenne innamorata e circuita da Pietro con la menzogna. Gli uomini probabilmente l'avrebbero giudicata male da fuori, ma lei ora, da dentro, si sentiva una donna libera e dignitosa. Inoltre si sentiva anche in pace con Dio. Cosa avrebbe fatto? Ora poteva andare dove la portava il cuore: verso Francesco che comunque non poteva essere tutto suo perché apparteneva a Giovanna, sua legittima moglie. Da cattolica osservante, Bianca voleva rispettare Giovanna d'Austria, moglie del duca, ma si pose un altro dubbio. Il matrimonio di Francesco, certamente valido davanti agli uomini, era veramente valido anche davanti a Dio? Anche il suo matrimonio era stato obbligato. Lui si era dovuto sposare per ragione di stato con una donna che, come Bianca sapeva bene dalle lettere infuocate che il Principe le mandava di continuo, non amava per nulla.Come nel proprio caso e nonostante l'esistenza di figli per entrambi, anche quello di Francesco era stato un matrimonio imposto, quindi nullo davanti a Dio. Entrambi erano stati vittime della ingerenza di altri sulle loro giovani vite.

Presa da questi ragionamenti scelse la strada del cuore e lasciò che Francesco entrasse per sempre nella sua vita promettendogli, in cuor suo, fedeltà eterna. Il 28 febbraio 1566 era stata conferita a Piero Bonaventuri la carica di "guardarobiere di corte". Un altro documento, del 22 giugno 1566, indica che il Bonaventuri acquistò, in nome della moglie, due poderi: uno a Scarperia ed uno al Mugello. Bianca, entrando assieme al marito ai più alti livelli della corte medicea, divenne una delle gentildonne favorite dal principe. Ma la curiosità rimane. Si era già piegata ai voleri di Francesco oppure, come qualcuno sostiene, manteneva ancora tra sé e l'amato il limite dell'amore platonico in osservanza del proprio vincolo coniugale e del rispetto verso la moglie di lui? Si lasciava comunque coprire di regali. Ma ciò non prova nulla. Nelle corti dei regnanti era normale che le dame che assumevano il ruolo di favorite, sia per la loro avvenenza che per i compiti loro assegnati, venissero fatte oggetto di generose donazioni. In quegli anni fra il 1565 e il 1572 Bianca frequentava abitualmente il palazzo mediceo assieme al marito. Ma non ci sono altri elementi dimostrabili: né per chi pensa male né per chi pensa bene.

UNA CASA PER BIANCA A FIRENZE (1567)

Giovanna d'Austria, moglie del principe Francesco, a corte non appariva per nulla felice. Essendo straniera, abituata alla corte asburgica e alla rigida etichetta germanica, non si era mai adattata al clima scanzonato ed un po' licenzioso della corte medicea. Il marito, granduca Francesco, al quale piaceva stimolare le raffinatezze di tutti i cinque sensi ed era voluttuoso per indole e per abitudini, appagava senza remore i suoi capricci e le sue esuberanze sollecitando frequenti e sfarzose feste di corte, alle quali erano ammesse le più belle dame fiorentine. All'opposto, il carattere della moglie Giovanna d'Austria era freddo e scostante, il corpo minuto e privo di agilità, la personalità culturalmente arida era resa più fredda da una scarsa conoscenza della lingua italiana.

Bianca aveva una conversazione facile e piacevole ed una singolare facondia, come racconta l'ambasciatore veneto, sempre presente ai ricevimenti esclusivi dei Medici. Sapeva sorridere in ogni situazione e, benché rinnegata dalla sua patria, e forestiera a Firenze, si sentiva pienamente e serenamente italiana. Può essere infatti considerata una delle prime donne rinascimentali consapevoli di appartenere ad un'unica nazione: l'Italia.

A Francesco non sfuggiva questa visione positiva e politicamente moderna di Bianca, una donna certamente molto più stimolante della inconsistente moglie Giovanna, tutta compresa della sua superiorità asburgica che snobbava le signorie italiane considerandole inferiori.

Gli storici non escludono che in seguito, una volta sposati, Francesco e Bianca avessero pensato di unificare il nord Italia partendo da un'alleanza fra la Toscana e Venezia e che questa loro presunta, ma molto probabile, concezione politica possa aver disturbato qualcuno (vedi i Gonzaga, gli Este, il papato o altri) diventando forse la vera causa occulta della loro strana e quasi contestuale morte.

La patrizia veneziana, nel 1571, all'età di venticinque anni, era già una donna famosa in tutta Europa sia per le vicende della sua clamorosa fuga che per la sua bellezza, giudicata eccezionale in tutti i dispacci degli ambasciatori dei principali stati del continente accreditati alla corte dei Medici. Grazie al suo senso artistico e alla sua solare creatività, lanciò tra le dame di Firenze la moda di splendide vesti raffinate unendo lo stile veneziano, pieno di contrasti colorati, di merletti e di originali ricami con quello fiorentino, creando così uno stile di abbigliamento originale ed innovativo. Bianca a corte divenne quella che oggi potremmo definire una "*opinion leader*" della moda o una "*fashion influencer*". Lanciò mode che furono imitate da tutte le corti europee. A Firenze si mangiava bene, si viveva bene e ci si vestiva anche bene. Le originalità della corte dei Medici erano imitate ovunque in Europa. In quel periodo Firenze accolse artisti, pittori e poeti che arricchirono la città di opere d'arte rimaste famose. Molte sono oggi visibili nella Galleria degli Uffizi (vi è anche un ritratto di Bianca, dipinto dall'Allori, uno dei pochissimi rimasti fra i tanti distrutti dal cognato dopo la morte della granduchessa, come vedremo). Il granduca Francesco, che considerava Bianca anche un'intelligente ambasciatrice di corte, decise di regalarle una casa a Firenze che acquistò per lei il 22 settembre 1567, intestandola però a suo marito Piero Bonaventuri per evitare chiacchiere. Si trattava di un palazzetto signorile al numero 26 di via Maggio, oggi hotel di lusso. Bianca provvide alla sua ristrutturazione e fece realizzare alcuni interventi artistici di abbellimento. In particolare l'originale facciata artistica che ancora oggi viene ammirata dai turisti di tutto il mondo. Le stanze, arredate con splendore, erano finalmente degne della nobile origine di Bianca che vi entrò l'8 novembre di quello stesso anno. Ebbe così la rivalsa nei confronti della sua famiglia di origine che l'aveva diseredata e che arrivò a perdonarla solo alcuni anni dopo.

Il padre l'aveva rinnegata subito dopo la fuga e le aveva trattenuto la cospicua eredità della mamma che invece le spettava di diritto. Il nuovo palazzo di Bianca ospitava di frequente ospiti illustri, artisti, poeti e ambasciatori. Il pianterreno venne assegnato a Pietro Bonaventuri dal quale lei volle prendere le distanze in quanto delusa dal suo comportamento infedele, pur considerandosi sempre la sua legittima moglie. Il duca Francesco era sempre innamorato di lei e i due coniugi Bonaventuri continuavano a frequentare la reggia medicea dove Bianca rimaneva la favorita principale fra le dame di corte. Nel 1579, un anno dopo il suo regolare matrimonio con Francesco, come vedremo oltre, gli ambasciatori veneti si recarono a Firenze in occasione dell'incoronazione di Bianca a granduchessa e, alludendo ai rapporti del granduca con la consorte prima del matrimonio, riferirono maliziosamente al doge: "*il Granduca xè innamoratissimo e, per dir così, perduto come fin dal primo giorno eppure sono dieci anni che el g'ha la pratica sua*". Invece, fino almeno al 1574, Francesco soffrì proprio per "non aver la pratica sua", come lui stesso indica nelle poesie a Bianca e come dimostrò, per anni, il suo comportamento da innamorato che la seguiva per tutte le chiese di Firenze solo per vederla.

Francesco non aveva mai amato la moglie austriaca e già subito dopo la nascita di Pellegrina, la figlia di Bianca e Pietro Bonaventuri (estate

1564) aveva ottenuto di avere a corte la gentildonna veneziana assieme a suo marito con la scusa di proteggerli dai sicari veneziani. Dalle indiscrezioni del tempo appare che in quegli anni lei fosse l'unica persona che comprendeva l'animo di Francesco, temperando gli alti e bassi del suo collerico ed instabile carattere. Bianca, con dolcezza e prudenza lo sapeva sempre ammansire. Bella e intelligente come era, quindi non ne fu subito l'amante nel senso brutale del termine, ma ne divenne la confidente, la consigliera, la sua vera e unica amica del cuore.

BIANCA E GIOVANNA

Bianca e il marito Pietro Bonaventuri in quegli anni frequentavano la corte medicea con incarichi ufficiali. Giovanna d'Austria era diventata amica di Bianca, forse anche per il carattere della veneziana, opposto al suo. L'austriaca era piccola, magra, decisamente bruttina e, benché trascurata dal marito, non aveva motivo di essere gelosa di Bianca, anzi ne apprezzava il carattere simpatico e allegro. Lei invece era sempre triste e stanca, trattata aspramente dal principe anche perché non gli aveva ancora dato il successore al trono. Per i Medici questo era fondamentale per la continuità dinastica. La giovane Bianca, carezzevole per natura, era spinta dallo stesso Francesco ad essere amica di Giovanna. Circondava di ogni premura la principessa asburgica e le mostrava una spiccata simpatia. Tanto che divennero amiche e confidenti.

Il padre di Francesco, granduca Cosimo, che vedeva e sapeva tutto dal suo dorato eremo di Pisa, stava molto attento a mantenere buoni i rapporti con l'imperatore asburgico padre di Giovanna e si credette in dovere di scrivere a suo figlio: *"...baciate le mani alla vostra consorte, principessa Giovanna, in mio nome e fatele carezze ché, rivedendola, mi parve molto fiacca e fastidita. Vivete sano e allegro con lei come mi appare facciate fin troppo spesso con Bianca"*. Riguardo al titolo di granduchi conferito ai Medici, una curiosità. L'imperatore asburgico del Sacro Romano Impero aveva avuto, in quegli anni, una lunga controversia col pontefice perché questi voleva accordare a Cosimo il titolo di arciduca. L'imperatore sosteneva che concedere quel titolo era una prerogativa di casa d'Austria e che non glielo avrebbe mai riconosciuto. Il papa, allora, nominò Cosimo granduca. L'Imperatore sollevò altre obiezioni: affermò che il pontefice non poteva incoronare granduchi dei semplici vassalli imperiali, come lui considerava i Medici. Alla fine prevalse il papa e Cosimo divenne granduca. Alla morte di Cosimo, nel 1574, il titolo passò a Francesco e quando questi, come vedremo, nel

1579 sposò Bianca, la patrizia veneta assunse il titolo di granduchessa di Toscana.

Bianca, secondo il giudizio degli storici del tempo, era di carattere diretto. Non era il tipo della favorita cinica e consumata come per esempio furono alcune famose donne delle corti francesi. Era stata a suo tempo vittima di vicende che lei stessa non si aspettava divenissero così gravi. Con la sua fuga d'amore era però riuscita ad evitare la prospettiva di una vita monacale da lei indesiderata. Ma a Firenze le delusioni per il comportamento di suo marito e i rischi di essere rapita dai sicari veneziani l'avevano indotta ad accettare la protezione di Francesco, i suoi regali e i suoi favori. Lui si era da subito dichiarato innamorato di lei e già a fine 1564 le aveva promesso amore eterno, preferendola alle gentildonne più ammirate di Firenze. Nel 1565 era dovuto andare all'altare con Giovanna d'Austria praticamente col nome di Bianca sulle labbra. Aveva subìto Il matrimonio, senza nessun amore per l'austriaca, solo per l'ambizione, la cupidigia, e la vanagloria del padre Cosimo, deciso a imparentarsi con l'imperatore, sfruttando il figlio.

Francesco, in un'occasione informale, confidandosi con una persona della sua corte, aveva definito la moglie austriaca: *"quel corpicciolo senz'anima*". Si può facilmente intuire cosa intendesse con tali parole se si considera che il principe era un uomo che apprezzava tantissimo la sensualità femminile (il sex appeal, si direbbe oggi). Bianca amò Francesco di un amore più maturo rispetto alla sua precedente infatuazione superficiale di sedicenne, quando aveva sposato un uomo che a Venezia l'aveva ingannata e che a Firenze la tradiva con altre donne. Nella vita di corte, Bianca era comunque quasi sempre assieme alla principessa Giovanna. A palazzo Pitti portava anche la figlia Pellegrina che nel 1569 aveva cinque anni ed era una bimba graziosa. Fu la compagna di gioco preferita delle principessine Eleonora ed Anna, le prime due figlie di Giovanna d'Austria e di Francesco I, che erano sue coetanee. In una lettera inviata a Roma, alla propria moglie, da un gentiluomo della nobiltà romana che era stato ospite per qualche tempo della corte medicea a Firenze, si legge quanto segue: "*...Bianca si governa con tanta prudentia che ognuno ne dice bene, né si sente persona che se ne discontenti. Ella è in palazzo ed alla Serenissima Principessa graditissima, la visita spesso, et la figliola sua si domestica con le principessine et le due dame vanno insieme per Fiorenza a sollazzo fra esse in cocchio che è una dolcezza...* ".

Quindi una vita di corte che rimase placida e serena per qualche anno: dal 1569 fino al 1572. Poi Bianca divenne oggetto di invidia per il suo ruolo privilegiato e sempre più importante di favorita di corte.

Francesco intanto si allontanava sempre di più dalla moglie, che continuava a rimanere incinta, dandole solo figlie femmine. Nel 1570 un'altra dama di corte, Fulvia di Santa Flora, invidiosa del ruolo di Bianca, così vicina al potere supremo, accennò a Giovanna di alcuni sospetti che circolavano riguardo a presunti incontri di suo marito Francesco con la patrizia veneta. Ne nacque un dramma da intrigo di corte: Giovanna d'Austria affrontò il marito sdegnata mentre Francesco, dimostrandosi irato, negò tutto accusando la sposa di troppa credulità nei confronti di tali chiacchiere. Ma Giovanna, sicura della tresca, si rivolse al suocero Cosimo protestando veementemente. Per calmare la principessa consorte, Francesco chiese a Bianca di ritirarsi per qualche tempo nel podere di Villa della Tana (nel territorio di Sant'Andrea a Candeli) che le aveva acquistato con atto notarile del 24 maggio 1570, intestando anche questa proprietà al marito di lei, Pietro.

Giovanna aveva deciso di scrivere a Cosimo perché aveva con lui un rapporto quasi come figlia e gli chiese di redarguire Francesco. Cosimo de' Medici, da uomo esperto ma anche da governante preoccupato per le prevedibili ritorsioni da parte del nuovo imperatore (che intanto a Vienna era diventato proprio il fratello di Giovanna d'Austria) le rispose, con molta saggezza, che non bisognava prestar fede agli scandali *"...il principe l'ama, ma è d'uopo a età giovanile concedere il suo corso et sopportare con prudenzia quel che il tempo correggerà poi in breve, altrimenti si accenderebbe a poco a poco uno sdegno et odio da non spegner mai…"*.

La esortava quindi alla pazienza e a mostrarsi *"ognor più lieta verso il principe"*. In una lettera successiva, Giovanna appariva più tranquilla e scriveva al suocero: *"Dio mantenga sempre la sua mano sopra di noi et che possiamo vivere insieme uniti et contenti"*. Le lettere da Pisa di Cosimo cancellarono i sospetti di Giovanna e la minacciata tragedia coniugale si trasformò nella letizia di una quarta maternità.

Ma Francesco, sempre innamorato di Bianca, le inviava proprio in quei giorni un medaglione realizzato da Benvenuto Cellini con la seguente dedica: *"Amata Bianca fino da Pisa v'invio il mio ritratto che il nostro Maestro Cellino m'ha fatto, in esso il mio core prendete. Don Francesco"* (vedi appendice iconografica).

L'UCCISIONE DEL MARITO DI BIANCA

(Agosto 1572)

Il marito di Bianca, Pietro Bonaventuri, a causa del suo comportamento libertino e dei suoi atteggiamenti da millantatore, era mal visto a Firenze. Lui, perduta ormai la speranza di ottenere la dote di Bianca (che a sua volta era disillusa del marito per le sue infedeltà), si diede a condurre una vita ancora più sregolata. Più volte il principe Francesco, che aveva protetto la coppia dopo la fuga da Venezia per volontà del padre Cosimo, accogliendola a corte ed assegnando a Pietro perfino un incarico importante, lo dovette richiamare all'ordine. Francesco era innamorato di Bianca e sopportava con pazienza i comportamenti scandalosi di suo marito rispettando l'unità della coppia per il sincero affetto che aveva verso di lei. Anche Bianca era innamorata di lui ma, da sposata e da sinceramente cattolica, accettava solo una corte di tipo platonico. La brutta strada su cui si era intanto messo Pietro Bonaventuri non poteva che portarlo alla tragedia.

Aveva cominciato a frequentare una certa Cassandra Bonciani, dama fiorentina bellissima e licenziosa (rimasta vedova nel 1569) che in precedenza era stata amante anche di don Francesco. Non si può escludere che lo stesso principe avesse indotto il marito di Bianca a frequentare Cassandra per tenerlo lontano da lei e alimentarne il dispregio nei confronti del coniuge. Cassandra, vedova di un Cavalcanti, apparteneva al nobile casato dei De' Ricci, molto vicino ai Medici. Avevano trattato alcuni affari commerciali per conto dei granduchi in Italia e all'estero. Il marito di Bianca soleva vantarsi delle imprese amorose con la Bonciani nelle taverne di Firenze e i De' Ricci, sempre più indignati, chiesero a Francesco di intervenire per farlo smettere. Il principe redarguì più volte il giovane ma questi replicò che l'odio dei De' Ricci era dovuto al fatto che non lo consideravano un gentiluomo quale invece egli era, sostenendo che la sua discendenza derivava da un'antica nobiltà. Chiese quindi a Francesco che, per la propria dignità, gli fosse riconosciuto ufficialmente lo stato di patrizio fiorentino cosa che gli fu concessa da Francesco in data 15 settembre 1571, forse anche per fare un favore a Bianca. Ma in seguito, non sopportando più le noie derivanti dal comportamento negativo di quell'uomo, per calmare del tutto le proteste dei De' Ricci decise di mandarlo come suo inviato in Francia. I De' Ricci tenevano molto all'immagine della famiglia ma non riuscivano a controllare la femminile esuberanza della bella Cassandra. Però erano pericolosi e molto violenti, tanto che in precedenza altri due corteggiatori della donna erano stati trucidati proprio dalle loro mani.

Bianca, pur disillusa e ormai senza più alcuna fiducia nel marito, voleva però farlo rimanere a Firenze per la loro figlia Pellegrina e chiese al granduca Francesco di non allontanarlo. Sperava in cuor suo di poterlo cambiare e sapeva che la presenza a Firenze di un marito, seppure fedifrago, costituiva un elemento di una certa sicurezza per lei, come donna. Ottenne che rimanesse, ma Pietro continuava sempre a frequentare Cassandra ed a vantarsi in pubblico dei loro convegni amorosi.

Allora i De' Ricci si recarono di nuovo dal principe Francesco minacciando questa volta di uccidere Pietro Bonaventuri se fosse rimasto a Firenze. Bianca fu avvisata da Francesco del grave pericolo che correva suo marito e chiese al granduca di proteggerlo. Intanto affrontò nuovamente il marito per indurlo a cambiare vita.

Pietro Bonaventuri, che aveva goduto delle grazie di Bianca fin da quando lei era giovanissima, non era più tanto condizionato dal suo innegabile fascino. Preso da ira cominciò ad offenderla e arrivò fino alle minacce. La percosse con violenza lasciandola piangente e in preda allo sconforto. Poi si recò deciso da Francesco chiedendo il rinnovo del porto d'armi che gli era stato concesso dai granduchi dopo la sua fuga con Bianca da Venezia per difendersi dai sicari veneziani a caccia della sua taglia. Armatosi di tutto punto, un giorno uscì all'alba mettendosi alla ricerca di Ruberto de' Ricci per vendicarsi delle sue delazioni verso il principe e per sfidarlo a duello. Tutta la famiglia De' Ricci si mise in allarme e fu radunato un gruppo di fedelissimi al loro casato. Oltre ai parenti reclutarono anche Celio Malespini un novelliere fiorentino, allora già famoso, che sapeva maneggiare la spada almeno quanto la penna. Il gruppo raggiunse il ragguardevole numero di circa quattordici persone. La notte fra il 26 e il 27 agosto 1572, tutti ben armati, si misero alla caccia del marito di Bianca, capitanati da Ruberto de' Ricci e da Celio Malespini. Pietro, dopo l'ennesima notte trascorsa nel palazzo di Cassandra, stava rientrando a casa di prima mattina. Gli aggressori si posizionarono lungo il percorso, nascosti nelle ombre dei palazzi. Sul ponte di Santa Trinità, che il marito di Bianca doveva attraversare nel suo percorso, posizionarono un paggio travestito che conosceva bene il Bonaventuri. Al giungere della vittima designata, questi lanciò un grido convenuto. Tutto il gruppo entrò in azione con spade, accette, mazze ferrate e coltellacci. Pietro sguainò la spada ma fu assalito da quattro o cinque del gruppo. Ferito al viso seppe difendersi da solo contro tutti, ma, quando riuscì a raggiungere via Maggio, la trovò sbarrata da altri sei aggressori, mentre il De' Ricci gridava "*a morte, a morte*". Pietro cercò ancora di difendersi con la spada ma poi, stremato, lasciò cadere l'arma. Il Malespini gli sferrò un colpo alle gambe tagliandogli di netto i nervi e un cugino del Dè Ricci lo colpì al capo con la spada, finendolo.

Il mattino, quando era già cadavere, fu trovato dai passanti e dai negozianti del quartiere che lo portarono pietosamente fino alla chiesa fiorentina di San Jacopo sopra Arno. Venne sepolto a San Nicolò dal padre Zenobi Bonaventuri. In quei giorni estivi Francesco De' Medici era nella villa medicea di Pratolino, oggi villa Demidoff, fuori Firenze. Un messo, inviatogli da sua sorella Isabella, da sempre protettrice di Bianca, lo avvisò del fatto. Secondo quanto tramandato dai contemporanei, pare che lui non fosse troppo meravigliato di questo assassinio e che si fosse detto soprattutto preoccupato che Bianca fosse rimasta incolume.

A questo punto viene da chiedersi se Francesco fosse al corrente o, come qualcuno azzarda, fosse addirittura il mandante di questo assassinio. Ci sembra di poter osservare che queste valutazioni siano infondate. il ruolo del principe e la forma, in quel tempo probabilmente ancora platonica, del suo rapporto d'amore con Bianca non erano per nulla influenzati dalla presenza di Pietro Bonaventuri. Quest'ultimo da oltre otto anni faceva parte dello stretto entourage del principe (dal 1564, quando i due coniugi erano entrati sotto la protezione dei Medici fino all'agguato dei Dè Ricci del 1572). Va anche osservato che se Francesco avesse proprio voluto liberarsi di Pietro Bonaventuri per avere Bianca tutta per sé e per renderla vedova (quindi magari più disposta verso i suoi desideri) avrebbe potuto benissimo lasciarlo uccidere molto prima dai sicari veneziani che gironzolavano da tempo a Firenze per incassare la taglia. Invece i Medici protessero sempre sinceramente la coppia. Di fatto ci sembra abbastanza evidente che il principe fu un elemento passivo e non attivo nella crudele faccenda. L'orrenda morte del marito di Bianca fu invece la logica conseguenza del suo comportamento superficiale e sventato.

Il granduca Francesco, ovviamente sospettato, confessò anni dopo al suo confessore e teologo, padre Confetti, che "*aveva immaginato*" ma "*lasciò correre*".[10]

L'assassino, Ruberto De' Ricci, riparò a Venezia da dove mandò una supplica ai duchi Cosimo e Francesco (pure conservata nell'Archivio di stato di Firenze). In questa supplica scrisse che Pietro Bonaventuri si vantava spudoratamente della relazione con sua zia Cassandra persino nelle taverne, con grande disonore della nobile famiglia fiorentina. Inoltre che insidiava la vita della gentildonna con gravi minacce perché era un essere abbietto e violento. Quindi l'omicidio era divenuto inevitabile. Chiedeva ai granduchi il permesso di tornare incolume in patria. Francesco gli fece rispondere che lui e il padre, granduca Cosimo, gli concedevano la grazia richiesta.

E Bianca? Si narra che lei fosse afflitta oltre ogni dire per l'assassinio del marito. Queste le parole di un altro diarista del tempo: "*...ella si graffiava e percuoteva tutto il suo delicato viso... Piangeva, smaniava, diceva di volersi uccidere*". Tutte le gentildonne del quartiere di via Maggio si erano precipitate in casa sua per consolarla. Per calmare la giovane vedova, qualche giorno dopo la andò a visitare anche il principe Francesco. Nella biblioteca Nazionale di Parigi è conservata in proposito un'interessante lettera, in originale, inviata da tale gentiluomo Antonio Ramberti ad un certo abate Martini. La lettera descrive nei dettagli la morte del Bonaventuri, è coerente con il racconto riportato sopra e indica il De' Ricci come l'assassino. In questo documento il dolore disperato di Bianca viene descritto così: "*...la qual signora è molto travagliata e non fa altro che piangere assai, perché gli è stato ammazzato il marito: il suo caro sposo Pietro che è stato morto per opera di messer* Ruberto *de' Ricci*"

LA VITA DI BIANCA VEDOVA DI PIETRO *(dal 1572)*

Bianca ora era una giovane vedova di ventisei anni, non più legata alla promessa di fedeltà del suo matrimonio, vincolo che fino a quel momento considerava sacro per la sua educazione religiosa di

[10] *Archivio di Stato di Firenze – Dichiarazioni di Padre Giovan Battista Confetti sul matrimonio tra Franc- esco I e Bianca Cappello (8 febbraio 1578) - Miscellanea Medicea Filza 16 ins. 14 cc.1-5*

veneziana cattolica. A partire dagli ultimi mesi di quel 1572 il granduca Francesco cominciò ad occuparsi di lei sempre più intensamente ed amorevolmente. Subito dopo il fatto di suo marito le aveva dichiarato che il suo amore era sempre il medesimo di quel giorno del 1564 (otto anni prima) in cui l'aveva vista per la prima volta nel palazzo della marchesa di Mondragone. E tale si manteneva, nonostante il suo matrimonio d'interesse con Giovanna d'Austria, la figlia dell'imperatore, che il padre Cosimo aveva combinato per lui. Bianca in quei mesi era alle prese con il grande dolore dell'uccisione di suo marito e l'angoscia del suo spirito aveva cominciato a causarle alcuni malanni fisici. Pietro l'aveva delusa, ma era stato pur sempre il padre di sua figlia Pellegrina, che intanto aveva raggiunto gli otto anni. Con lui Bianca aveva trascorso i dieci anni più duri e tristi della sua vita ma erano stati anche quelli più avventurosi ed indimenticabili.

Qui bisogna ricordare che nei secoli successivi, e fino ai nostri giorni, la loro fuga ha ispirato poeti, pittori, scrittori, commediografi e registi. Un film su Bianca Cappello, prodotto negli anni sessanta del secolo scorso, ebbe come protagonista maschile Vittorio Gassman. I libri, i racconti e gli scritti su di lei in lingua italiana, in inglese, in francese e in tedesco sono molto numerosi: almeno duecento (vedi bibliografia). Pietro era stato l'uomo che le aveva donato la libertà. Ora lei si era accorta, forse troppo tardi, che le loro avventure e le loro successive sventure erano state causate dalla sua giovanile infatuazione per un ragazzo animato da cupidigia che, più recentemente, aveva dimostrato di non meritare il suo amore giovanile. Ma Bianca gli aveva voluto bene e il dolore per la sua morte violenta rimaneva forte. Ora a Firenze era sola, senza più nessuno.

Il principe Francesco aveva compreso il dramma di questa giovane che in cuor suo, aveva sempre amato. In quei giorni le aveva rinnovato la promessa d'amore fattale segretamente un tempo. Sperava finalmente di vincere la irriducibile e strenua resistenza di lei che, da sposata, non aveva mai voluto piegarsi ai suoi desideri. Qualche narratore sostiene che, appena mancato il Bonaventuri, il granduca Francesco promise a Bianca di sposarla nel caso lui fosse rimasto vedovo a sua volta. Non ci sono carteggi o documenti a sostegno di ciò, ma da allora gli equilibri di corte cambiarono. Secondo alcuni autorevoli osservatori del tempo (ambasciatori e ospiti) pare che sia stata proprio la serietà femminile di Bianca, inaspettata per Francesco, l'elemento che generò il folle attaccamento del granduca per lei, che fu costante fino alla loro morte. Appaiono ridicoli quei novellieri popolari che indicano in filtri magici la causa di questa attrazione fortissima e duratura di Francesco per

Bianca. In realtà lui restò piacevolmente ammirato soprattutto della classe della veneziana e folgorato dalla sua fermezza morale. Uno stile del tutto diverso da quello licenzioso delle dame fiorentine, sempre facilmente disponibili nei confronti di lui, il principe del Granducato. E che faceva intanto Giovanna d'Austria, la legittima moglie, ma non amata, del principe? Confinata nel palazzo granducale era sempre infelice. Trascorreva le giornate in atteggiamento distaccato, senza occuparsi di nessuna delle manifestazioni artistiche o mondane che si svolgevano di continuo a Firenze per l'esuberanza artistica e intellettuale del marito. Lei era isolata ed emarginata anche dalle dame fiorentine di corte, tranne Bianca.

Per quanto riguarda i suoi rapporti con la bella veneziana, verso la quale alternava momenti di simpatia ad altri di insofferenza per le soffiate che le arrivavano dalle sue spie, dopo la morte del Bonaventuri si era definitivamente convinta che il marito la tradisse con lei. Giovanna aveva cominciato a prezzolare delle spie per essere informata di tutte le mosse del marito e della rivale. Queste spie, come spesso accade, insinuavano continui dubbi in lei, per essere mantenute nei loro ruoli di informatori con cospicui compensi. Avevano diffuso dei pettegolezzi che, passando di bocca in bocca, avevano invaso tutta Firenze. Tanto che Francesco, offeso per i continui sospetti della moglie cominciò ad odiare Giovanna sempre di più.

Gli storici confermano che la granduchessa austriaca era priva di ogni attrattiva fisica e non possedeva doti intellettuali o di carattere che la rendessero almeno gradevole. La sua intelligenza era descritta dai contemporanei come limitata ed ottusa. I suoi freddi atteggiamenti, privi di fascino, non erano certamente graditi ad un uomo sensibile, intelligente e molto attratto dalla bellezza femminile come era il marito. Invece ecco quanto riportato a proposito di Bianca in un antico testo che ne descrive le qualità: "*...anche i suoi più giurati nemici confessarono che, oltre a una rara bellezza, ella possedeva i più grandi doni che può avere una donna: sapeva risvegliare l'allegria e cacciare il cattivo umore nell'uomo*".

Questi doni di Bianca erano certamente necessari per il carattere chiuso ed ombroso del principe. Giovanna rinfacciava di continuo al marito le sue presunte scappatelle con Bianca di cui le riferivano, con malizia e compiacenza, le sue spie.

Francesco, esacerbato dai sospetti della moglie e dai suoi frequenti rimbrotti, arrivò ad affezionarsi sempre di più a Bianca che per lui era un rifugio di pace, di riposo e di serenità. A Bianca non avrebbe mai rinunciato, poiché lei rappresentava l'unico raggio di sole della sua ombrosa esistenza di sposato contro la sua volontà.

TORNARE A VENEZIA? (1573-1574)

Francesco visitava Bianca sempre più di sovente. Era accompagnato nella casa di lei, in via Maggio, da tre staffieri. Lei pretendeva che, mentre loro due s'intrattenevano in conversazione, le porte della sala fossero lasciate aperte in modo da essere visti e non dare luogo ad illazioni. Un comportamento, questo di Bianca, ancora una volta inaspettato e ammirevole dal punto di vista di Francesco. Era dettato dalla aristocratica superiorità morale e dalla correttezza della patrizia veneziana verso Giovanna, la legittima moglie del granduca. Uno stile degno di uno spirito superiore. Questo stile di Bianca fu volutamente trascurato da alcuni commentatori superficiali che vollero considerarla solo come una cinica amante, mentre riempì di ammirazione e di rispetto il granduca confermandogli di avere conosciuto una donna molto speciale. Francesco avrebbe potuto godere carnalmente di qualsiasi altra bella donna del suo Granducato, ma era affascinato da Bianca e dal suo affetto, puro, spirituale ed esclusivo. Il loro amore era sincero, a partire dal primo "colpo di fulmine" di otto anni prima. E per Bianca l'amore per Francesco era diventato ancora più intenso dopo la morte del marito.

Come ricordato sopra, i munifici regali di Francesco a Bianca, che lui considerava sempre la sua dama preferita di corte, erano stati molto preziosi. Ma per evitare chiacchiericci le proprietà immobili che il principe le aveva regalato erano state sempre intestate al marito. Francesco, dopo la morte di Pietro Bonaventuri, fece presentare un'istanza da un notaio in cui Bianca dichiarava che tutti i beni che possedeva assieme a suo marito, erano stati acquistati mediante i denari di lei.

L'istanza, di cui è giunto l'originale fino a noi, fu sottoscritta dallo stesso Francesco nel suo ruolo di regnante *"...ex certa scientia et de plenitudine potestatis"*. [11]

Allora, considerata la sua nuova e favorevole situazione a Firenze di ricca dama corteggiata dal granduca, perché Bianca, a partire dal gennaio del 1573, vedova da sei mesi, cominciò a parlare, per lettera, con i suoi cugini di Venezia del suo ritorno a Venezia? I motivi erano

---

[11] *Archivio di Stato di Firenze – Sulla proprietà di alcuni beni immobiliari acquistati dal marito ma con i soldi di Bianca Cappello: istanza di Francesco I che li dichiara proprietà di Bianca (4 agosto 1572) - Miscellanea Medicea Filza 660 ins. 4*

diversi. Intanto si rendeva conto che l'amore di Francesco per lei l'aveva posta in rotta di collisione con la granduchessa Giovanna, della quale era amica da anni. Questa situazione non le piaceva. L'animo di Bianca era solare, allegro, spensierato e voleva mantenerlo così. Sapeva bene che rimanere a Firenze l'avrebbe condannata ad assumere comportamenti falsi e scorretti, estranei al suo nobile stile sincero.

Giovanna l'aveva sempre percepita come amica, ma ora Bianca non era più sposata e Francesco stava per farla diventare sua rivale. Oltre a ciò, la sua fama di dama di corte preferita dal principe era sgradita ai cittadini di Firenze e della Toscana. Il popolo desiderava che il potere istituzionale dei Medici ed il loro status familiare rimanessero saldi. Bianca poteva diventare un elemento di instabilità, pericoloso per la stessa sicurezza del Granducato, sempre a rischio di congiure interne ed attacchi militari esterni. Il popolo preferiva un granduca tranquillo, senza distrazioni affettive. E così la pensavano anche i fratelli e le sorelle del principe, in particolare Ferdinando, cardinale a Roma e Isabella, moglie di Paolo Orsini, duca di Bracciano, che avranno entrambi ruoli determinanti nella vita della veneziana.

Bianca, da parte sua, anelava ad una situazione affettiva stabile. Lei era ancora giovane ed il suo carattere positivo non si confaceva con un arido e clandestino ruolo di seconda donna del principe. Vi era in lei un forte senso di disagio perché sapeva che, nel divenire del tempo, si sarebbe trovata in una degradante, e quanto meno discutibile, posizione morale. Sarebbe stato inevitabile cedere alle pressioni sempre più insistenti di Francesco, che era pur sempre un uomo sposato. Invece un nuovo matrimonio a Venezia, onorevole e benedetto da Dio, sarebbe stato più consono alla sua nobile origine.

Perciò, nonostante il suo amore per Francesco, Bianca cominciò a ritenere improrogabile la decisione radicale, ma sofferta, di lasciare Firenze come la scelta giusta per la sua vita. Pensava che ritornare a Venezia, la sua città natale dalla quale si era staccata per la sua travolgente passione giovanile, poteva essere l'unica soluzione per riordinare la sua esistenza. Pensò di sposarsi con un gentiluomo della sua patria lagunare, che la amasse e la proteggesse. Sapeva però che il percorso che l'avrebbe riportata a Venezia sarebbe stato irto di difficoltà. Prima di tutto, in caso di rientro in patria senza un marito, le sarebbero stati confiscati tutti i suoi beni toscani secondo le leggi fiorentine. E senza alcuna disponibilità economica personale non avrebbe certo potuto fidarsi di Lucrezia Grimani, la seconda moglie di suo padre. Con ogni probabilità sarebbe stata obbligata ad entrare in un monastero. L'unica strada per non perdere tutto e rimanere libera a

Venezia era quella di trovare là un legittimo consorte.

Questi pensieri di Bianca non sono le fantasie di alcuni degli scrittori che raccontarono la sua vita. Si tratta invece di riflessioni contenute nelle lettere originali, pervenute fino a noi, scambiate fra Bianca e i cugini Andrea e Girolamo Cappello e di quelle fra i suoi parenti ed Isabella De' Medici, sorella di Francesco.

Dai numerosi carteggi, conservati negli Archivi di Stato di Firenze e di Venezia, si evince con chiarezza che Bianca faceva sul serio, quando pensava di tornare a Venezia e di sposarsi. Nel contempo raccomandava ai cugini che si facessero da mediatori fra lei e suo padre, Ser Bartolomeo Cappello per una riconciliazione. Nelle lettere raccomandava la massima segretezza, nel timore che le sue intenzioni di tornare a Venezia venissero conosciute dall'illustrissima signora Isabella (ma soprattutto da Francesco che era certamente informato "in tempo reale" dalla sorella delle intenzioni di Bianca). Il granduca apprendeva con dispiacere che Bianca aveva la ferma intenzione di andarsene per non diventare la sua amante. Quindi le aveva messo alle costole l'astuta sorella per controllare con discrezione ogni sua mossa. Isabella esaminava con facilità tutti i carteggi segreti di Bianca con Venezia.

Ed ecco le lettere originali più significative di Bianca.[12] Una di queste è del 16 gennaio 1573. Bianca la inviò al cugino Andrea Cappello, di cui si fidava. Parlava dei propri beni a Firenze e di come avrebbe potuto gestirli in caso di rientro a Venezia: *"...Io sono rimasta tutta ammirata della risposta che ella ebbe dal clarissimo mio padre anche se le sue parole non si accordano con la lettera ch'egli m'indirizzava. Ben è vero che non si possono conoscere gli uomini, così io mi rimetto nelle mani di Dio, perché faccia il meglio. È vero che io ho detto al clarissimo padre mio, di possedere trentamila scudi di beni mobili e stabili (circa 3.000.000 euro), ma in vista del mio ritorno a Venezia io debbo, per dovere, lasciare una parte di essi a mia figlia in modo che si possa maritare onoratamente".* Bianca è in bilico fra l'invito di suo padre e dei suoi cugini veneziani a rientrare a Venezia ed il futuro suo e di sua figlia Pellegrina. Appare orientata a rientrare a Venezia, ma vuole gestire il suo cospicuo patrimonio di gioielli e di beni immobili senza privare sua figlia di

[12] *Archivio di Stato di Firenze – Lettere di Bianca Cappello a Venezia ai cugini Andrea e Girolamo Cappello (1573-1575) – Mediceo del principato (196 lettere delle donne di casa Medici) - Filza 5947b.*

quanto le sarebbe servito come dote. Dalle lettere del padre Bianca comprende che la sua famiglia si dimostra interessata a lei, ma soprattutto ai suoi beni. Questo la preoccupa e la tiene con l'animo sospeso. Scriveva al cugino che se i suoi parenti si fossero dimostrati sinceramente interessati a lei anche come persona, oltre che al suo patrimonio, ogni cosa avrebbe avuto il giusto seguito e si sarebbe conclusa con un matrimonio con qualche eminente gentiluomo veneziano. Escludeva di ritornare a Venezia da non sposata perché i suoi beni le sarebbero stati in buona parte tolti a Firenze e il resto gestito dalla famiglia. Lei non sarebbe più stata una donna libera.

A Venezia era normale far monacare le figlie non sposate per conservare all'interno delle famiglie le loro doti e ricchezze che venivano investite dal padre nei commerci navali. Bisogna osservare che ogni qual volta Bianca, nella sua "*difficile e travagliata vita*", come spesso definiva la propria sorte nelle sue lettere, cercava il bene, non trovò mai la giusta corrispondenza ed un sincero aiuto. Nei riguardi del patrizio Bon (il nome di questo nobile veneziano le venne fatto dal cugino Andrea come eventuale marito) scriveva che si rimetteva nelle mani della famiglia e di "*Sua Eccellenza Andrea…*". I cugini Andrea e Girolamo Cappello furono i suoi consiglieri più sinceri da Venezia in quella fase di dubbi di Bianca. Ad Andrea, nato nel 1550, quattro anni dopo di lei, Bianca era particolarmente affezionata perché erano cresciuti insieme nella "fraterna" del grande palazzo Cappello, prima della sua fuga. Grazie a lui si era intanto riappacificata con il padre, ser Bartolomeo. Sempre per mezzo del magnifico Andrea, il padre le aveva risposto con un certo affetto, invitandola a tornare a Venezia tranquilla con le sue fortune, anche senza la necessità di un nuovo matrimonio. Isabella de Medici, forse ispirata dal fratello granduca Francesco, a Firenze colmava Bianca di premure, ma le consigliava di tornare a Venezia solamente da sposata mettendola in guardia anche da suo padre. Questi aveva mandato a Firenze un suo uomo di fiducia perché verificasse e valutasse i beni della figlia.

Ecco da una delle lettere di Isabella De' Medici a Bianca: *« … vi dirò, voi ben sapete, che io molto più che sorella vi amo e non considero mai cosa che non sia per utile e onor vostro. Mi è stato detto che vostro padre ha mandato qui uno con animo che vi conduca a Venezia. Non voglio mancare ricordandovi il poco conto che di voi lui ha tenuto per otto anni dopo la vostra venuta a Fiorenza. Con il suo strano modo di procedere verso di voi ha fatto maravigliar tutto il mondo. Insomma non avete trovato pietà, in chi pur vi ha dato l'essere, d'un error commesso più per colpa d'altri che per vostra stessa. Ora se pensate, come vi conviene, mettervi nelle sue mane et come sarete trattata, vi ricordo come sorella amorevole che qui in*

Fiorenza siete in casa vostra padrona ma là (a Venezia ndA) *vi converrà essere soggetta a padre che, a li segni passati, vi ama poco e a fratello pure poco amorevole et che poca satisfazione vi verrà di tal risoluzione. Pensateci bene e considerate che tutto quello che io dico solo per quanto vi amo et se vi ricordate mi sono giurata sorella come vi osserverò et voi mi deste la fede vostra non far mai risoluzione senza mia saputa. Però ricordatevene (et se vi potessi parlar a bocca vi farei toccar con mano) che il parlar di vostro padre per voi è più cerimonia, che amor paterno. Che se fusse paterno amore lo avreste conosciuto prima che ora. Vi ricordo et esorto a tenervi alli miei consigli che li troverete per voi più utili e detti con vero amore come vi dirò a bocca…*".

A leggerla attentamente, appare in modo chiaro che la lettera fu dettata da Francesco I in persona alla sorella.

Bianca era molto combattuta. Esaminava ogni parola dei messaggi di Isabella, delle lettere dei cugini, di quelle del padre Bartolomeo e del fratello Vettore. Ma l'unica persona a cui aprì interamente il cuore in quel difficile periodo di incertezze fu sempre e solo il cugino Andrea. Bianca intuiva i rischi che correva ma non si rassegnò tanto presto a rinunciare a Venezia. Così scrisse ancora a lui: [13]"*…Con sua comodità, voglio di nuovo pregarla che s'abbocchi un'altra volta con il clarissimo mio padre fino a che mostrando di aver inteso, che se lui non mi marita, mai mi partirò di qui, mostrando a lui che io abbia paura che lui non mi mettesse in un monistero o in casa a tribolarmi sempre et a questo modo. Vostra Signoria vedrà quel che lui risponde, et se lui non vorrà acconsentire a questo, sarà segno sicuro che lui non si cura che io me ne venga…*"

Isabella controllava le lettere di Bianca intercettandole con facilità prima dell'invio e informava direttamente il fratello Francesco sui contenuti. In nessuna lettera Bianca indicò alcunché di sgradito sulla persona del principe.

Ma lui, che continuava ad amarla, aveva compreso il suo grande disagio e non voleva perderla. Proprio in quei mesi del 1573 le assegnò allora altre importanti donazioni, degne di una regina. Le aveva regalato un sontuoso cocchio dorato a quattro tiri di cavalli chiuso (oggi sarebbe una Ferrari) ed anche una lettiga con staffieri propri oltre ad ogni sorta di gioielli (l'elenco dei gioielli di Bianca è conservato nell'Archivio di Stato di Firenze). Ogni sorta di regali perché ella non decidesse di andarsene per sempre dalla Toscana. Bianca, combattuta tra le incertezze dei parenti, gli splendidi regali del granduca, ed i fermi consigli di donna Isabella, scriveva al cugino in termini più perentori. Se i suoi non si decidevano a venirla a prendere a Firenze insieme ad

---

[13] *Ibidem*

un marito, non si sarebbe concluso nulla.

Ecco la lettera originale [14]: "*...Che se essi parenti pensino di maritarmi, et che poi venga il detto marito, qui dove sono, non credo che in altro modo io mi potessi levar di qui, ché mi sarebbe cosa molto mal considerata partirmi d'un luogo dove sono tanto amata et riverita, come se fussi una regina et avendo qui e miei beni e mia facultà da poter stare onoratamente da gentildonna! Et aver a lasciar poi tutte queste cose, e mia figliola particularmente, per andar in luogo da non saper quel che abbia a esser de la vita mia, et con poca scienza di essa! Maxime se pure avessi da andare sotto alle mani di chi non m'à mai voluto bene, et che è stata forse causa d'ogni mio male e rovina* (il riferimento è alla matrigna Lucrezia Grimani ndA), *pensi mio signore magnifico, con che animo mai io mi possa risolvere a questo! Se lei, insieme con quelle persone che ella giudica a proposito, non fanno per qualche via o mezzo che i clarissimi mio padre o fratello non mi accompagnano, avanti io mi parta di qui, non penso mai partirmi di dove sono, perché io metterei la mia vita troppo a sbaraglio. E di patrona, servita, e amata come già li ho detto che sono, diventerei serva et schiava di chi voi ben sapete, che non mi ha mai voluto bene, e forse sarebbe causa che io perderei l'anima e il corpo. Ho ben compreso che mio padre mi attende e mi vuol avere a Venezia se non che mi vorrebbe sotterrare in un monastero del che di questo io non ne voglio far niente. E li dico, signor fratello clarissimo, che quando io volessi venirmene senza essere maritata, la illustrissima signora Isabella, mia patrona, non mi lascerebbe a modo nessuno partire. Ma quando io me ne venissi maritata, lei se ne contenterebbe; ancorché gli increscerebbe privarsi di me, perché mi ama straordinariamente più che da sorella carnale. Et che non passa mai due giorni che se io non vo da lei a vederla, lei stessa viene a vedere me*».

Il 25 aprile 1573 Bianca capì però da una lettera di Andrea che l'intenzione del padre (ma più propriamente della matrigna) rimaneva quella di rinchiuderla in un monastero. Ciò naturalmente era più comodo per la famiglia che, ospitando Bianca a casa Cappello, rischiava nuove noie nei confronti della Repubblica di Venezia. Ma l'ipotesi del monastero era impraticabile per la vivace natura di Bianca. Accorgendosi poi, dalle lettere del cugino, di essere abbastanza "chiacchierata" a Venezia per le presunte relazioni amorose fra lei e il granduca riportate in laguna da alcuni veneziani che erano stati a Firenze (alle quali Andrea aveva alluso velatamente in una sua pur rispettosa lettera, indicandole come scoglio quasi insuperabile per trovarle un marito a Venezia), gli rispondeva con grande sdegno così:[15] "*. quanto poi, signor fratello mio, al darmi avviso circa li gentilomini, stati*

[14] *Ibidem*

[15] *Ibidem*

qui in Fiorenza e le loro dicerie, io li dico che conosco ogni giorno più l'amor grande che Vostra Signoria mi porta, conoscendo che mi avvisa delle cose che mi possono pregiudicare, ancorché signor mio io non mai ho parlato con nessuno se non delle cose che io ho voluto che pubblicamente si sappiano, et se loro sono capi sventati (mentecatti ndA) *poca fede bisogna dar loro, poiché ben possono dir di me quello che più loro piace, ma che seppure con verità possino sembrare di parlare o straparlare, questo né Vostra Signoria né altri lo credino, perché certo non è la verità…"*

Questa è forse la lettera di Bianca più importante di tutte. Qui smentisce le dicerie riportate in laguna da alcuni veneziani sul fatto che fosse l'amante del granduca. L'affermazione è storicamente clamorosa. Dimostra che, almeno fino al 1573, Bianca era riuscita a contenere gli amorosi e insistenti slanci del granduca a ragione dei propri valori etici superiori e per il rispetto verso la granduchessa d'Austria, moglie di Francesco.

Questo comportamento spiega un fatto incomprensibile per molti e smentisce i maliziosi. La crescita costante di Bianca nella considerazione del principe era dovuta al fatto che la considerava una donna eccezionale e degna di essere amata. Francesco, non potendo evidentemente averla, la rispettava e continuava a coprirla di doni per tenerla a Firenze. Però. nonostante questi ponti d'oro del granduca, in lei si manteneva sempre forte il desiderio di tornare a Venezia e scrive ancora al cugino questa lettera accorata: [16] "*… Iddio che tutto vede e conosce, ben sa quanto io abbia amato non solo lei ma tutti gli altri suoi di casa non meno che la vita mia stessa. A lei giuro sopra la vita mia che io ho tanto desiderio di venire a Venezia per riveder così lei non meno che il clarissimo padre mio e il magnifico mio fratello. Che se Dio me ne concede la grazia che segua quello che sia meglio per me, perché sebbene io ho lasciato la patria, per mia mala fortuna, non ho lasciato l'amore che io porto a tutti*" (la lettera originale è nell'appendice iconografica).

Bianca era anche consapevole che dietro l'eccessivo interessamento di Isabella De' Medici Orsini verso di lei si celava il controllo diretto dello stesso Francesco che non voleva perderla, Quindi chiede al cugino di stare attento a quello che scrive sul proprio progetto di sposarsi e tornare a Venezia : "*…Sarebbe grave errore che la Signoria Vostra a me indirizzasse notizie dirette dei nostri intendimenti per maritarmi. La mia patrona Isabella non deve supporre che io faccia pratiche per tornare a Venezia, ma invece convincersi che siano le Vostre Signorie che mi vogliono allontanare da Firenze, ma non mai che il rimpatrio apparisca procurato da me*".

---

[16] *Ibidem*

Ed effettivamente Francesco ricorreva alla sorella Isabella per cercare di trattenere Bianca a Firenze. Come poteva vivere senza di lei? Peggio, come immaginare quella donna, il più grande amore della sua vita, moglie di un altro uomo? A questo punto (all'inizio del 1574) succede qualcosa di importante e di inaspettato per la stessa Bianca. Ad un tratto confida al cugino qualcosa che afferma possa essere comunicato solo a voce. In un'altra sua lettera ad Andrea si legge: "*… io dico a Vostra Signoria che ho un gran segreto in me da dirgli ma non posso metterlo in scritto perché alcune cose non possono mai star bene messe in carta per essere troppo gran materia da dire*". [17]

Cosa era successo? Gli studiosi più autorevoli della vicenda di Bianca ritengono che quell'anno le fossero state fatte proposte segrete da parte del principe Francesco. Lui aveva ormai capito che lei voleva ritornare a Venezia ma desiderava rimanesse a Firenze. Qualcuno ipotizza per esempio che Francesco le avesse chiesto di avere un figlio fuori dal matrimonio promettendole che, in caso di nascita del bambino, avrebbe ripudiato Giovanna d'Austria per sposare lei. Le regole della successione dinastica consentivano questa soluzione nel caso in cui la legittima moglie di un regnante non potesse avere figli maschi.

Alla promessa segreta aggiunse l'immediata formalizzazione per Bianca di un incarico molto importante a corte: un ruolo diplomatico di altissimo livello come pegno tangibile della promessa. Bianca divenne per il Granducato una specie di ministro degli esteri e consulente del granduca con diversi incarichi di rappresentanza al massimo livello. Le donò quell'anno il sontuoso palazzo degli Orti Oricellari per svolgere al meglio la sua nuova funzione. Qualche altro aggiunge che ci furono anche bonarie minacce di innamorato da parte di Francesco. Attraverso Isabella, avrebbe fatto capire a Bianca che, in caso di suo ritorno a Venezia, lei avrebbe perduto tutti i suoi beni a Firenze. Inoltre, cosa per Bianca assolutamente inaccettabile, che non le sarebbe stato consentito di portare a Venezia la figlia Pellegrina, che formalmente era una cittadina di Firenze, quindi suddita dei Medici. Promesse e velate minacce che furono, Bianca alla fine rinunciò per sempre al suo progetto di ritorno a Venezia e nelle lettere successive al 1574 non fece più riferimento al suo ritorno in laguna.

Bianca, con la sua bellezza ed il suo fascino aveva conquistato non solo un principe, ma un intero regno. Ormai aveva la certezza che, presto o tardi, sarebbe diventata lei la granduchessa di Toscana.

---

[17] *Ibidem*

LA PASSIONE DI UN PRINCIPE (1574-1575)

Francesco era trionfante: Bianca non gli sarebbe più sfuggita. D'altra parte lui aveva da tempo dichiarato che se non avesse avuto un figlio maschio da sua moglie, lo avrebbe cercato fuori dal matrimonio.

Qui sorge spontanea una riflessione. Ma allora, di quale ruolo di amante si parla? Come è possibile sostenere che Bianca lo fosse già quando invece se ne voleva andare da Firenze? Il granduca, proprio perché aveva capito che rischiava di perderla per sempre, era entrato in una fase di totale dipendenza sentimentale da lei e le offrì "mari e monti". Qualche storico sostiene che Bianca (da mille dettagli risultava più intelligente dell'istintivo granduca) volesse inizialmente riprendere in mano la propria vita a Venezia, ma abbia colto l'incredibile occasione che le presentava il principe (che anche lei aveva sempre amato).

Le vicende degli anni successivi ci confermano la cosa. Sarebbe diventata la madre del successore del principe e avrebbe ricoperto un ruolo importantissimo nel Granducato. A partire da quel 1574 le cose cambiarono radicalmente. Bianca, a Firenze, assunse una posizione di privilegio che le aprì nuove strade ad altissimo livello nella corte medicea. Un ruolo ben più importante di quello di damigella dell'entourage delle favorite del duca quale era stata dal 1564 al 1574. Il popolo toscano in quei mesi era insoddisfatto di Francesco, troppo distratto dai suoi molteplici interessi alchemici e dai suoi studi sulle tecnologie dei materiali. Sempre più spesso se ne stava chiuso nel suo studiolo nel palazzo della Signoria oppure al piano terra, a studiare nuove leghe con gli addetti alle fonderie (oggi scomparse). Il suo carattere si manteneva ombroso e malfidente verso tutti e faceva rimpiangere la figura positiva e la prodigalità di suo padre Cosimo. Intanto questi, dal suo eremo di Pisa, continuava a controllare e a dirigere da lontano il giovane principe, ma aveva cominciato a condurre una vita sentimentalmente disordinata dopo la morte, per malaria, della sua amata moglie, la bellissima duchessa spagnola Eleonora di Toledo. Durante un banchetto con ospiti illustri, poco prima dell'inizio di quel 1574, Cosimo fu colpito da un improvviso malore. In una prima fase le cure dei medici di corte riuscirono a guarirlo quasi del tutto. Ma il granduca continuò a prestare poca cura alla sua salute e presto riprese le sue amate, ma fisicamente impegnative, battute di caccia e i suoi amori con giovani donne.

In un'altra occasione, quando dopo la famosa vittoria dei cristiani a Lepanto nel 1571, il ducato toscano fu invitato ad armare una nuova flotta navale per proteggere, in Levante, la coalizione cristiana dai

Turchi, Cosimo volle assistere personalmente alle fasi di preparazione delle navi da guerra a Livorno. Affaticato dagli impegni quotidiani che lo prendevano molto, fu colpito nuovamente da un ictus, questa volta in forma grave. Morì dopo poche settimane, il 21 aprile 1574.

Cosimo era stato fino ad allora la vera cerniera di collegamento fra la Toscana e l'impero asburgico. Era stato lui a combinare il matrimonio d'interesse fra suo figlio Francesco e Giovanna d'Austria. Come abbiamo visto, era anche intervenuto molte volte per tenere in piedi il traballante matrimonio di suo figlio con la principessa asburgica. Dopo la sua morte gli equilibri a corte cambiarono. Francesco, che chiaramente amava da sempre solo Bianca e per nulla sua moglie, si sentì finalmente libero dalle pressioni e dai condizionamenti politici filo-imperiali del padre. Fu quasi certamente la morte del padre all'origine di quel "*grande segreto non riportabile per iscritto*" cui Bianca faceva riferimento nelle sue ultime lettere indirizzate quell'anno al cugino Andrea.

Fino ad allora il principe era stato condizionato dalle pressioni del padre che lo consigliava sempre, con gentile fermezza, di non trascurare la moglie per non irritare l'imperatore asburgico. Una volta libero da questi condizionamenti, probabilmente promise a Bianca quelle cose che, con il padre in vita, non gli sarebbero state mai permesse. Per esempio il ripudio di Giovanna d'Austria facendo dichiarare nullo il suo matrimonio (voluto dal padre e non da lui) e sposare Bianca, una volta avuto un bambino da lei. E dato il nuovo ruolo di massima importanza a corte assegnato a Bianca, Francesco cominciò a presentarla al mondo quasi come se fosse già sua consorte. Ormai libero dai continui rimbrotti del padre, frequentava la veneziana in modo manifesto, raggiungendola ovunque andasse. Se lei andava nella villa di sua proprietà ("La Tana", ancora esistente presso Pontassieve) la raggiungeva subito. Se lei era a Firenze, la visitava ogni giorno intrattenendosi per ore a conversare. Durante la messa domenicale, alla quale Bianca assisteva in Duomo o all'Annunziata o a San Lorenzo, lui entrava in chiesa con il suo seguito e le sorrideva di continuo nonostante che la granduchessa Giovanna fosse pure lei presente. Dopo la messa, Bianca solitamente faceva una passeggiatina con qualche gentildonna sua amica, Il principe, rimandata la moglie a palazzo con il resto della corte, la seguiva con l'intero codazzo dei suoi gentiluomini, per incontrarla più volte lungo la via.

Questa volta non erano più gli ambasciatori veneziani (che anni prima avevano definiti puerili a ridicoli i suoi comportamenti). Adesso a relazionare con ironia alla propria Signoria questo comportamento del principe toscano era Ercole Cortile l'ambasciatore degli Este a Firenze. Nei suoi dispacci ad Alfonso d'Este racconta: "*...ieri venerdì, il giorno dell'Annunciazione e anche il compleanno di questo signore* (il granduca Francesco ndA), *era stato allestito un grande apparato nel Duomo per far celebrare la messa in cerimonia, ma poi si seppe che egli andò all'Annunciata e disse a me che soffrendo di reumatismo temeva che quella chiesa fosse troppo fredda e umida. Ma io m'accorsi che la causa reale era che egli si recò colà dove era a messa la Signora Bianca Cappello...*". L'ambasciatore, cui nulla sfuggiva, continua con scherno: "*Il Duca non vuole mai uscire senza aver avuto avviso che la Signora Bianca sia alzata e vestita e dove si rechi a messa. In chiesa il principe usa con lei un contegno da ragazzo innamorato. Dopo la messa bisogna incontrare madonna Bianca tre o quattro volte, cosa che fa ridere i diplomatici e il popolo nel vedere il principe che si perde in simili fanciullaggini*".

Il 23 luglio 1574 Bianca, con l'aiuto economico occulto del principe (ma l'intestataria risultò da subito lei) acquistò e prese possesso della sua nuova residenza a Firenze: il sontuoso palazzo degli Orti Oricellari. Si tratta di un palazzo, tuttora esistente, che comprende un grande giardino. Fu costruito alla fine del Quattrocento dal nobile Bernardo Rucellai e da sua moglie Nannina de' Medici, sorella maggiore di Lorenzo il Magnifico. Il palazzo fu successivamente sede delle riunioni dell'Accademia platonica di Firenze e di incontri fra importanti letterati e uomini di cultura dell'epoca, come Niccolò Machiavelli. Nel 1513 fu ordita una congiura contro i Medici da alcune persone che frequentavano proprio il circolo degli Orti. Vi furono alcuni arresti e tra essi anche quello di Niccolò Machiavelli stesso, che poi fu liberato. Altri congiurati invece furono giustiziati. Nel 1521 alcuni membri dell'accademia complottarono di nuovo per l'eliminazione del cardinale Giulio de' Medici, che allora era il padrone di Firenze. Dopo l'acquisto da parte di Bianca, il sontuoso palazzo ed il relativo giardino furono ristrutturati sotto la direzione del Buontalenti. Nel giardino furono collocate alcune magnifiche statue. Nella sala principale della villa al piano terra, nel lato aperto sul giardino, l'artista Agnolo di Cosimo, detto il Bronzino, dipinse per Bianca il famoso quadro "La Quiete" (una Venere in riposo il cui volto era il ritratto della nobildonna veneziana). Per la cronaca un altro famoso pittore, l'Allori, dipinse ben diciannove ritratti di Bianca Cappello.

Pare che Francesco finanziasse di persona la ristrutturazione del palazzo degli Orti Oricellari. Da un testimone oculare risulta che la nuova abitazione di Bianca era, per il suo splendore, una piccola reggia. Per esempio la sua camera da letto era tutta rivestita di velluto cremisi ricamato d'oro ed appariva di una sontuosità principesca.

Intanto la granduchessa Giovanna d'Austria, sempre trascurata dal marito Francesco e non più difesa da Cosimo, inviava una lettera di protesta in Austria all'imperatore d'Asburgo (era diventato suo fratello). In questa lettera, che fu facilmente intercettata e controllata dal granduca, la moglie chiedeva aiuto al potente fratello, raccontandogli dei maltrattamenti di Francesco e delle sue presunte infedeltà.

Ormai Francesco, che intercettava e leggeva di queste lamentele, non sopportava più sua moglie. Per Bianca intanto si era concretizzata un'altra delle promesse del granduca. Francesco le aveva affidato l'importante incarico di rappresentare il Granducato di Toscana durante le visite delle signorie italiane e degli stati esteri. Nel suo nuovo palazzo di rappresentanza degli Orti Oricellari, la patrizia veneta riceveva i personaggi più illustri che passavano per Firenze. Il sontuoso palazzo era ormai divenuto la sede staccata del palazzo granducale. Francesco mandava i visitatori più illustri da lei per potersi occupare liberamente dei suoi hobby tecnologici. Bianca era diventata quella che oggi sarebbe definita una p.r. ("*public relations woman*"). Nel caso specifico non rappresentava una semplice azienda, era diventata la donna-immagine e referente ufficiale dell'intero Granducato di Toscana per le relazioni esterne.

Francesco aveva deciso che fosse solo lei, con la sua bellezza ed il suo charme, ad intrattenere gli ambasciatori ed i diplomatici italiani ed europei. Aveva escluso da tale ruolo la sua scontrosa moglie, granduchessa Giovanna, bruttina, sgradevole e poco padrona della lingua italiana. Bianca organizzava splendidi ricevimenti per i diplomatici in visita al Granducato gestendo per conto del principe Francesco anche le più delicate faccende politiche, grazie alla sua intelligenza superiore alla media, alla sua capacità di analisi e di sintesi ed alla sua simpatica abilità dialettica. Nel suo nuovo ruolo ufficiale accolse, con particolare entusiasmo, alcuni ambasciatori venuti apposta da Venezia per annunciarle che il bando contro di lei, rimasto sempre esecutivo fin dal tempo della sua fuga, era stato finalmente revocato dal Consiglio dei Dieci e che la sua famiglia a Venezia non le era più ostile.

Nei mesi successivi le recò visita a Firenze anche il fratello, Vettore Cappello che le portò il perdono del loro padre, Ser Bartolomeo.

CHI DETIENE IL POTERE A FIRENZE?

Dal dicembre 1574 al 1578 i principali ministri del governo mediceo erano ai piedi di Bianca Cappello. Tutti si recavano da lei due volte alla settimana, per trattare gli affari di Stato. Era Bianca, con il primo ministro Serguidi e il segretario di stato Conti, a reggere di fatto il governo del Granducato. Francesco le lasciava completa autonomia. Ma questo ruolo di Bianca non piaceva per nulla al cardinale Ferdinando, fratello minore del granduca, che risiedeva a Roma nel palazzo Medici (tuttora visitabile presso Trinità dei Monti).

Bianca aveva ben compreso che costui sarebbe stato sempre il suo più implacabile nemico, ma con la diplomazia riuscì lo stesso a mantenere accettabili i rapporti col cardinale, assicurandogli anche ingenti aiuti pecuniari per coprire i debiti di gioco che lui contraeva a Roma, dove viveva una vita dissoluta.

Il cardinale Ferdinando e il fratello granduca Francesco avevano due caratteri molto diversi. Francesco era incline all'avarizia e disapprovava Ferdinando che invece spendeva tantissimo a Roma perdendo nel vizio del gioco più di quanto gli permettevano le sue rendite. Il cardinale era certamente più raffinato del fratello e mal sopportava di vedere il trono dei Medici affidato di fatto ad una veneziana come Bianca mentre Francesco si interessava ben poco del governo.

Ed ecco un episodio significativo per comprendere il rapporto fra i tre. Ferdinando da Roma, aveva chiesto al fratello che gli venissero inviati ventimila scudi (circa 2.200.000 euro di oggi). Non essendo riuscito ad averli, nel corso di una visita a Bianca a Firenze si era lamentato della durezza di Francesco che non glieli voleva concedere. Lei gli rispondeva subito: "*Vada contento a Roma: ella troverà certamente al suo arrivo ciò che desidera*". Ferdinando partì da Firenze e a Roma trovò addirittura trentamila scudi. Così in quel periodo, pur tenendola d'occhio per mezzo delle sue spie a Firenze, il cardinale Ferdinando, che rimane il principale sospettato della morte di Bianca, le era favorevole essendo trattato da lei con grande riguardo. In quella fase non ostacolò più di tanto la sempre più prestigiosa ascesa della cognata nella corte medicea.

IL TESTAMENTO DI BIANCA (1575)

Nel 1575 Bianca ebbe una misteriosa malattia: una grave indisposizione che le durò per qualche settimana. Ripresasi a fatica, ebbe il sospetto che qualcuno avesse tentato di avvelenarla. Qualche storico ritiene invece che fosse rimasta incinta di Francesco ma che avesse perduto il nascituro per un aborto spontaneo. Fatto sta che volle scrivere il suo testamento. Esso fu raccolto dal notaio Giovanni di

Sigismondo de' Conti.[18] Ecco i punti essenziali: disponeva che il suo corpo venisse sepolto nella chiesa di San Lorenzo, assegnava una dote di diecimila fiorini d'oro a sua figlia Pellegrina ed indicava molti lasciti a conventi di frati, di monache ed alle persone della sua servitù. Donava inoltre tremila fiorini d'oro a ser Vettore, suo fratello, ed eleggeva come eredi universali per tutti gli altri suoi beni gli eventuali suoi figli maschi nascituri (legittimi o naturali). Al fratello Vettore affidava anche l'incarico di distribuire a Venezia mille scudi a cinque fanciulle da marito e di far celebrare ogni anno, il giorno dei morti, due messe nella chiesa di Sant'Elena in Venezia (la chiesa dei suoi avi): una in suffragio della propria anima e l'altra per quella di sua madre.

Come giudicare Bianca da queste sue volontà? Qualcuno ha detto che il testamento caratterizza l'anima delle persone. Non si può far a meno di notare quanto viva fosse in Bianca la speranza nella vita spirituale ultraterrena e quanto forte fosse la sua fede caritatevole, espressa con generosità nel testamento verso i monasteri e verso le giovani fanciulle da aiutare per i loro matrimoni, quando nessuno aveva mai aiutato lei. La malattia di Bianca durò a lungo e perfino la granduchessa Giovanna d'Austria, un tempo la sua più grande amica, ma ora invidiosa perché ormai aveva capito che il marito era innamorato solo di lei, si era mossa a compassione della veneziana ammalata. Giovanna era combattuta nei sentimenti: da un lato pregava Dio che la facesse guarire, dall'altro che, una volta ristabilita, la facesse allontanare per sempre dalla Toscana.

[18] *(Archivio di stato di Firenze - Copia del testamento di Bianca Cappello (16 settembre 1575) – Scritture delle donne di Casa Medici Filza 5947).*

NASCE DON ANTONIO DE' MEDICI

(29 agosto 1575)

Secondo diversi storici, l'altro grande segreto di cui Bianca parlava nelle sue lettere del 1574 al cugino Andrea riguardava una promessa del granduca Francesco ancora più clamorosa di quella dell'importante ruolo a corte: la decisione del principe di avere un figlio da Bianca e poi di ripudiare la moglie Giovanna per sposare lei. I ripetuti svenimenti di Bianca durante quei mesi del 1575 confermano l'ipotesi, suffragata anche dalle testimonianze di corte, che aspettasse un figlio dal granduca.

Se fosse nato maschio, ciò avrebbe finalmente assicurato la continuità dinastica dei Medici e conferito a Francesco il diritto di ripudiare la moglie. Qui si entra in un altro dei grandi misteri che caratterizzarono le singolari vicende sentimentali di Francesco e Bianca. Francesco si dimostrava sempre "fanciullescamente" innamorato di Bianca e si era gradualmente distaccato dal freddo atteggiamento di sua moglie, l'austriaca Giovanna che le aveva dato solamente figlie femmine. La mancanza di un erede maschio affliggeva molto il principe. Si racconta che in un'occasione informale affermasse: *"...poiché non posso sentirmi chiamare padre da un figlio maschio avuto da sposato, potessi almeno avere questa consolazione di padre da un figlio naturale"*.

Considerati i dubbi insinuati più tardi dal fratello Ferdinando, che andò al potere subito dopo la loro misteriosa morte, nasce un interrogativo sostanziale: Bianca attendeva veramente un figlio da Francesco? Quegli svenimenti erano i segni di una gravidanza (che forse si interruppe per cause naturali) oppure il bambino che nacque circa nove mesi dopo (fu chiamato Antonio) non era figlio di entrambi ma era stato concepito da Francesco con una giovane prezzolata? Quindi nato solamente dalla complicità fra Francesco e Bianca.

L'ipotesi di qualche storico è che Bianca probabilmente perse un loro figlio prima del termine della gravidanza e che quindi Antonio fosse figlio del solo Francesco e di una giovane fiorentina, pagata profumatamente per la sua disponibilità. In tale ipotesi Bianca accettò di esserne la finta madre. Che cosa accadde realmente?

La storia ci viene ancora in aiuto. Don Antonio De' Medici, da adulto, fu considerato da tutti (anche dal cardinale Ferdinando) figlio naturale di Francesco. Si somigliavano come due gocce d'acqua. Certamente fu figlio del granduca, ma quasi certamente non lo fu anche di Bianca Cappello. Nato nell'agosto 1576 don Antonio morì il 2 maggio 1621, a quarantacinque anni. Nonostante fosse di diritto il successore al trono di Francesco (che lo riconobbe ufficialmente come suo figlio naturale nel 1582) i suoi diritti dinastici furono del tutto cancellati dal cardinale Ferdinando, divenuto granduca alle morti contestuali di Francesco e Bianca, quando Antonio era appena undicenne.

L'ex cardinale non gli cedette mai il potere, neppure quando Antonio raggiunse la maggiore età. Lo tenne sempre lontano da Firenze mettendo in giro il dubbio che non fosse neppure figlio di suo fratello. Nessuno ha mai saputo di preciso la verità sulla nascita di don Antonio. Le ipotesi in proposito sono tre: la prima è che non fosse loro figlio ma di una coppia di servi e solo adottato da Francesco e Bianca che lo indicarono come loro figlio perché il granduca potesse avere un erede maschio e quindi il diritto di ripudiare Giovanna. Ipotesi infondata: quell'anno la moglie legittima del granduca era ancora la principessa austriaca, che potenzialmente poteva benissimo avere altri figli (ed infatti ne ebbe uno maschio nel 1577 che comunque morì a soli quattro anni per malattia). Non avrebbe avuto senso adottare un figlio che non fosse nato almeno da Francesco. Per lui la priorità era una vera discendenza dinastica. Seconda ipotesi: che Bianca, avendo perso il bambino concepito dall'amore fra lei e Francesco, abbia finto la continuazione della gravidanza all'insaputa dello stesso Francesco ed abbia indicato, come loro figlio, il bambino di qualcun altro e di una serva, ingannando il principe. Anche questa ipotesi non regge. Francesco sorvegliava Bianca ogni giorno: lui direttamente o le sue spie. Bianca non gli avrebbe mai potuto far credere una tal cosa per tutti i lunghi mesi durante i quali avrebbe dovuto simulare una finta gravidanza. Terza ipotesi, la più probabile: Francesco voleva avere la certezza assoluta della nascita di un erede maschio da lui. Sia perché temeva di essere ucciso da una congiura o dai fratelli sia perché aveva già deciso di ripudiare la moglie Giovanna (che gli dava solo figlie femmine e che ormai non sopportava più) per sposare Bianca appena dopo.

Quest'ultima ipotesi è la sola che sta in piedi. Ma il bambino doveva risultare figlio sia suo che di Bianca. Allora se, come sembra, Bianca non riuscì a portare a termine la propria gravidanza (un figlio da loro due) lei e Francesco potrebbero aver deciso insieme di far nascere un bambino solo da Francesco e da una giovane disponibile a farsi ingravidare. Qualcuno ipotizza che abbiano pagato una giovane ragazza perché si facesse mettere incinta da lui (procedura che oggi si definirebbe "utero in affitto"). In questo modo Francesco avrebbe avuto la certezza che il nascituro sarebbe stato effettivamente figlio suo, seppure naturale. E Bianca, d'accordo con lui, lo avrebbe dichiarato nato anche da lei.

Si racconta che le poche persone che sapevano la verità siano state adeguatamente ricompensate per mantenere il segreto. In questa ipotesi tutto va a posto: nasceva un figlio maschio naturale di Francesco, attribuito anche a Bianca, e il bambino sarebbe stato il futuro granduca di Toscana. Giovanna d'Austria sarebbe stata ripudiata e rimandata a Vienna. Se oggi guardiamo i ritratti pervenutici di Don Antonio adulto notiamo la sua incredibile somiglianza con il granduca Francesco. Ma le cose andarono diversamente. I granduchi morirono entrambi quando don Antonio era solo undicenne ed il cardinale Ferdinando, diventato granduca a sua volta, non gli cedette mai il regno che spettava di diritto ad Antonio, al compimento della propria maggiore età. Anzi lo esautorò da tutti i possedimenti lasciatigli nel testamento dal padre e lo tenne lontano da Firenze con incarichi vari. Peraltro Don Antonio fu sempre riconosciuto come un Medici, tanto che anche lui si trova sepolto nei pressi del pantheon di famiglia a Firenze, le Cappelle medicee vicine alla chiesa di S. Lorenzo. Ci sono altre indicazioni a favore della terza ipotesi descritta sopra.

Un documento del 9 maggio 1576, sottoscritto dal granduca Francesco, prevedeva per don Antonio un deposito bancario di 150.000 ducati con accumulo degli interessi, esigibile dal ragazzo quando fosse giunto ai diciott'anni d'età. Questo documento testimonia l'amore di Francesco per questo bimbo che non fu amato solo da lui, ma anche da Bianca, fosse o meno anche figlio suo. Lei gli volle sempre bene, sia per amore verso Francesco sia per sostenere la loro eventuale complicità nella terza ipotesi descritta sopra. Ma anche perché il suo senso materno era sviluppatissimo. Appare quindi molto probabile che quel bimbo, nato probabilmente da Francesco e da una giovane fiorentina prezzolata, sia stato attribuito anche a Bianca per salvaguardare l'immagine dei granduchi nei confronti del popolo e dei cognati. E che Bianca abbia acconsentito ad apparirne la madre per assecondare i desideri di Francesco di avere un figlio maschio come da lei. D'altra parte anche Cosimo, padre di Francesco, aveva avuto qualche figlio naturale. In quei tempi la cosa non era per nulla rara fra i regnanti.

LA RICONCILIAZIONE DI BIANCA COL PADRE (1576)

Nel 1576 Bianca si era riavvicinata alla sua famiglia d'origine grazie alle mediazioni dei cugini Andrea e Girolamo Cappello, residenti a Venezia con il fratello Vettore e il loro padre. Ser Bartolomeo Cappello, che era stato fino all'anno prima podestà e capitano di Treviso, volle recarsi a Firenze per visitare la figlia. Nell'occasione l'abbracciò con commozione perdonandola per la sua fuga di tredici anni prima. Padre e fratello furono ospitati a Firenze, nella nuova casa di Bianca agli Orti Oricellari. Il granduca Francesco colmò di doni ser Bartolomeo il quale si rese conto di persona della posizione di primo piano che Bianca ormai occupava nel Granducato di Toscana, anche come madre di un figlio naturale avuto dal granduca (che lo fosse o meno, lei veniva percepita così).

Bianca presentò il padre e il fratello al granduca il quale li ospitò per alcuni giorni nella sua enorme villa di Pratolino (oggi villa Demidoff). Pratolino era una delle più sontuose dimore medicee. Aveva un parco di duecentocinquanta ettari, con boschi di abeti e querce gigantesche. Era stata realizzata dal Buontalenti e nel parco si potevano ammirare superbi giochi d'acqua e architetture spettacolari oltre ad una grande statua del dio Pan, oggi non più esistente. In fondo al parco campeggiava una gigantesca raffigurazione dell'Appennino scolpito dal Giambologna, alta oltre 30 metri e piena di cascate d'acqua. Il parco era abbellito ovunque da grotte, comunicanti fra loro, che erano popolate da spugne marine, impreziosite da vetri colorati e valorizzate da fregi di madreperla. Prevalevano i colori grigio, verde e azzurro dell'acqua. Per il parco si diffondevano dolcissimi suoni di organi, flauti e zampogne pastorali. In questo scenario d'insuperabile bellezza l'illustrissimo padre di Bianca, passeggiava con i figli Vettore e Bianca, finalmente tutti riuniti dopo tanti anni. Nella visita al parco erano guidati dal granduca che li presentò alla moglie, granduchessa Giovanna, gentile ma sempre combattuta fra la simpatia verso la solare personalità di Bianca e la triste consapevolezza di saperla oggetto dell'amore del marito, dal quale era nato da poco un figlio naturale con la rivale.

Il primo ottobre del 1577 Bianca acquistò da Firenze un magnifico palazzo a Venezia dal patrizio Domenico Trevisan. Il contratto fu stipulato dal notaio veneziano Antonio Callegarini presso il quale inviò da Firenze il suo fido legale Fabbron. Per il nuovo palazzo di Bianca questi sborsava la somma di 17.000 ducati (circa 1,7 milioni di euro di oggi).[19] Sulla facciata di marmo di Istria di questo palazzo, definito nel rogito "domus magna" spiccava allora l'arma dei Trevisan che fu sostituita da quella dei Cappello. Il palazzo era rivestito di preziosi marmi orientali e si distingue anche oggi a Venezia per la sua squisita architettura. L'edificio ha due abitazioni separate ed un doppio ingresso: uno dalla parte di terra e uno da quella d'acqua. Un terzo ingresso di servizio introduce in un ambiente dove un tempo c'era una vasca profonda che si adoperava per custodire le gondole dei proprietari quando pioveva e durante le ore notturne (vedi appedice iconografica).

Come mai Bianca aveva deciso di acquistare un palazzo a Venezia? Non si esclude che mantenesse ancora vivo il pensiero di ritornare a vivervi, un giorno o l'altro, se a Firenze fossero cambiate le cose per lei. Per esempio, la nascita, avvenuta appunto nel 1577 (neppure due anni dopo la nascita di Antonio) di un figlio maschio anche alla granduchessa Giovanna. Questa nascita forse convinse Bianca che a Firenze per lei non ci sarebbe più stato il futuro che le aveva promesso Francesco (il ripudio della moglie conseguente alla nascita del loro figlio Antonio). Ma l'anno successivo capitò il colpo di scena che cambiò per sempre il destino di Bianca: la morte di Giovanna per complicanze da parto. A Venezia intanto il fratello Vettore aveva sposato la patrizia veneta Elena Cappello, sua lontana parente di un altro ramo veneziano della nobile famiglia. Elena era la pronipote del celebre ammiraglio Vincenzo Cappello, Capitano generale da mar della flotta veneziana. Di lui esiste ancora oggi il monumento sulla facciata della chiesa di Santa Maria Formosa, oltre ad un suo ritratto di Tiziano conservato al Louvre di Parigi. Dopo l'improvvisa morte, nell'aprile 1578, della granduchessa Giovanna d'Austria, il sontuoso palazzo veneziano che Bianca aveva acquistato per procura fu regalato al fratello Vettore e al padre Bartolomeo. Quello stesso anno il granduca Francesco decise di sposare segretamente Bianca e nel palazzo veneziano andò ad abitare Vettore con sua moglie Elena.

---

[19] *Archivio di stato di Firenze - Contratto del notaio Antonio Callegarini per l'acquisto da parte di Bianca Cappello del palazzo Trevisan a Venezia (1577) – Miscellanea Medicea Filza 281, ins. 3-4.*

FRANCESCO E GIOVANNA AI FERRI CORTI (1575-1578)

Un passo indietro. Quando nel 1575 la granduchessa Giovanna era venuta a sapere che Bianca aveva dato un figlio a suo marito divenne furibonda con il granduca per la gelosia e l'umiliazione. Un giorno, avendo sorpreso Bianca e Francesco a passeggio nel giardino della villa di Pratolino, vinta dalla collera, investì la rivale con queste parole di maledizione: "*Ella ormai ha demeritato per sempre la mia fiducia, il suo modo di comportarsi è indegno di una gentildonna e Dio presto o tardi la punirà*". Il granduca, stanco delle continue scenate della moglie un giorno, irato più del consueto, stava per percuotere Giovanna se non fosse intervenuta una dama di corte che gli disse: *"Non fate, non fate, signore!* ". Giovanna decise di inviare altre lettere di protesta ai suoi due autorevoli fratelli, l'Imperatore Massimiliano II e l'arciduca Ferdinando d'Asburgo, chiedendo loro di intervenire. Le spedì per mezzo dell'ambasciatore di Ferrara, il marchese Ercole Cortile che, clandestinamente, le passava prima a don Alfonso d'Este, signore di Ferrara, cognato della granduchessa Giovanna e rivale dei Medici. Con queste lettere Giovanna danneggiava politicamente il marito: indirettamente screditava il granduca Francesco nei confronti dell'impero. Nelle lettere diceva che non poteva più sopportare le umiliazioni che le infliggeva il marito e denunciava il suo tradimento con Bianca. Raccontava ai fratelli le violenze di Francesco su di lei e li pregava di venire a portarla via dalla Toscana.

L'Imperatore, sulle prime, non le diede retta. Allora era normale che il marito esercitasse sulla moglie tutti i diritti e la cosa non fece troppa meraviglia. L'imperatore rispose alla sorella "*...ho deciso di mandare un mio incaricato al suo marito Granduca per occuparmi della questione che la riguarda... affinché si possano accomodare le cose*". Intanto la esortava ad avere pazienza per tutto. Francesco venne a sapere dai suoi ambasciatori a Vienna e dalle spie segrete che i due fratelli imperiali facevano strani discorsi sul suo conto. L'imperatore si mostrava deciso ad accogliere a Vienna la sorella e insinuava che se lui si fosse recato a Firenze con la bandiera imperiale, il popolo toscano, piuttosto che spiacere all'Imperatore, si sarebbe rivoltato contro Sua Altezza il granduca di Toscana. Minacciava inoltre che, in un modo o nell'altro, avrebbe fatto vendetta del comportamento del granduca verso la sorella, anche con le armi, se fosse stato necessario.

Francesco, informato di queste reazioni della corte imperiale alle lettere di Giovanna, decise di inviare all'imperatore una lettera molto risentita. Ma questi, un po' cagionevole di salute, moriva il 22 ottobre

1576. A Massimiliano II succedeva il figlio Rodolfo, al quale fu inviato da Firenze un nuovo ambasciatore che mise in pratica tutte le sue arti diplomatiche riuscendo ad aggiustare un po' le cose. Ecco la nota di Francesco all'ambasciatore, da recapitare all'imperatore: *"Nel trattare con Sua Maestà, chiaritele pure con parole modeste, che di nostra consorte intendiamo di essere noi li padroni, senza che altri se n'impicci rimostrandogli li onorati trattenimenti che facciamo a Sua Altezza la Granduchessa: le gagliarde provisioni che le danno, quanto regiamente sia servita da gentiluomini, dame, paggi, offiziali et staffieri. Et che se talvolta è occorso qualche disparere, come suole intervenire fra marito e moglie, è veramente occorso per cagione di lei, avendo usato termini et modi, in voce et con lettere, assai sinistri et falsi; di che sebbene il suo fratello Massimiliano, di gloriosa memoria, la riprese più volte, et con gli scritti suoi et con persona di fiducia, nondimeno perseverava. Di maniera che se talvolta l'abbiamo sbrigliata per ritirarla, ci è parso di averne ragione".* Il giovane Imperatore rispose con molta benevolenza a Francesco in questi termini: *"..conto di aggiustare ogni cosa: io non mi occuperò del modo con cui Sua Altezza governa sua moglie, so troppo bene che soltanto un marito può indirizzare convenientemente la propria sposa".* Da quel tempo Francesco comunque si mostrò più prudente.

IL MATRIMONIO DI PELLEGRINA, LA FIGLIA DI BIANCA (1577)

L'occasione del matrimonio di Pellegrina, figlia di Bianca e del defunto Pietro Bonaventuri, ci permette di comprendere alcuni altri aspetti della vera personalità di Bianca Cappello, al di là delle valutazioni e dei giudizi superficiali su di lei, conseguenti alla sistematica campagna di denigrazione orchestrata dal cardinale Ferdinando dopo la misteriosa e contemporanea morte dei due granduchi. Osservando il comportamento di Bianca anche nelle sue vicende familiari più private, si possono cogliere alcuni dettagli che delineano meglio il suo carattere e le sue motivazioni più sincere.

Vediamo per esempio con quali modalità avvenne il matrimonio di sua figlia e le successive interazioni di Bianca con la famiglia del genero, il conte Ulisse dei Bentivoglio di Bologna.

Pellegrina, l'amata figlia di Banca, era graziosa e di una perfezione estetica ideale. Un suo ritratto, di autore ignoto, che qualcuno però attribuisce all'Allori, è conservato nella Galleria degli Uffizi di Firenze. Si osserva il suo ovale impeccabile, un volto delicato, gli occhi vivi e penetranti, labbra perfette e rosee, ciglia leggere con i capelli elegantemente raccolti in un'acconciatura tipica del tempo. Un insieme di gradevole femminilità. Pellegrina, con la sua vivace intelligenza, superava le dame e i gentiluomini della corte medicea nella quale era stata inserita fin da piccola. Frequentava da pari le figlie della granduchessa Giovanna e quelle dei vari ministri del governo. Era un'amazzone esperta, maneggiava le armi con destrezza e, come afferma il Zamboni, un cronista del tempo, partecipava a pericolose cacce di tigri e di pantere, allora molto in voga per il diletto dei notabili di corte e delle loro famiglie. Gli animali esotici erano catturati in luoghi lontani e portati fino al porto di Livorno dalle navi del Granducato. Quando Pellegrina raggiunse il dodicesimo anno, Bianca, ricordando le proprie penose vicende d'amore, volle metterla subito al sicuro fidanzandola.

Si era nel 1576 e Bianca, come abbiamo visto, aveva già assunto un ruolo di primo piano nel granducato. Quindi i pretendenti di sua figlia Pellegrina erano numerosi. D'accordo con il granduca Francesco, che teneva molto a stingere un'alleanza con i signori di Bologna in funzione anti Estense fu data la preferenza, fra i tanti pretendenti, al conte Ulisse Bentivoglio, un rampollo del casato che governava allora la città felsinea.

Già qui, si osservano tre elementi che ci fanno conoscere meglio Bianca: la sua visione diplomatica, la partecipazione agli obiettivi politici del marito e l'affetto per la figlia, con la preoccupazione di assicurarle un futuro sereno, contrapposto al proprio sfortunato passato. Si desume meglio, in particolare, il suo status di quasi co-reggente del Granducato di Toscana, un ruolo politico (lo aveva ancor prima della morte di Giovanna) ben più importante di quello di amante del granduca, nel quale è stata confinata dai più superficiali. Bianca curò personalmente i dettagli del contratto di nozze di Pellegrina che fu sottoscritto nello studio Garganelli di Bologna (una copia del documento è conservata nell'archivio della Biblioteca di Bologna). Bianca assegnava alla figlia la cospicua somma di trentamila scudi di monete fiorentine (oggi circa 3.300.000 euro) e conferiva una dote di circa un quinto di tale somma alla famiglia Bentivoglio.

Il matrimonio ebbe luogo a Firenze nel gennaio del 1577 nella chiesa di S. Jacopo Oltrarno, alla presenza del granduca Francesco, del Nunzio del papa, cardinale Alberto Bolognetti e di numerosi gentiluomini e dame della corte medicea.

Le cronache bolognesi riportano la descrizione delle grandiose feste di nozze che si tennero a Firenze e del viaggio di Bianca a Bologna, dove accompagnò Pellegrina dopo il matrimonio. Le due dame attraversarono l'Appennino con un seguito principesco. Alle porte di Bologna le attendevano nove carrozze con lo stemma della famiglia

Cappello e ottanta uomini a cavallo armati di archibugi. Furono scortate dai parenti dei Bentivoglio fino al centro di Bologna e furono accolte dall'aristocrazia bolognese schierata al completo. Per assistere all'arrivo delle illustri ospiti da Firenze le vie principali di Bologna erano assiepate da una folla tale che i portici non potevano contenere tutta la gente. In un diario di Lazzaro Marmi, cronista fiorentino che seguiva il convoglio, è precisato che Bianca giunse a Bologna con un seguito di cinquantaquattro cavalieri e che, oltre alle nove carrozze, ne aveva altrettante per il trasporto dei bagagli, più quattro lettighe e dieci muli. L'arrivo fu festeggiato da musiche, danze, convenevoli vari, dal giubilo delle numerose dame bolognesi vestite a festa e dalle riverenze di molti gentiluomini a cavallo.

Bianca rimase alla corte dei Ben-tivoglio per circa otto mesi durante i quali le due ospiti presero parte a vari banchetti in loro onore. Il granduca Francesco era rimasto a Firenze dove la moglie Giovanna gli aveva dato, proprio in quei mesi, l'agognato figlio maschio. Mediante i suoi uomini di fiducia a Bologna fece comunque spiare Bianca per tutto il tempo, innamorato di lei e sospettoso quale era.

NASCE FILIPPO – UNA SERENITÀ' EFFIMERA PER GIOVANNA D'AUSTRIA (1577)

Nel 1577 la granduchessa Giovanna ebbe la gioia di offrire al granduca Francesco un successore al trono. Era nato Filippo, figlio legittimo dei due granduchi e futuro successore del padre nel trono del Granducato di Toscana. Bianca in quel periodo era a Bologna, ospite dei conti Bentivoglio, mentre a Firenze Giovanna finalmente brillava di felicità. Quella nascita fu l'occasione di grandiose feste nella capitale toscana: giubilo e baldoria ovunque, col classico gettito di monete dalle finestre del Palazzo Vecchio, come era d'uso in questi casi. Per tutta la città vennero poste varie botti piene di vino prelibato dalle quali il popolo poteva bere a volontà e si aprirono le prigioni dei carcerati. Venne sostituito il fonte battesimale con l'attuale, ideato dall'artista Buontalenti. Dietro l'altare maggiore della basilica venne posta una grande tela del Vasari su cui era raffigurato il diluvio universale e gli Israeliti che attraversavano il Mar Rosso. Il granduca organizzò un magnifico corteo di dame e cavalieri che il 29 di settembre, si snodò dal Palazzo Vecchio fino al Duomo. Il corteo venne accolto in chiesa da cinquanta giovanetti vestiti da angeli, mentre la musica suonava inni religiosi. Tuonarono le salve delle artiglierie ed il Nunzio del papa impartì al piccolo Filippo il battesimo con acqua fatta arrivare

espressamente dal fiume Giordano in Terrasanta.
La raggiante Giovanna non poteva sapere che il suo piccolo sarebbe vissuto solo quattro anni. Era gracile, debole ed aveva una malattia congenita che fece presto capire al granduca Francesco che Filippo non sarebbe potuto diventare il suo successore. Morì nel 1582, prima di compiere cinque anni.

LA MORTE DELLA GRANDUCHESA GIOVANNA D'AUSTRIA (1578)

Un anno dopo la nascita di Filippo, unico figlio maschio di Giovanna la povera granduchessa, era rimasta ancora incinta per la ottava volta. Era l'inizio di aprile del 1578 e lei era ormai prossima al termine della gravidanza.
Quel giorno di inizio aprile del 1578 Giovanna, incinta di nove mesi, era andata a pregare nella chiesa dell'Annunziata. Uscendo sulla scalinata esterna, perse l'equilibrio e cadde rovinosamente in avanti perdendo conoscenza e danneggiando il feto. Venne sollevata di peso e fu subito condotta a palazzo Pitti per le prime cure. Qualche giorno dopo, il 9 aprile, diede qualche segno di miglioramento. Poche ore dopo però riprese a stare molto male e furono chiamati d'urgenza i medici a consulto. Decisero una delicata operazione per estrarre il feto, ma mentre si preparavano per l'intervento, il polso della principessa venne meno e le operazioni furono rinviate. Poco dopo il battito riprese ma era molto debole. Fu subito chiamato il granduca Francesco e i cappellani ducali decisero di darle l'estrema unzione con l'olio santo. Giovanna non era del tutto priva di conoscenza e continuava a pregare con un fil di voce. Vedendo il marito rivolse a lui queste parole estreme con un flebito: *"Io muoio raccomandandovi i miei e vostri figli. Vi esorto a vivere cristianamente e ricordatevi che sono stata la vostra fedele consorte e che teneramente vi ho sempre amato"*.
Giovanna, per nulla affascinante e sempre disprezzata dal marito, era stata una persona buona, paziente e di grande levatura morale e religiosa. Francesco rimase molto colpito dalla serenità e dalla fede della moglie anche in punto di morte. Non riuscì più a trattenere il pianto, e fuggì dalla stanza. Giovanna chiamò a sé, con un fil di voce, le figlie che piangevano, e le baciò ad una ad una, benedicendole e poco dopo esalò l'ultimo respiro. Morì a soli trentadue anni nella notte fra il dieci e l'undici aprile del 1578.
In quanto granduchessa di Toscana le furono resi grandi onori funebri. La salma fu trasportata nella chiesa di San Lorenzo e venne posta fra

le tombe della famiglia Medici nelle Cappelle medicee (visitabili), ove si trova tutt'oggi. Fu vestita di velluto nero con una grande croce di seta rossa cucita sopra ed è così che è stata trovata a inizio del secolo scorso, durante una ricognizione di esperti che riesumarono le salme di alcuni Medici compresa la sua.

Una principessa indubbiamente dotata di animo nobile che però fu sempre considerata un'intrusa nella propria vita, da Francesco. Il granduca si sentiva infatti legato da sempre solo a Bianca, della quale si era innamorato non appena l'aveva vista la prima volta, nel 1564, ben prima di conoscere Giovanna. Il suo matrimonio con la figlia dell'imperatore del Sacro Romano Impero gli era stato imposto dal padre Cosimo che voleva legare i Medici all'importantissima famiglia degli Asburgo. Ma le anime di Giovanna e di Francesco non si erano mai fuse. l semplici (e numerosi) atti creativi non erano bastati ad unire due esseri che furono troppo diversi per indole, intelligenza ed educazione.

Dopo quella incontenibile commozione che lo aveva spinto a uscire piangendo dalla camera della moglie, Francesco aveva poi guidato il corteo funebre per le strade di Firenze. E mentre il solenne funerale di Giovanna d'Austria si dirigeva verso la chiesa di S. Lorenzo e passava davanti a palazzo Corsini, dove era ospite Bianca, il granduca non potè trattenersi dal rivolgerle lo sguardo mentre lei guardava da una delle finestre del palazzo. Francesco non si curò di quanto, in quel momento, l'attenzione generale del popolo fosse rivolta verso di lui e la salutò da lontano con una riverenza. Al quale saluto Bianca rispose con un profondo inchino.

Il popolo fiorentino, che aveva comunque sempre amato la mite Giovanna, cominciò a rivolgere aspre critiche al granduca per le sue attenzioni verso Bianca. Certamente, ma senza volerlo, la nobildonna veneziana aveva contribuito a rendere triste Giovanna nei suoi ultimi anni di vita. Nel 1575 Bianca, che fino a tre anni prima era stata molto decisa a ritornare a Venezia (come abbiamo visto dalle sue lettere ai cugini), aveva accettato di avere un figlio dal granduca fuori dal matrimonio. Ma che doveva fare Bianca? Immaginiamoci la posizione di questa giovane e bellissima donna, pressata in ogni maniera da un sovrano innamorato che la seguiva e la faceva sorvegliare di continuo. Fino a quel momento era riuscita a tenerlo a distanza. Addirittura aveva deciso di tornare a Venezia per non ricoprire il semplice ruolo di amante per tutta la vita. Francesco voleva un figlio da lei e, in base alle regole vigenti allora per le discendenze, il non poterlo avere dalla moglie lo autorizzava ad averlo fuori dal matrimonio e a ripudiare

Giovanna. Fino a quell'anno Bianca era stata una delle favorite alla corte del principe, ma non ne era l'amante nel senso carnale della parola. In una sua lettera (riportata in precedenza) lo aveva affermato espressamente al cugino Andrea, a Venezia. Ma come poteva ora rifiutare di avere un figlio da un regnante che le chiedeva di dare continuità ad una dinastia fra le più importanti dell'Italia rinascimentale?

Non dimentichiamo che Bianca era una giovane donna che aveva perduto tutto nella vita. La sua unica colpa era stata quella di seguire, nella fuga da Venezia, un giovane che a Firenze si era rivelato falso, tradiva di continuo il loro matrimonio e si era dimostrato interessato solamente alla cospicua dote della patrizia veneta. D'altra parte l'unica alternativa per Bianca, rimasta orfana di madre, era quella di essere messa in un convento a Venezia.

IL MATRIMONIO SEGRETO DI FRANCESCO E BIANCA (1578)

Nella seconda metà del 1578 Il granduca Francesco era ancora molto turbato per la morte accidentale e prematura della sua legittima consorte. La granduchessa Giovanna d'Austria gli aveva dato il tanto atteso maschio Filippo soltanto l'anno prima, dopo una nidiata di sei femmine. Come accennato, Filippo morirà per una malattia congenita nel 1582 ad appena quattro anni. Intanto, a partire dalla morte di Giovanna, avvenuta nel 1578, Francesco era ormai libero dal suo legame matrimoniale con una donna che non aveva mai veramente amato. Ancora giovane (allora aveva 37 anni) era ora un partito molto conteso dalle dame della intera Toscana.

Il fratello, cardinale Ferdinando residente a Roma, era al corrente del fatto che Francesco era da sempre innamorato di Bianca Cappello e temeva che la volesse sposare. Da circa tre anni, la dama veneziana, anche lei giovane vedova (come abbiamo visto, nel 1572 era stato ucciso suo marito, il libertino Pietro Bonaventuri) aveva acquisito quel ruolo molto importante a corte. A partire dal 1575 Francesco le aveva assegnato l'incarico di rappresentante diplomatica del Granducato di Toscana. Con quella nomina Francesco l'aveva legata alla città, ma soprattutto a sé. Il cardinale Ferdinando non aveva mai accettato la decisione del fratello di rendere Bianca, una veneziana, la referente diplomatica del Granducato di Toscana. Per il cardinale era inoltre umiliante dover rivolgersi sempre a lei per poter ottenere quelle importanti somme che gli erano necessarie per coprire i costi della vita sregolata che conduceva a Roma, dove aveva un'amante (la nobildonna sposata Clelia Farnese) ed era dedito al gioco.

Cominciò subito a macchinare per fare sposare il fratello, fresco vedovo, da qualcuna delle principesse che gli parevano più opportune. Da un lato voleva legare le sorti del granducato toscano a importanti signorie europee, dall'altro contava di poter condizionare più facilmente una donna inesperta, se fosse diventata la nuova granduchessa. Propose al fratello di sposare la principessa di Urbino. Ma Francesco non era proprio il tipo da farsi condizionare, tantomeno dal fratello, del quale detestava anche il modo di porsi, sempre molto curiale e dialetticamente contorto. I loro due caratteri erano molto diversi, il granduca era un tipo diretto e impulsivo mentre il fratello era abile soprattutto nelle macchinazioni, abituato come era a vivere fra i cardinali di Roma, personaggi sibillini e poco diretti.

Bianca non fece alcuna mossa. Con il suo nobile stile superiore: non prese alcuna iniziativa per farsi sposare da Francesco, certa come era del suo innamoramento. Dimostrò ancora una volta una delle qualità che Francesco aveva sempre apprezzato di lei: un aristocratico e signorile distacco dai classici e scontati comportamenti poco signorili della maggioranza delle donne. Lei del resto era consapevole della propria intelligenza superiore e del proprio fascino, semplice ma irresistibile per Francesco. Attendeva tranquilla, nella certezza che lui l'avrebbe scelta come sposa. Sapeva di essere l'unica a conoscere in profondità i capricci del carattere del principe: chiuso, torbido, voluttuoso e iroso. Oltre a questo, da tempo Bianca aveva aiutato Francesco a tessere una fitta rete di contatti diplomatici fra Firenze e Venezia. Sia attraverso gli ambasciatori della Serenissima in Toscana sia per mezzo dei suoi familiari che, a Venezia, erano molto vicini al potere e amici personali del doge.

Bianca sapeva di essere un importante rifermento per l'alleanza fra il Granducato di Toscana e la Repubblica di Venezia. Oltre al coronamento del loro sincero amore, il matrimonio avrebbe segnato un aumento di importanza del trono di Toscana nella penisola italica proprio grazie a tale alleanza con la Serenissima.

Verso il mese di giugno dello stesso 1578 della morte di Giovanna, il granduca fu colto da violente febbri terzane per le quali si temette anche per la sua vita. In quei giorni Bianca, viveva in uno degli appartamenti del Palazzo ducale perché si occupava delle principessine, le figlie di Giovanna d'Austria, rimaste da poco orfane della loro mamma. Giornalmente Bianca assisteva Francesco prescrivendo alla servitù dei cibi leggeri che talvolta lei stessa gli portava in camera.

Per qualche mese comparve a Firenze il cardinale Ferdinando che pretese di sostituire il fratello Francesco nel governo di Firenze ed emise una serie di decreti che furono sconfessati in seguito dal granduca. Questa parentesi di presa di potere da parte del cognato rimane ancor oggi misteriosa. Qualcuno pensa che fosse collegata ad un maldestro tentativo di avvelenamento del granduca da parte di qualcuno prezzolato dal fratello cardinale. Francesco intanto si stava gradualmente ristabilendo e immediatamente provvide a ricacciare il fratello a Roma e a pensare a come assicurare la propria successione nel caso gli fosse capitato qualcosa di grave come una congiura o il suo assassinio. Il 5 giugno 1578 Bianca entrò nella stanza del principe per portargli una semplice tazza di brodo caldo. Francesco fissò Bianca nei suoi occhi azzurro-chiaro e le disse: *"Io le sono da lungo tempo debitore di un dono che le voglio presentare: questa è la mia mano, ella è mia consorte"*.

Verso la sera di quel medesimo giorno, quindi dopo neppure due mesi dalla morte di Giovanna d'Austria, i due furono uniti in matrimonio dal cappellano di corte. Il matrimonio rimase segreto per rispetto verso l'ancora troppo recente morte di Giovanna, ma, poche settimane dopo, Bianca informò la sua famiglia veneziana.

L'ENTUSIASMO DI VENEZIA PER IL MATRIMONIO DI BIANCA (ottobre 1578)

Benché il matrimonio fra Francesco e Bianca dovesse rimanere segreto per un anno, nel rispetto del lutto per Giovanna d'Austria, a Venezia la cosa invece rimase segreta per un tempo ben più breve.

Il padre di Bianca, ser Bartolomeo, fu informato dalla figlia riservatamente e già verso la fine dell'estate 1578, il figlio Vettore si recò in Senato ed annunciò al doge il matrimonio di sua sorella col granduca toscano, parlando così: "*...Poiché è piaciuto a Sua Eccellenza permettere che io compari oggi al suo cospetto, le annuncio che al Signor Granduca di Toscana è piaciuto, per benignità sua e per tenerissimo affetto verso questa Repubblica, prendere per moglie mia sorella Bianca, devota serva della Serenità Vostra ...*"[20]

La notizia suscitò entusiastiche reazioni fra i senatori ed in tutta Venezia. La dinastia dei Cappello era una delle più importanti e storiche di Venezia. Alcuni membri della famiglia avevano ricoperto ruoli

---

20 *Archivio di Stato di Venezia – Discorso di Vettore Cappello al Senato veneziano (settembre 1578) - Esposizione dei principi 1575-1582 - Fol. 86*

pubblici e cariche militati di spicco: senatori, ambasciatori, procuratori, capitani, generali etc. Lo stesso ser Bartolomeo, padre di Bianca, era stato il podestà di Treviso fino all'anno prima. La notizia divenne ufficiale nei mesi che precedettero il matrimonio pubblico a Firenze, che fu fissato a fine 1579.

Il 2 giugno 1579 Bianca scrisse al padre Bartolomeo la seguente lettera: *"...Sendo piaciuto a Dio di farmi grazia che il Granduca mio Signore mi abbia fatto degna che io sia sua moglie, et disegnando di pubblicarmi per tale fra pochi giorni, ho giudicato mio debito il farvelo sapere per contento et consolazione vostra, sendo sicura che ne riceverete quel piacere che merita un tanto dono. La prego bene a non lo conferire, se non in confidenza, col serenissimo Doge, et con mio fratello Vettore. In breve sua altezza serenissima il Granduca manderà un gentiluomo suo a darne conto a Sua Serenità et a quegli illustrissimi Signori. Mi troverà sempre sua figlia amorevolissima et serva obbediente, non intendendo mai di sciormi dal giogo paterno ma sottoporvimi maggiormente, per farle conoscere dalli effetti, quanto io l'ami et stimi e sia per desiderar sempre la sua buona grazia. Da Fiorenza il dì 2 giugno 1579. D. V. S. Clarissima, ubbidientissima figliola Bianca Cappello"*[21]

Non appena a Venezia si diffuse la notizia ufficiale del matrimonio di Bianca col granduca di Toscana i senatori abbracciarono i Cappello e si rallegrarono affettuosamente con ser Bartolomeo. Quando il padre, il fratello e i parenti comparivano in pubblico, tutti volevano complimentarsi. A Venezia i patrizi veneti erano quasi tutti imparentati tra loro e gioirono di queste nozze politicamente così importanti. La vicenda di Bianca di anni prima aveva ferito nella dignità e nell'orgoglio l'aristocrazia veneziana, a partire dal patriarca di Aquileia, zio acquisito di Bianca, potentissimo e molto arcigno. Ora invece tutti presero ad osannare Bianca, la cui grandezza di regnante di Toscana si sarebbe riflessa anche su di loro.

Vettore, il fratello di Bianca, cominciò subito a darsi da fare per far assegnare dal granduca Francesco alla propria sorella il titolo di granduchessa e, di conseguenza, ottenere per Bianca la qualifica di "*Particolare e vera figliola della Repubblica*" da parte del Senato veneziano. Questo speciale privilegio fu concesso, durante l'intera storia millenaria della Serenissima, solamente ad altre due patrizie: Caterina Cornaro, andata in sposa a Giacomo Lusignano II, re di Cipro e a Tomasina Morosini, andata in moglie al re Stefano d'Ungheria. Oltre al fratello, ser Vettore, si misero in moto sia gli ambasciatori veneziani a Firenze

---

[21] *Archivio di Stato di Firenze - Lettere di Bianca Cappello ai suoi parenti a Venezia - Mediceo del Principato Filza 5947b*

che quelli fiorentini a Venezia, sempre allo scopo di far formalizzare subito a Firenze il titolo di granduchessa di Toscana per Bianca e a Venezia il prestigioso privilegio.

In proposito nell'Archivio di Stato di Firenze è conservata una lettera di Girolamo Cappello, cugino di Bianca. Indica molto bene le importanti implicazioni politiche del matrimonio. Se ne riporta qui uno stralcio: "*...per inveterata disposizione dell'anima, Sua Altezza desiderava l'occasione di legarsi strettamente in amicizia con la Serenissima Repubblica di Venezia, perciò gli pareva di eleggere come consorte la clarissima signora Bianca Cappello, mia cugina, gentildonna veneziana degnissima per bontà e per famiglia, in qualità di figliola della predetta Repubblica...*"

Il cugino Girolamo Cappello, rallegrandosi col principe toscano già "metteva avanti le mani" dando per scontato che per Bianca a Venezia sarebbe successo quello che era già avvenuto per Caterina Cornaro e Tomasina Morosini. Per il granduca Francesco de' Medici le lettere di casa Cappello "sfondavano una porta aperta". Era ovviamente di suo interesse strategico l'amicizia con Venezia e nel contempo era felice che dalla Signoria veneta fosse conferito il massimo onore alla sua nuova sposa. Fu attivato subito l'abate Abbioso, ambasciatore fiorentino residente a Venezia, perché appoggiasse presso il Senato della Serenissima l'importante privilegio di "*Particolare e vera figliola della Repubblica*" per Bianca. Il granduca Francesco, dopo i primi annunci informali del padre dl Bianca alla Signoria, aveva inviato una sua lettera ufficiale direttamente al doge: "*Benché mi si appresentassero occasioni di matrimonio con principi grandi, mi piacque abbracciare il parentado della Serenissima Repubblica, le cui grazie ho sempre apprezzato quanto conveniva ed ho pigliato, con l'aiuto di Dio, per moglie colei che ho conosciuto di maniere conformi al mio desiderio, degna di quella Repubblica e di virtù meritevoli. Che sarà amata come moglie carissima, essendo figliola di quella Serenissima Repubblica et riputandomi con tale mezzo diventar ancor io suo figliolo*".[22]

Qualche giorno dopo arrivava a Venezia un'ambasciata ufficiale affidata dal granduca al suo legato di fiducia, Mario Sforza. Nel libro dei cerimoniali dell'Archivio di Stato di Venezia si legge: "*...essendo giunto il 12 giugno il signor Mario Sforza mandato dall'eccellentissimo granduca di Toscana, in occasione del suo matrimonio con la illustrissima signora Bianca Cappello, il residente Abbioso ne dava avviso al Senato*". A Venezia i clarissimi cavalieri Vincenzo Tron e Alvise Contarmi, con quaranta senatori tutti

[22]*Archivio di Stato di Firenze – Comunicazioni di Francesco I circa il suo matrimonio con Bianca Cappello (1579) - Miscellanea Medicea Filza 45 ins. 2 cc. 55-59*

in veste di seta, accolsero l'ambasciatore toscano, Mario Sforza, che annunciò in Senato il matrimonio. Poi fu accompagnato a palazzo Trevisan-Cappello, dove ser Bartolomeo, padre di Bianca e il clarissimo fratello di lei, Vettore, lo attendevano. Erano con loro il patriarca di Aquilea, cognato di Bartolomeo, l'arcivescovo di Candia e vari parenti. L'ambasciatore s'inchinò davanti al magnifico ser Bartolomeo dicendogli che il Serenissimo Granduca suo padrone lo aveva incaricato d'invitarlo a Firenze per le sue nozze con madonna Bianca, sua figlia, insieme con l'altro figlio Vettore. L'indomani, dopo pranzo, lo Sforza fu accompagnato alla presenza del Serenissimo doge, dal quale fu ricevuto con il cerimoniale in uso per gli ambasciatori. Il diplomatico toscano, dopo aver presentato al doge le lettere del granduca e della granduchessa (rispettosissime e affettuose), annunciò ufficialmente il matrimonio di Sua Altezza il granduca di Toscana con la patrizia veneziana Bianca. A questo annuncio il doge rispose con espressioni cortesi e molto sentite. Quando l'ambasciatore fiorentino uscì dal palazzo dogale e giunse alla scala dei Giganti fu accolto da trombe, rulli di tamburi e dalle campane di San Marco che suonavano a festa. I campanili della città lagunare furono mantenuti illuminati per tutta la notte. Una enorme folla di gentiluomini occupava piazza S. Marco per acclamare i parenti di Bianca. Tra essi vi erano trecentosessanta tra i più nobili della città.

Lo Sforza, gli illustrissimi ser Bartolomeo, Vettore ed un grande stuolo di patrizi parenti di Bianca furono invitati ad una cerimonia speciale per annunciare in pubblico il matrimonio. L'invito fu esteso anche al Nunzio del papa a Venezia, che era il Bolognetti. Questi fu l'unico a non partecipare: si disse dolente di non poter aderire perché, sebbene si considerasse personalmente favorevole al matrimonio, non poteva fare dichiarazioni pubbliche senza un ordine preciso del Papa. Da diplomatico avveduto, era consapevole che questo matrimonio avrebbe portato ad una stretta alleanza fra la Toscana e la Repubblica Veneta e lui sapeva bene di dover attendere istruzioni in merito dalla Santa Sede. Ma al suo seguito espresse informalmente il seguente pensiero, a titolo personale *"...Madonna Bianca per Venezia può essere paragonata alla famosa Ester della Bibbia che fu causa di tanto bene al popolo suo"*. Il fatto che Bianca, figlia della Serenissima, entrasse in una corte fiorentina da granduchessa era di grande importanza perché creava un rapporto diretto fra i due Stati. Poteva avere, come di fatto poi ebbe, una notevole influenza sulla politica delle altre signorie italiane e persino degli imperi spagnolo, francese e asburgico.

E nei documenti conservati sia all'Archvio di Stato di Venezia che in quello di Firenze viene descritta la delibera del privilegio storico a favore di Bianca: *...l'indomani, nell'ambito di una cerimonia gloriosissima, gli eccellentissimi consiglieri dei Pregadi* (il senato veneziano ndA) *deliberarono che l'Illustrissima nobildonna Bianca Cappello fosse creata "Particolare e vera figliola della Repubblica di Venezia"* [23] e che i magnifici Bartolomeo e Vettor Cappello venissero eletti "Cavalieri della Stola d'Oro".

Questo il documento inviato a Firenze. Nella delibera originale conservata invece a Venezia è riportato che Bianca venne dichiarata "*Particolare e vera figliola della Repubblica*" con 195 voti favorevoli, 9 contrari e 11 astenuti.[24]

Qualche giorno dopo gli Avogadori deliberarono di cancellare il decreto di bando del consiglio dei Dieci per Bianca Cappello che risaliva al 1563.[25]

La Stola d'Oro era una delle massime onorificenze riservate della Serenissima ai suoi cittadini più illustri. L'indomani ser Bartolomeo e il figlio Vettore, accompagnati da gran parte del patriziato veneto, si recarono in abito ducale d'oro a ricevere le insegne cavalleresche che concedevano loro il primato su tutti i patrizi della città.

Per i molti onori tributati dalla Repubblica di Venezia allo Sforza, legato della Toscana, che fu trattato come se fosse il rappresentante di un re, l'ambasciatore del duca di Savoia ebbe a lamentarsi presso il doge. Al quale il doge fece rispondere che: "*Se il Duca di Savoia avesse preso in moglie una figlia di San Marco, come aveva fatto il Granduca di Toscana, si sarebbe sicuramente adottato il medesimo cerimoniale*".

Prima del suo ritorno a Firenze, allo Sforza venne consegnato il *Privilegio dell'Eccellentissima Granduchessa* (cioè la nomina dogale) su una bolla d'oro posta in una cassettina miniata all'esterno, coperta di velluto cremesino e foderata di raso con guarnizioni d'oro. Quel privilegio della Signoria veneziana fu per Bianca il suo gioiello preferito per sempre. Lo tenne con la massima cura tra gli oggetti preziosi a lei più

---

[23] *Archivio di Stato di Firenze - Delibera dei Pregadi e Privilegio del Senato veneto a favore della granduchessa di Toscana (17 giugno 1579) - Mediceo del Principato Filza 5947 Doc.3*

[24] *Archivio di Stato di Venezia - Secreta del Senato Fiorenza Mantova Urbino - Delibera del Senato veneziano a favore della Granduchessa di Toscana Reg. 82 Filza 43 e Delibera del Doge (16 giugno 1579) Reg 86 Filza 89 pag. 31*

[25] *Archivio di Stato di Venezia - Ordine agli Avogadori di Comun di cancellare le sentenze del Consiglio dei Dieci del 3-1-1563 e 20-9-1564 relative al bando di Bianca Cappello, divenuta Granduchessa di Toscana (23 giugno 1579) – Deliberazioni secrete Filza 43*

cari, fino alla morte.

Il giorno dopo il fratello di Bianca, Vettore Cappello, precedendo l'ambasciatore Sforza, partiva subito per la Toscana portando per primo alla sorella e al granduca la notizia della prestigiosa nomina da parte del Senato veneziano. Essendo giunto di notte a Firenze, Vettore fu ammesso direttamente nella camera del granduca e della granduchessa, a palazzo Pitti. Riferì alla sorella e al granduca che l'ambasciatore fiorentino Sforza aveva dichiarato in Collegio a Venezia che Bianca non era soltanto moglie di Francesco ma anche la granduchessa di Toscana, come il granduca Francesco aveva indicato nella lettera. La loro gioia commossa fu immensa quando Vettore descrisse loro l'entusiasmo dimostrato dal patriziato veneto per Bianca dopo che a Venezia si era saputo del suo importante matrimonio col granduca. A quel punto Francesco decise di far conoscere anche ai Fiorentini le sue nozze con Bianca ed annunciò l'intenzione di celebrarle subito in forma religiosa e renderle pubbliche presto e "*con grande apparato…*"

Nel corso della stessa notte, alle due, l'arcivescovo di Firenze, fra Masseo Bardi, fu chiamato d'urgenza a Palazzo Pitti e Francesco rinnovò, anche dinnanzi a un sacerdote, secondo il rito canonico, il suo matrimonio con Bianca. Erano presenti, oltre all'illustrissimo Vettore, alcuni gentiluomini della corte medicea. L'indomani Francesco ordinò che tutti i consiglieri e i magistrati di Firenze venissero a corte per essere informati del matrimonio e per onorare Bianca con la nuova qualifica di granduchessa.

Le campane di tutta Firenze suonarono a festa e le salve delle artiglierie tuonarono per tutte le città della Toscana. Il popolo aveva una nuova granduchessa. In quegli stessi giorni il doge di Venezia, Niccolò da Ponte, fece pervenire al granduca Francesco I una lettera in lingua latina con la conferma ufficiale del Privilegio di Bianca.[26] La domenica successiva, nella grande sala di Palazzo Pitti, Bianca, sotto il baldacchino delle principali solennità, ricevette molti ambasciatori residenti a Firenze, cortigiani e semplici cittadini.

La granduchessa quel giorno appariva elegantissima nel salone arredato di broccato d'oro e damasco cremisino. Indossava una veste attillata di ermellino bianco, guarnita da magnifiche perle. Sopra la veste

---

[26] *Archivio di Stato di Firenze – Due copie della lettera latina firmata dal doge di Venezia, Nicolò da Ponte, che comunica a Francesco I la nomina di Bianca Cappello a "Particolare e vera figliuola della Repubblica" - Miscellanea Medicea Filza 667*

aveva un leggero mantello paonazzo con maniche ampie alla spagnola, anche queste impreziosite da gioielli qua e là. Al collo una preziosa collana con le perle di casa de' Medici.
Così un testimone oculare: *"Quaranta gentildonne fiorentine, tutte vestite d'oro, stavano rispettosamente intorno a Bianca che seduta sotto un baldacchino, veniva ossequiata dai magistrati della città. Molti gridavano: Viva la granduchessa! Alle ventitrè salì nella carrozza del granduca e fece un giro nella città, seguita dalle guardie e da dieci alabardieri, venticinque cocchi e da uno stuolo di gentiluomini a piedi. Il granduca non si espose affinché tutta la città si dedicasse solo a lei. Attraversarono Firenze in mezzo alla folla acclamante e si diressero alla chiesa della S. Annunziata, dove assistettero alla Messa*".

LE REAZIONI NELLE ALTRE CORTI EUROPEE

Il granduca Francesco informò subito gli altri sovrani d'Europa del suo matrimonio con Bianca, figlia della Repubblica di Venezia. La notizia prese di contropiede tutti perché significava una stretta alleanza fra la Toscana e la Serenissima. Vediamo le reazioni. Il primo ad essere informato fu il re di Spagna Filippo II, al quale fu recapitata una lettera ufficiale dall'ambasciatore fiorentino residente a Madrid, Orlandini. La Spagna era alleata dei Medici e piuttosto diffidente nei confronti dei Veneziani. Nell'annunciare il suo matrimonio al re Filippo, Francesco aggiunse che aveva deciso di sposare Bianca per assicurare la sua successione dato che aveva avuto un figlio da lei. Il re di Spagna, che era parente di Giovanna d'Austria, all'inizio non vide molto bene questo matrimonio, ma dopo varie corrispondenze ed in particolare dopo avere ricevuto una lettera direttamente da Bianca (che tutt'oggi è considerata un capolavoro diplomatico), accettò con entusiasmo le nozze. Una copia della lettera di Bianca al re di Spagna è conservata nell'Archivio di Stato di Firenze.
Fu informato delle nozze anche il papa che allora era Gregorio XIII. Sua Santità approvò il matrimonio e, con i prelati romani, osservò che esso favoriva l'unione della Toscana con la Serenissima, il che avrebbe certamente dato frutti molto utili per l'intera penisola italica. Addirittura si arrabbiò perché il cardinale Ferdinando de' Medici, che non aveva accettato il matrimonio del fratello con Bianca, aveva messo in giro la voce che il Santo Padre sembrava non aver approvato questa unione. Questa voce era arrivata fino a Firenze ed il vescovo locale aveva informato il papa dell'esistenza di questa diceria ripresa dai soliti oppositori che si divertivano a scrivere novelle contro i Medici. Ecco il dispaccio mediante il quale il prelato informò il papa: "*Alcuni novellieri a*

Firenze scrivono che Ella non abbia dimostrato soddisfazione della risoluzione al matrimonio del Granduca Francesco con la nobildonna veneziana". Al che il pontefice rispose: "*Essi sono gran bestie a scrivere simili cose...*" Il papa sapeva che tale matrimonio avrebbe portato molti benefici politici per l'Italia e l'alleanza toscano-veneta maggiore sicurezza militare in funzione anti turca. Critiche al matrimonio derivarono invece dai due fratelli del granduca: il cardinale Ferdinando, che vedeva Bianca diventare la più potente persona del granducato dopo il fratello (oltretutto con un figlio riconosciuto da Francesco: don Antonio che, una volta adulto, sarebbe diventato granduca) e don Pietro de' Medici, l'altro fratello, anch'egli da sempre contrario a Bianca. Il matrimonio, con l'alleanza fra la Toscana e la Serenissima, inquietava tutti gli altri stati italiani che si sentivano minacciati da tale nuova situazione che scombinava i loro equilibri. Gli Estensi a Ferrara, i Farnese a Parma, i Savoia a Torino e i Gonzaga a Mantova videro in quel matrimonio quasi una minaccia alla propria sicurezza. Quando in Italia si sparse la voce secondo cui la moglie del granduca era stata dichiarata a Venezia "*Particolare e vera figliola della Repubblica*", Il granducato di Toscana cominciò ad essere prima temuto e poi blandito da tutte le corti. Si scatenò una gara per imparentarsi con i Medici attraverso le figlie di Giovanna d'Austria che intanto avevano raggiunto l'età da marito ed erano consigliate amorevolmente da Bianca.

Il cardinale Ferdinando, comunque, scrisse da Roma ai granduchi per rallegrarsi del privilegio concesso dalla Serenissima a Bianca. Ma queste erano pure formalità. Bianca era perfettamente consapevole dell'odio di Ferdinando nei suoi confronti. Il matrimonio del fratello granduca Francesco con lei aveva scombinato i piani del cardinale che avrebbe preferito una cognata più controllabile. Ma la neo granduchessa gli rispose ugualmente con una lettera gentilissima in cui lo ringraziava. Ormai Ferdinando la odiava apertamente e non partecipò neppure ai festeggiamenti delle nozze e all'incoronazione. Bianca, benché tenuta al corrente da informatori dell'odio dei due cognati, si manteneva sempre signorilmente distaccata ed eguale a se stessa. Addirittura li riempiva di favori anche economici, senza però ottenere in cambio che odio.

INCORONAZIONE DELLA GRANDUCHESSA BIANCA

(12 ottobre 1579)

Il 16 settembre 1579 cominciarono ad arrivare a Firenze illustri personaggi da tutte le corti italiane ed europee per la celebrazione pubblica del matrimonio e dell'incoronazione di Bianca Cappello a granduchessa di Toscana. L'atto dell'incoronazione e il contratto di matrimonio furono rogati dal pubblico notaio Ser Zanobi Pacalli.

Le feste durarono parecchi giorni, furono grandiose e sono descritte in dettaglio in una pubblicazione originale del 1579 di Raffaello Gualterotti dal titolo: *Feste nelle nozze del Serenissimo Don Francesco Medici Gran Duca di Toscana et della Serenissima sua consorte la Nobildonna Bianca Cappello.* Una copia originale di questa pubblicazione fu battuta nel 2006 dalla nota casa d'aste Christie's per un valore di 14.000 $. Esistono al mondo poche copie originali della pubblicazione. Un'altra è conservata al Museo della città di New York dove si trovano esposte le illustrazioni originali delle varie macchine allegoriche e mitologiche realizzate per l'occasione dal Buontalenti.

I primi ad arrivare a Firenze furono i parenti di Bianca da Venezia: Ser Bartolomeo (il suo illustrissimo padre) e il fratello Ser Vettore con la moglie, donna Elena. Poi il patriarca di Aquileia, Giovanni Grimani, fratello della matrigna Lucrezia, il clarissimo Ser Carlo Morosini, zio materno di Bianca, infine i magnifici cugini Girolamo e Andrea Cappello con i quali Bianca aveva scambiato numerose lettere, a partire dal 1573, quando voleva tornare a Venezia. Gli altri veneziani ospiti erano oltre un centinaio, senza contare il seguito di cavalieri e delle loro scorte. Mancava però la matrigna Lucrezia che Bianca aveva sempre considerato "*l'origine di ogni mia sventura*". Il Molin, cronista del tempo e persona molto vicina a casa Cappello, ebbe a scrivere: "*...allorché Bianca era in povero stato e fuoruscita, i congiunti negavano di averla mai conosciuta, ma in questo tempo, per trovarsela parente, andavano ad investigare fino gli ottavi e i decimi gradi*".

Varie miglia fuori Firenze i Veneziani furono accolti festosamente dalla cavalleria fiorentina, da tutta la corte e da molte gentildonne nei loro elegantissimi abbigliamenti. Il corteo attraversò tutta Firenze e raggiunse palazzo Pitti dove la granduchessa, accompagnata da molte altre gentildonne, s'inginocchiò dinanzi al padre piangendo, mentre l'anziano patrizio sembrava stordito per la grande commozione. Poco dopo entrò il patriarca di Aquileia che, al cospetto di Bianca, si genuflesse e le baciò le mani (si ricorderà che fu proprio lui a chiedere l'intervento del Consiglio dei Dieci che bandirono Bianca dopo la sua fuga da Venezia). Sopraggiunse a questo punto il granduca Francesco con tutta la corte Toscana e pare che il magnifico ser Bartolomeo, in un momento di paterna felicità, osservando le armi dei Medici si lasciasse sfuggire una frase molto significativa, ma piena di senso dell'umorismo, tipico dei Veneti. "*Ci volevano proprio simili palle* (alludendo a quelle dello stemma mediceo) *per cancellare tanta onta!*" (in riferimento alla fuga ed al passato di Bianca).

Firenze era tutta in festa e il popolo si assiepava per le vie ammirando le gentildonne veneziane con i loro vestiti finissimi che in Toscana non si erano mai visti prima. Il corteo comprendeva i due ambasciatori della Serenissima, Michiel e Tiepolo, che avevano un seguito di trecento cavalieri. Al loro passaggio le artiglierie tuonarono a salve, suonarono le campane delle chiese di tutta Firenze e la sera fuochi artificiali e luci fantastiche rallegrarono la città.

Nell'udienza pubblica il Tiepolo riportò la viva gioia della Serenissima per questo matrimonio, da cui Venezia sperava potesse derivare una salda e perpetua amicizia con la Toscana. Poi i due ambasciatori veneti consegnarono a Bianca un collare di diamanti, regalo del doge, del valore di ottomila ducati (circa 900.000 euro).

Bianca, commossa del superbo dono, inviò una lettera di ringraziamento, scritta di suo pugno, al doge aggiungendo che comunque da Venezia avrebbe accettato e gradito anche solo un fiore.

Durante quei giorni di giubilo si presentarono alcune questioni formali legate alla cerimonia dell'incoronazione di Bianca a granduchessa di Toscana. All'epoca queste procedure erano considerate con grande attenzione. La prima difficoltà: Francesco chiese che ad incoronare pubblicamente Bianca fossero gli ambasciatori veneti. Voleva dimostrare al mondo che la sua sposa aveva la dignità di una principessa veneziana in quanto "*Particolare e vera figliuola della Repubblica*". I Veneziani discendevano anticamente dai Bizantini ed avevano una mente piuttosto sottile e complicata. Gli ambasciatori veneti, dopo alcune riflessioni "bizantine" scambiate fra loro, fecero presente al granduca che questa sua richiesta implicava l'ammissione formale della superiorità della Toscana sulla Serenissima. Risposero quindi che dovevano chiedere istruzioni al doge. A Venezia fu convocato d'urgenza il Senato per valutare la cosa "democraticamente".

Molti senatori si opposero, affermando che questa modalità di incoronazione equivaleva implicitamente a conferire al principe della Toscana un titolo regale perché Venezia aveva conferito il medesimo titolo di Bianca solamente alle spose dei re. Se la cerimonia si fosse configurata come una attribuzione di regalità per il granduca di Toscana, ciò lo avrebbe posto automaticamente al di sopra della Serenissima. Un senatore volle precisare in proposito "*...noi che per mille anni abbiamo rifiutato titoli regali e mostrato di non cercarne, non possiamo vedere altri vestirsi, con le mani nostre, di quegli onori dei quali abbiamo voluto spogliarci*". Perciò incompatibilità totale fra i due diversi sistemi di governo.

Da un lato una Repubblica aristocratica (anche democratica, ma a proprio modo) dall'altra un Granducato fiorentino totalmente autarchico, retto per decenni da una famiglia sola per diritti di successione e discendenza. Venezia non avrebbe mai accettato di essere formalmente subordinata a Firenze a seguito di una cerimonia di incoronazione. Intervenne però il procuratore veneziano Soranzo che riuscì a mediare fra le parti avverse del Senato. Affermò che l'incoronazione di Bianca Cappello non era di tipo strettamente regale perché il sistema di governo fiorentino era granducale e non regale, appunto. Inoltre che per gli interessi prevalenti di Venezia (il suo sistema di alleanze) rifiutare la richiesta del granduca equivaleva a sciupare tutto un progetto politico su cui si basava la stessa sicurezza della Serenissima. E poi non era più possibile evitare la cosa perché si sarebbe dovuto comunicare agli ambasciatori veneziani di prendere commiato da Firenze generando un incidente diplomatico.

Nelle carte conservate presso l'Archivio di Stato di Venezia leggiamo il testo originale dell'intervento del procuratore Soranzo: "*...e ciò che sarebbe più atto di ostilità che d'amicizia; sarebbe stato comunque meglio che fossero i nostri ambasciatori a mettere la corona ducale in capo a Bianca, piuttosto di lasciarlo fare al Nunzio del pontefice. Perché se questi avesse pronunciato male la formula in presenza degli ambasciatori veneti avrebbe potuto investirla dei titoli di regina come se Venezia fosse d'accordo, recando un gravissimo danno dello Stato veneziano per il rischio di diventare subalterno a Firenze.*"

Aggiunse infine che, data la potenza di questo principe toscano, molto più ricco degli altri regnanti italici, Venezia, in caso di guerra contro i Turchi, poteva sperare in un aiuto più grande da lui che dalle altre signorie e che quindi la cosa andava fatta come lui richiedeva, in vista di futuri vantaggi. Capolavori dialettici e di lucida opportunità politica di cui Venezia fu maestra per gli oltre mille anni della sua storia.

Ma quando a Venezia la cosa sembrava già aggiustata, ecco nascere una nuova controversia. Questa volta da parte del Nunzio del papa a Firenze. Questi, altrettanto cavilloso dei Veneti, sosteneva che soltanto alla Santa Sede spettava il diritto e la competenza d'incoronare i sovrani quindi, se non fosse stato lui stesso in qualità di rappresentante del papa a incoronare Bianca, non avrebbe potuto nemmeno presenziare ad una cerimonia in cui, a farlo, fossero stati i Veneziani.

Francesco I, preso fra due fuochi, non sapeva più come risolvere il grave problema delle competenze ma essendo ormai prossima la data dell'incoronazione di Bianca, disse al Nunzio: *"Scriverò a Sua Santità che l'incoronazione di mia moglie non sarà di tipo regale ma granducale, non vi volete fidare della mia parola?* "

Il prelato chiese allora che il procedimento esatto della cerimonia gli fosse descritta per filo e per segno. Provvide a questo il segretario personale del granduca. Gli spiegò che gli ambasciatori veneti avrebbero posto la corona granducale sul capo di Bianca dichiarando che, avendo il granduca impalmato una particolare figlia di San Marco, essa diveniva granduchessa. Il Nunzio, dopo essersi consultato mediante dispacci urgenti col papa, ebbe l'ok definitivo del vicario di Cristo e partecipò alla cerimonia.

LA CERIMONIA DELL'INCORONAZIONE

Il 12 ottobre 1579, nel gran salone del Palazzo ducale, ora detto "della Signoria", fu allestito un palco con un ricco baldacchino al centro. Tutta la sala era arredata con preziosi arazzi e stoffe d'oro. Alle quattordici entrò il granduca Francesco con il Nunzio del papa e gli ambasciatori veneziani residenti a Firenze. Dietro di loro i consiglieri, il senato fiorentino dei Quarantotto, il podestà, l'arcivescovo ed i principali magistrati della Toscana.

Poco dopo apparve Bianca, veramente maestosa e regale. Nei dispacci inviati dagli ambasciatori a Venezia, pervenuti fino a noi, si legge che: *"… era vestita di un abito d'oro con riflessi argentei e colorati di preziosa fattura, coperta da un manto tutto ricamato di perle"*. Riferirono che: *"…bella è naturalmente, con poco bisogno d'estrinseco ornamento"*.

E veramente doveva essere splendida. Bianca allora aveva trentatrè anni: una bellissima donna nel pieno della sua femminilità. Tra le guarnizioni dell'abito s'intravvedevano molti gioielli, altri sul seno e sulle braccia. Aveva doppi fili di grandi perle al collo, magnifici braccialetti e il superbo collare, dono del doge, che la cingeva da una spalla all'altra. Infine il vestito tutto tempestato di rubini rari del valore di molte migliaia di scudi.

La granduchessa prese posto accanto all'augusto consorte, fra i diplomatici e il padre, il fratello e la figlia Pellegrina. Le facevano corona i patrizi veneti ospiti e numerose dame nobili, elegantissime e coperte di gioielli. Vi erano le dame fiorentine, le veneziane e altre forestiere, provenienti da tutte le corti. Il segretario del granduca, Belisario Vinta, lesse pubblicamente il Privilegio del Senato e del Doge di Venezia conferito a Bianca. Il testo era in latino scritto a caratteri d'oro con il sigillo dogale. Dopo la lettura l'ambasciatore Antonio Tiepolo prese dal cuscino di velluto la corona e la pose in capo alla granduchessa. La corona granducale era tempestata di pietre preziose ed aveva un valore di 300 mila scudi (circa 34 milioni di euro). A questo punto si alzò il patriarca d'Aquileia, Giovanni Grimani, al quale l'arcivescovo di Firenze aveva ceduto l'onore di officiare le nozze e disse rivolgendosi al granduca: *"Serenissimo Francesco de' Medici, volete voi pigliare la Serenissima Bianca Cappello, granduchessa di Toscana. per moglie?* "

Alla conferma del principe la stessa cosa fu chiesta a Bianca che pronunciò il suo sì con uno smagliante sorriso. Il patriarca poi benedisse gli sposi, elogiando la santità del matrimonio. Il corteo scese in piazza della Signoria fra il popolo festante e si mosse verso la basilica di Santa Maria del Fiore ove l'apparato della chiesa era superbo. Fu cantata la messa solenne con bellissima musica e magnifiche voci. La cerimonia durò ben quattro ore ed anche in quella occasione la nuova granduchessa si mostrò sempre graziosa e, a un tempo, regale. Tutti gli intervenuti parlarono di lei con molta ammirazione. Bianca Cappello, una volta salita al trono, fu una delle migliori principesse della storia del Granducato mediceo e sovrana molto onorata in Italia e in Europa. In Toscana, dopo il matrimonio dei granduchi, comparvero ovunque i nuovi blasoni medicei modificati dal granduca Francesco. Accanto alle famose palle del casato mediceo fu aggiunto (nella metà di destra) il leone di San Marco con la stilizzazione di un cappello (in latino "pileo"), il blasone storico della famiglia Cappello (vedi appendice iconografica). Francesco, nel voler dividere a metà lo stemma dei Medici e associarvi quello dei Cappello, mostrò a tutti quanto egli tenesse alla consorte. La modifica allo stemma mediceo fece però infuriare tantissimo il fratello del granduca, il cardinale Ferdinando. Questi considerò l'iniziativa un vero e proprio tradimento dell'onore dei Medici. Lo stemma ibrido "Medici-Cappello" è ancora visibile solamente in qualcuna delle residenze medicee, perché quando Ferdinando divenne il granduca, dopo la morte misteriosa e contestuale di Francesco e Bianca, fu fatto togliere da lui quasi ovunque. Dopo l'incoronazione, ci furono danze fino a notte inoltrata, a cui presero parte la stessa granduchessa, il granduca, gli ambasciatori veneti, i gentiluomini veneziani e le molte dame veneziane e fiorentine. Dopo le danze il granduca andò in un salone a vestirsi della sua armatura per partecipare di persona ad un torneo tra cavalieri che ebbe luogo nel cortile di Palazzo Pitti.

FESTA DELLA SBARRA A PALAZZO PITTI
(14 ottobre 1579)

I festeggiamenti continuarono per alcuni giorni e si racconta che non si furono mai più viste feste simili a Firenze. La sera più importante fu quella del 14 ottobre 1579 a palazzo Pitti. Fu denominata "festa della sbarra" (o della barriera) perché, al centro del cortile, era stata allestita una vasta area coperta e protetta da una barriera o recinto e ove si svolsero i diversi spettacoli: una giostra, un carosello con combattimenti e numerose mascherate. Ma il pezzo forte fu una incredibile sfilata di carri meravigliosi con insuperabili rappresentazioni allegoriche e mitologiche curate dal Buontalenti.

La descrizione dettagliata di questa sontuosissima festa è contenuta in una pubblicazione originale del 1579 di Raffaello Gualterotti che dedicò all'evento quel volume citato in precedenza. Qui il titolo, completo del sottotitolo: "*Feste nelle nozze del serenissimo Don Francesco Medici gran duca di Toscana et della serenissima sua consorte la Nobildonna Bianca Cappello, composte da M. Raffaello Gualterotti. Con particolare descrizione della sbarra, e apparato di essa nel palazzo de' Pitti, mantenuta da tre cavalieri persiani contro ai venturieri loro avversari, con tutti i disegni dei carri e le invenzioni comparse alla sbarra*". Per gli amanti del genere, di seguito, saranno raccontate le fasi salienti della festa con la sfilata di carri di incredibile fattura, intervallata da letture di poesie e di madrigali dedicati alla nuova granduchessa. La sfilata aveva una logica molto studiata ed era arricchita da concerti vocali e da musiche strumentali di grande qualità. Qui una sintesi (stralci dal libro di Raffaello Gualterotti) ..."*All'interno del cortile vi erano dei palchi per gli intervenuti. Per l'illuminazione si allestirono due file di torce bianche, l'una con candelieri in forma di vasi d'oro, l'altra di argento.*

Dall'alto del cortile pendevano settanta figure di angeli, i quali reggevano candelieri dorati. Da una parte c'era un palco più maestoso degli altri, adorno di stoffe di seta d'oro sopra le quali spiccava l'arma di casa Cappello sormontata dalla corona principesca e sostenuta da due leggiadre figure. Sul palco erano i familiari di Bianca: il padre ser Bartolomeo, il fratello ser Vettore, la cognata, donna Elena, il patriarca di Aquileia, la figlia principessa Pellegrina, la nobildonna veneta donna Chiara Querini e gli ambasciatori veneti. Di fronte stavano i giudici, il maestro di campo della fanteria del granduca di Toscana e molti altri gentiluomini. Dirimpetto allo stemma Cappello vi era quello della famiglia di Francesco de' Medici, nel ricordo del padre Cosimo I e della madre Eleonora di Toledo. La favola della festa si annunciava così: Avendo udito, nel lontano oriente, tre cavalieri persiani il grido delle nozze di Sua Altezza Serenissima, per onorarla, erano venuti a dimostrare con tre colpi di lancia e cinque di stocco, che le donne persiane superavano in bellezza e in grazia tutte le altre e proponevano premi a chi fosse sceso in campo con qualche proposta e a chi meglio avesse ferito con lancia e stocco, senza però mai toccare la sbarra". Una disputa fra cavalieri su chi avesse maggiore bellezza fra le dame persiane e quelle fiorentine e veneziane". Si iniziò con una giostra in cui alcuni cavalieri si confrontavano protetti dalle loro armature impugnando una lancia e una spada a sezione triangolare (lo stocco). I tre cavalieri persiani erano impersonati dal granduca Francesco, da don Pietro (suo fratello) e dall'ambasciatore Mario Sforza. I combattenti erano circa una trentina. Dopo alcuni combattimenti ovviamente non troppo cruenti, comunque "molto fisici" entrarono i carri. Rappresentavano astri, figure vaghe e divinità, da cui uscivano altri cavalieri armati i quali facevano omaggio alla granduchessa e agli ambasciatori. E a seguire si ebbero i carri: del Sole, di Venere, di Cupido, di Marte, il cavallo di Troia, la Notte, il Monte Etna, una Galera veneziana, un'Orca con molti mostri marini. Fra gli ospiti vi erano alla rinfusa romani, napoletani, milanesi e bolognesi. In quel tempo si disse che neppure il re Carlo V aveva mai offerto spettacolo così degno di venire tramandato alla storia. *I tre cavalieri persiani portavano l'elmo d'oro tempestato di cristalli orientali; sul cimiero magnifiche piume; il corsaletto arabescato di rosso e oro, lavorato a smalto finissimo su disegni persiani. Tra i carri, ve n'era uno che lasciava intravvedere il mare, Venezia e le sue isole, e un altro la Notte che usciva dalle paludi. Giulio Caccini cantò in quella occasione due madrigali su parole di Palla Rucellai e musica di Piero Strozzi. Dopo il carro della Notte, quello di Venere: la luce sfarzosa e trionfale in antitesi alla notte tetra e lugubre. Venere seduta su uno scoglio, circondata dai suoi amori e all'intorno scene raffiguranti le sue avventure. Qui sorgeva dalla schiuma del mare, là saliva verso il cielo in una nube argentea. Uno dei suoi amori scese dal carro e offrì alla granduchessa una poesia. E dopo Venere sfilava il carro con la*

Regina dell'isola di Cipro, la quale, avendo sentito che i cavalieri persiani armati sostenevano la bellezza delle loro dame, affermava che questo significava togliere il primato all'inclita città di Venezia da cui essa pure era uscita. Ecco poi la Fama che s'arrestò accanto alla granduchessa, alla quale recitò altri versi. S'avanzava inoltre Adria, regale novella sposa con lunga veste di raso turchino; il cinto tempestato di gioie: dai suoi omeri pendeva un mantelletto, che si snodava allo spirare dell'aura marina, da cui si staccavano ornamenti, nodi e svolazzi. E dopo di questo la Regina dei mari sopra un delfino tutto d'argento, con le scaglie ondeggianti sull'acqua marina ed ecco apparire la galera, che piacque in ispecial modo ai Veneziani. Una galera veneziana da guerra con la poppa tutta intagliata d'oro che sparando a salve ricordava la vittoria riportata dalla Serenissima sopra i Turchi a Lepanto, otto anni addietro. Non appena entrata in campo la galera si innalzava uno stendardo recante le insegne di San Marco e l'arma di casa Cappello. Vivo diletto ebbero le belle patrizie venete che videro così bene rappresentata la città loro e altrettanto le fiorentine, che nulla di simile avevano mai ammirato. Indi Febo, col manto d'oro, d'un tratto scoccò una saetta, squarciando un monte da cui uscì un'Idra con sette teste che si muoveva lungo lo steccato. Una damigella le tolse la corona che aveva in testa, mentre la stessa Idra, aprendo le grandi ali, lasciava scorgere un cavaliere in armi bianche. La corona venne offerta dal cavaliere bianco alla granduchessa con un inchino. Eloquente il carro con il corno dogale di Venezia unito alla corona granducale toscana. Era trainato da due leoni seguiti da un enorme scorpione su cui stava assiso un cavaliere in sembianza di Marte; brillava una gran stella che lanciava fuoco da ogni punta. Infine, tra canti e madrigali, il corno e la corona venivano offerti alla granduchessa in segno di alleanza fra Firenze e Venezia.

Quanto sopra è una sintesi. La descrizione originale e completa della festa (185 pagine) con le immagini di ciascun carro è raggiungibile inquadrando il QR code qui riportato.

Link al documento originale della Festa della sbarra

La festa durò tutta la notte. Al carosello, che doveva imitare le scaramucce tra i mori e cristiani, partecipò anche il granduca Francesco, non molto alto ma dal fisico atletico e muscoloso. Dopo altri cinque giorni di feste, il 19 ottobre gli ambasciatori veneti se ne partirono da Firenze coperti da magnifici doni. Fra essi due collane del valore di mille scudi (circa 120.000 euro) da parte della granduchessa e due grossi diamanti del valore approssimativo di quattro mila scudi ciascuno (circa 450.000 euro) da parte del granduca. Il Senato di Venezia inglobò i doni più preziosi nel tesoro della Repubblica. La Signoria veneta considerava una proprietà comune della città qualsiasi importante donazione destinata ai propri cittadini.

Nella relazione degli ambasciatori, conservata a Venezia nell'Archivio di stato, è riportato che, durante il loro soggiorno a Firenze, agli invitati era stato assegnato un gentiluomo per ogni camera che aveva il compito di occuparsi di continuo delle loro persone. Oltre a questi vi erano camerieri, servitù ed altri per i vari servizi manuali, come per esempio "*recare agli ospiti i lumi da sera*".

Si calcola che la spesa giornaliera per mantenere tutti gli ospiti ammontasse a milleduecento scudi. (circa 140.000 euro). Pranzavano tutti a palazzo Pitti in un grande salone con una lunga tavola coperta di velluto cremesino e le vivande venivano portate dai paggi del granduca, tutti di nobili famiglie toscane. Trattamenti speciali furono riservati alle persone di casa Cappello, parenti di Bianca.

Ma in tutto questo periodo di gioia e di sfarzo per l'incoronazione della granduchessa Bianca, a cui parteciparono le principali signorie italiane e straniere, non si vide nemmeno l'ombra del cardinale Ferdinando, fratello del granduca.

SER VETTORE CAPPELLO RIMANE ALLA CORTE MEDICEA

Nei giorni successivi il granduca Francesco chiese al fratello di Bianca, Vettore, di rimanere alla corte medicea in qualità di suo ministro e confidente. Vettore era stato l'artefice dell'importantissimo avvicinamento fra il Granducato di Toscana e la Serenissima già alcuni anni prima del matrimonio. Ricordiamo che nel 1576 aveva raggiunto la sorella col padre. Era stato l'anno in cui lei era diventata l'importante diplomatica plenipotenziaria del Granducato nella famosa "sede staccata" del governo, nel suo palazzo degli Orti Oricellari. Abbiamo anche visto che era stato sempre Vettore, nel 1578, assieme al padre di Bianca, a prospettare al Senato ed al doge i vantaggi politici che sarebbero derivati a Venezia dal matrimonio, in quella fase ancora segreto, della sorella col granduca. Ed era stato sempre lui a sollecitare in Senato la nomina di Bianca a "*Particolare e vera figliola della Repubblica*" in modo da conferire indirettamente al granduca una dignità quasi regale da parte di Venezia. Francesco aveva ben compreso che il regista di questa importante operazione di avvicinamento fra la Toscana e Venezia era stato proprio Vettore. Questi aveva agito certamente per amore della sorella ma anche per una lucida strategia filo-toscana che aveva concepito assieme all'illustrissimo loro padre, ser Bartolomeo, a partire dalla loro prima vista a Firenze.

Entrambi avevano intuito i vantaggi che potevano derivare per Venezia (ma anche per loro stessi) dal fatto che Bianca aveva avuto un figlio naturale dal granduca Francesco. Ser Bartolomeo, come abbiamo visto nel prologo, era un intelligente ed accorto leader politico della Serenissima, molto rispettato dal Senato e particolarmente ascoltato dal doge, suo amico personale. A proposito di Vettore, si ricorderà che subito dopo la nomina della sorella a Venezia ed ancora prima del rientro a Firenze dell'ambasciatore fiorentino Mario Sforza, aveva bruciato tutti sul tempo viaggiando per un giorno intero (galoppando anche di sera sull'Appennino) per raggiungere Firenze a notte inoltrata e portare alla sorella e al granduca Francesco la notizia della nomina dogale di Bianca.

Le strategie che portarono alle successive fasi ufficiali, descritte sopra, furono quasi certamente concepite quella stessa notte. Nella camera dei granduchi, a palazzo Pitti, ebbe origine, da loro tre, una delle alleanze più importanti della storia rinascimentale italiana. Ecco perché, dopo le grandiose feste di Firenze per il matrimonio pubblico fra Francesco e Bianca e l'incoronazione della granduchessa, il granduca chiese espressamente al cognato Vettore di rimanere a Firenze come suo ministro. Non si può certo escludere che la cosa gli fosse suggerita da Bianca che ora ripagava con gli interessi quella sua famiglia che sedici anni prima l'aveva radiata e privata della cospicua eredità della mamma, per la sua fuga giovanile. In riferimento alla permanenza di Vettore Cappello a Firenze, il granduca Francesco volle inviare la seguente lettera al doge: *"Ritornando l'Ill.mo Sig. Bartolomeo mio suocero* (a Venezia ndA) *mi parrebbe mancar troppo al debito mio et a quella filiale osservanza che gli porto, se non l'accompagnassi con questa mia lettera e l'avessi pregato instantemente che da mia parte salutasse Vostra Serenità e le facesse riverenza et assieme l'assicurasse della particolar affezione mia verso di lei e di quell'illustrissimo Senato, la quale è tanta che più tosto ha bisogno di qualche occasione di affetto che di espressione di parole. Io l'avrei trattenuto qui per godermelo più lungamente, ma non avendo potuto disporcelo, ho voluto che l'Illustrissimo ser Vettore, mio cognato, rimanga lui appresso di me, sia per molta stima che faccio della persona sua e per l'amor che io li porto, sia anco per avere un continuo pegno dell'amor e volontà della Signoria Vostra e di tutto quell'Illustrissimo Dominio* (la Signoria veneta ndA) *verso di me. E tanto più volentieri l'ho fatto quanto più mi rende certo che non posso esser se non di molto gusto e satisfazione della Serenità Vostra, la quale creda pure, essere in volontà e desiderio di servire a lei e a tutta quella Serenissima Repubblica…".*

Tornata la calma, dopo l'ebbrezza delle feste in suo onore, anche

Bianca scrisse al doge, ringraziando per l'invio di alcune rarissime castagne orientali ricevute da Venezia per il granduca che si dilettava di piantagioni esotiche con grande competenza, come riportato dai suoi contemporanei. Nella lettera Bianca si dichiara riconoscente e commossa per tutto quello che aveva ricevuto dalla sua Repubblica e aggiunge con animo sincero che l'unico suo desiderio era quello di mostrare *"…con segnalato affetto la mia gratitudine ringraziando sommamente Dio dell'essere in che s'è degnato collocarmi, non tanto per grandezza di casa mia, quanto per avere occasione di poter riverentemente servire a quella Serenissima Repubblica cui io sono immortalmente obligata*".

Qualche storico afferma che questa lettera di Bianca fu forse la sua condanna a morte perché alcune forze in quel periodo ostili all'alleanza fra Toscana e Venezia videro nella granduchessa Bianca, ovviamente filo-veneziana, l'anello di congiunzione di un'alleanza giudicata inopportuna da qualcuno (lo stesso cognato cardinale Ferdinando de' Medici? Qualche signoria italica avversa ?)

Da questo punto di vita possiamo infatti ritenere che l'intelligente Bianca, in stretto contatto epistolare con i regnanti di Spagna, Francia e Austria avesse concepito la formazione di un regno tutto italiano basato proprio sull'alleanza fra la Toscana e la Serenissima con l'adesione progressiva delle altre signorie italiane, anticipando così di 400 anni la visione di Cavour per un'Italia unita. Bianca era certamente consapevole che il suo matrimonio era anche politico. E se Venezia l'aveva così apprezzata per essere diventata la granduchessa di Toscana (il che le consentiva di allearsi con Firenze), anche il papato aveva interesse a vedere unite le due signorie sia per l'indipendenza dell'Italia sia come baluardo antiturco.

Ma qualcun altro a Roma (il cognato cardinale) non vedeva di buon occhio il potere raggiunto da questa veneziana nel granducato di Toscana e nel panorama di potere italiano…

IL GOVERNO DEI DUE GRANDUCHI

Dalle testimonianze dei segretari, la giornata dei principi si svolgeva sempre simile quasi ogni giorno, eccetto quando giungevano a Firenze ambasciatori o visitatori importanti. Il granduca si alzava di solito in tarda mattinata perché la sera precedente, e per buona parte della notte, si dedicava ai suoi studi naturalistici, alle letture scientifiche ed ai suoi esperimenti chimici e tecnologici. Verso le dodici convocava uno dei suoi fiduciari di corte e veniva informato sui fatti avvenuti durante la notte. Poi entravano i suoi segretari particolari (al tempo il Serguidi e il

Vinta) che gli leggevano le lettere ufficiali pervenute al Granducato e gli facevano firmare quelle dettate da lui il giorno prima. Assolte queste pratiche, il granduca saliva sul cocchio e andava in una chiesa di Firenze dove assisteva ad una messa privata. Poi raggiungeva le fonderie o le sue fabbriche di porcellana e di vetro per realizzare qualche prezioso oggetto sempre nuovo, assieme ai suoi capomastri. I regali di porcellana e di vetro del granduca erano apprezzati da tutte le corti dell'epoca e sono giunti fino a noi (conservati nei musei di mezza Europa). La sera Francesco cenava molto presto, verso le cinque. Nella bella stagione andava a passeggio con alcuni dei suoi gentiluomini di corte, protetto da uomini fidati. Poi rientrava nel suo famoso studiolo (visitabile nel palazzo della Signoria) per dedicarsi fino a tarda notte alle sue ricerche tecnologiche ed ai suoi studi alchemici. Ogni tanto passava qualche sera nell'anticamera della granduchessa Bianca a disegnare i suoi oggetti di vetro e ceramici. Con lei amava chiacchierare e ascoltare dei musici fino all'ora del riposo. La sera si coricava molto tardi nella stessa camera della consorte, dove stava sempre anche un'anziana matrona che doveva essere sempre pronta a spogliare e vestire la granduchessa. Una vita da granduchi, ma tutto sommato semplice.

E come svolgeva Bianca il suo ruolo di granduchessa? Lei si occupava soprattutto della corte e provvedeva a mantenere la serenità fra tutti, grazie al suo carattere solare e sereno. In particolare faceva da mamma alle principessine, le figlie di Giovanna d'Austria, che intanto stavano crescendo assieme alla propria figlia Pellegrina, ormai una principessa anche lei. Ricordiamo a questo proposito il 1564, quando Bianca era incinta della figlia e si chiedeva con preoccupazione quale oscuro futuro potesse avere la propria bambina, essendo in quel periodo bandita da Venezia, gravida e forestiera a Firenze, con un marito donnaiolo.

Le principesse si recavano ogni mattina in visita a Bianca per mostrarle i loro progressi negli studi e nelle arti del ricamo e della musica. Lei ricambiava loro la visita durante la giornata.

La granduchessa si occupava a tempo pieno dei rapporti fra la corte medicea e gli altri sovrani del tempo. Queste attività diplomatiche erano la continuazione di quelle degli ultimi cinque anni, da quando, nel 1574, aveva rinunciato a tornare a Venezia fino al suo matrimonio col granduca nel 1579. Durante quei cinque anni la vera corte dei Medici era stata agli Orti Oricellari, il palazzo che Francesco aveva assegnato a Bianca perché fosse lei a condurre l'intensa attività diplomatica del Granducato.

Nel 1581, due anni dopo l'incoronazione di Bianca, l'imperatore del

Sacro romano impero Rodolfo d'Austria accettò l'invito della corte medicea a visitare Firenze. Va ricordato che Rodolfo era il nipote di Giovanna d'Austria, morta di parto quando era in attesa dell'ottavo figlio. Giovanna era colei che aveva preceduto Bianca nel ruolo di moglie del granduca e che si era lamentata per iscritto più volte col fratello imperatore per il trattamento di Francesco nei suoi confronti. I due granduchi accolsero Rodolfo con i massimi onori e in quell'occasione furono organizzate grandi feste con cacce, commedie e fuochi artificiali sia nella villa di Pratolino (oggi villa Demidoff) che in quella di Poggio a Caiano presso Pistoia. L'imperatore ne fu grandemente ammirato e volle dichiararsi fratello di Francesco e Bianca. Naturalmente era stata Bianca ad organizzare le speciali accoglienze per l'imperatore ed in quei giorni seppe condurre la cosa al meglio, nonostante che Rodolfo fosse appunto il nipote di colei di cui Bianca aveva preso il posto.

Con altrettanta diplomazia e profonda avvedutezza, Bianca si relazionò anche con gli altri regnanti degli stati europei dell'epoca. Per quanto riguarda la vicina Bologna, nel 1582, dopo la nascita di un altro figlio di Pellegrina, i granduchi di Toscana accettarono l'ospitalità di suo marito, Ulisse Bentivoglio, nella città felsinea, che li accolse con grandi onori. Nell'occasione i Bentivoglio regalarono alla granduchessa un grande vigneto presso Palata Pepoli. Fu dato il nome di Bianca Cappello ad un particolare lambrusco, il famoso vino che in Emilia si produceva già allora.

Con la sua grazia e la sua celebrata bellezza conquistò anche l'ambasciatore di Ferrara a Firenze, Ercole Cortile, quello stesso che, anni prima, trasmetteva al suo signore, Alfonso d'Este duca di Ferrara i dispacci canzonatori nei confronti di Francesco, quando il granduca corteggiava Bianca cercandola in tutte le chiese di Firenze solo per poterla vedere anche da lontano. Ora le cose erano cambiate e lo stesso don Alfonso d'Este avrà con la granduchessa Bianca una fitta corrispondenza piena di complimenti e di convenevoli da parte sua. Don Alfonso era un personaggio invadente ed inviso a tutte le signorie confinanti con Ferrara. Era quello stesso che a Venezia, nel 1574, si era attirato le critiche dei patrizi veneti perché aveva cercato di monopolizzare la visita del re di Francia Enrico III. Ora si profondeva in cortesie quasi eccessive con Bianca. Non va trascurato che Ferrara è posizionata proprio in mezzo fra Venezia e la Toscana. L'alleanza toscano-veneta conseguente al matrimonio fra Francesco I de' Medici e la veneziana Bianca costituiva motivo di inquietudine per la stessa sopravvivenza della signoria estense. Ora i granduchi venivano temuti e rispettati. Da parte sua la granduchessa cominciò presto a mettere in moto la diplomazia del Granducato di Toscana verso gli Este e riuscì nell'impresa di avvicinare Alfonso d'Este al granduca Francesco.

Il famoso ambasciatore estense, Ercole Cortile, (sempre quello delle citate lettere canzonatorie) ebbe ad esclamare: "*Per dodici anni ho cercato in ogni modo di perseguire la pacificazione tra queste due case* (Toscana e Ferrara ndA) *e soltanto ora, per l'intervento della granduchessa Bianca, io veggo un mirabile approccio*".

Bianca si impegnava su tutti i fronti per ridare alla Toscana un'immagine gradevole e per farle conseguire un ruolo di preminenza fra le signorie italiane. Nei dieci anni precedenti, il poco diplomatico granduca Francesco e la sua prima moglie (l'isolata e caratterialmente distaccata, granduchessa Giovanna) avevano portato la signoria medicea ad un profondo isolamento. L'azione politico-diplomatica di Bianca aveva avuto inizio nel 1580, in un contesto italiano molto difficile per la Toscana. Quasi tutte le signorie le erano ostili perché la precedente granduchessa Giovanna, nella sua superficialità e nella sua assoluta mancanza di visione dello Stato, aveva diffuso presso il fratello, l'imperatore Asburgico e presso i vari mariti delle sue sorelle (alcuni dei quali erano ai vertici di importanti signorie italiane), un'immagine negativa di Francesco e quindi del Granducato toscano. Ricordiamo le sue frequenti lettere di protesta relative al trattamento da parte del marito, di cui si è detto in precedenza. Con grande tatto e sottile intelligenza, Bianca s'accostò, dolce e mite, a tutti i governanti e riuscì a riconquistare per la Toscana perfino la stima delle signorie avverse, oltre a stringere nuovi e positivi rapporti con Ferrara. Completavano le sue azioni di avvicinamento a Bologna, Parma e Mantova basate sui matrimoni.

In fondo era una figlia di quella potentissima Repubblica che aveva insegnato a tutto il mondo l'arte della diplomazia e che, a partire da un gruppo di pescatori e di contadini fuggiti sulla laguna, aveva creato un impero.

LA GRANDUCHESSA BIANCA E IL PAPA

Bianca cominciò a tessere importanti relazioni anche con la Santa Sede. Intensificò le sue corrispondenze col Papa (conservate negli Archivi segreti vaticani ndA) attraverso alcuni prelati fiorentini ambasciatori residenti a Roma, come monsignor Gerini. Nell'archivio di stato di Firenze sono contenute le copie di numerose lettere diplomatiche della granduchessa Bianca dirette alla Santa Sede, trasmesse attraverso il vescovo di Firenze, i cardinali Cesi, Cornaro ed altri diplomatici in Vaticano. Tutti apprezzavano le virtù di Bianca sia come persona che come sovrana e ne trasmettevano un'ottima immagine al papa.

Ma la vera forza politica di Bianca derivava da una sua moderna concezione geopolitica dell'Italia unita (pienamente condivisa dal papa) e dal proprio grande e sincero amore per la Toscana, lo stato che l'aveva accolta quando lei era in disgrazia. Bianca era particolarmente gradita al pontefice che in quegli anni era Gregorio XIII (papa dal 1572 al 1585). Entrambi avevano in comune un obiettivo: che le relazioni tra La Toscana e la Serenissima e tra le due signorie italiche e il papato fossero le migliori.

Francesco e Bianca nel 1583 vollero invitare il pontefice a Firenze. È significativo che le lettere di invito trasmesse al papa attraverso i diplomatici fiorentini accreditati presso la Santa sede fossero firmate da Bianca. Ecco lo stralcio di una lettera di risposta che uno di loro, monsignor Sangalletti indirizzava a Bianca nel dicembre 1583: "*...il Papa venirà a Fiorenza certissimamente e cominciate pure a crederlo per davvero et a palazzo de' Pitti deve essere il suo alloggio presso il giardino, che egli cammina assai, e si disporrà tutto fare in guisa che dove dire la messa ci si vada dalle sue stanze, proprio senza esser visto da nessuno, bensì che potessero udire la messa altri ma che stesser fuora dell'istessa cappella la quale deve essere bene addobbata et abbigliata che so questo lei lo saprà far benissimo...*".

Il cardinale di Firenze, Alessandro de' Medici, in quei giorni portò al pontefice un dono da parte della granduchessa Bianca e, parlando con lui, il papa gli avrebbe detto: "*...voi sapete che abbiamo sempre avuto buon concetto della granduchessa et che molte volte lo abbiamo detto et siamo stati informati da persona più che ordinaria del suo valore e bontà, et quanto ella sia stata in quella grandezza che è sempre*".

Il primo maggio 1585 salì al soglio pontificio il cardinale Felice Peretti, che prese il nome di Sisto V. Era un francescano originario delle Marche. Passò alla storia col soprannome di "urbanista di Dio" perché, durante il suo pontificato (1585-1590), diede un forte impulso alle arti ed alle opere pubbliche, sia a Roma (per esempio il completamento della cupola di S. Pietro e varie chiese ed obelischi per tutta la città) sia in alcune città marchigiane. Aveva fatto costruire anche un certo numero di chiese tra le province di Ascoli Piceno e Fermo. Questo pontefice teneva tantissimo all'alleanza fra Venezia e la Toscana ed ai rapporti fra il papato e le due signorie più importanti d'Italia.

La granduchessa Bianca, in occasione della elevazione al trono pontificio del cardinale Peretti, gli fece pervenire un ricco dono. Si trattava di una preziosa cassetta contenente un magnifico calice d'oro, le ampolline da messa, la pisside, l'ostensorio pure in oro massiccio, tutti oggetti stupendamente cesellati e tempestati di gemme. Poi i paramenti da messa in broccato e le biancherie sacerdotali finemente ricamate e guarnite di preziose trine.

Il papa che aveva un carattere gioviale ed era un francescano (quindi un tipo semplice e diretto) rispose scherzosamente così a monsignor Gerini, ambasciatore di Firenze accreditato in Vaticano e latore del dono, il quale cercava di riferire con zelo i rallegramenti di Bianca al papa per la recente nomina al soglio pontificio: *"Non occorre, Gerino, che voi vi affatichiate a far codeste professioni, perché noi ben sappiamo che la signora granduchessa non ci vuole punto bene, né ci ha mai dato volentieri queste cose, e però scrivetele pure che noi vogliamo in ogni modo che venga a Roma, con risoluzione di tenerla in prigione acciò non se ne possa più partire a sua posta"* Sisto V sarà sempre vicino a Bianca fino ai giorni disgraziati della duplice morte dei due granduchi, come vedremo. Il papa non nascondeva la sua sincera ammirazione per la granduchessa Bianca che addirittura definiva "la prima donna del mondo". Forse esagerava un po', ma per lui la veneziana era una polizza di assicurazione per la Cristianità nei confronti dei Turchi. Infatti la Toscana e Venezia erano buone alleate proprio grazie al fatto che era lei la granduchessa, in un periodo storico in cui il papato era molto preoccupato per le mire espansionistiche dei Turchi musulmani verso l'Europa.

A Roma aveva sede la bottega del pittore Scipione Gaetano che eseguiva spesso ritratti per casa Medici. Il papa si recò da lui nei giorni in cui stava dipingendo il ritratto di Bianca ed altri quadri per facoltosi committenti romani. Quando a Roma si parlava delle principesse più importanti d'Italia, si citava sempre la granduchessa di Toscana e, fra tutte, il primato della bellezza veniva assegnato dai diplomatici a Bianca all'unanimità. La Granduchessa era diventata una specie di "star" dell'epoca e molti volevano avere dei quadri con la sua effige. Sisto V si soffermò a lungo ad osservare il ritratto di Bianca e disse: *"…mi pare di parlare seco, tanto è naturale e tanto perfezionata alle sue carni, alla bocca, agli orecchi, ai capelli e a tutte le parti della faccia dimodoché se io fossi in Firenze, a Pisa a Livorno, dove mille volte ho parlato seco, e se non fosse di mezzo giorno, non saprei fare differenza tra il vero e il ritratto, tanto è somigliante…"*.

Nel suo commento si riferiva alle volte in cui aveva incontrato i due granduchi nelle sue peregrinazioni in tutta Italia quando era un semplice francescano. Occasioni nelle quali era stato un ammirato predicatore. Il 21 giugno 1585 il papa inviò il cardinale Ferdinando de' Medici (diventato negli anni, come accennato, un fiero avversario di

Bianca) nella bottega del pittore Scipione Gaetano a ritirare alcuni ritratti di Bianca per sistemarli nelle stanze della residenza papale in San Pietro. Anche altri personaggi eminenti del Vaticano, come per esempio i cardinali Farnese e Lodovico d'Este, l'arcivescovo Sanseverino ed altri ancora, vollero commissionare al pittore il ritratto della ormai celebre granduchessa di Toscana della quale evidentemente questi prelati, non insensibili alla bellezza femminile, pur dando priorità a quella dello spirito, erano diventati dei "fans". Quindi un'atmosfera molto favorevole a Bianca in Vaticano.

Il 3 dicembre del 1586 Sisto V le indirizzava una lettera in cui le anticipava l'invio di un frammento della Santa Croce, una reliquia considerata tre le più importanti della Cristianità. Inoltre le assegnava la "Rosa d'Oro", una onoreficenza che i pontefici conferivano solamente a qualche selezionatissima regina cattolica.

L'amicizia di Sisto V con il granducato di Toscana si basava anche su concreti aiuti militari. Francesco I inviò a Roma una sua guarnigione per difendere la Santa Sede dalle bande di delinquenti che in quegli anni infestavano l'Urbe. Sisto V aveva mantenuto l'idea del suo predecessore di una crociata contro i Turchi e anche per questo manteneva ottimi rapporti con Venezia e con Firenze. Il Papa riteneva che una stretta alleanza fra le due signorie italiche potesse costituire la base per formare una nuova lega cristiana come ai tempi della battaglia di Lepanto del 1571. Contava su Bianca che considerava una sua fedele alleata nella strategia di tenere unite la Toscana e la Serenissima. Ma il granduca Francesco, le cui linee di governo erano molto condizionate dal re di Spagna (per nulla interessato ad una nuova crociata), dichiarò che la Toscana non era interessata ad un'azione militare anti turca assieme ai Veneziani. Anzi, a partire dal 1585, Francesco I prese un po' le distanze da Venezia per alcune scaramucce navali che si erano verificate fra le loro due flotte nel basso Adriatico per motivi commerciali.

Questa fase fu molto negativa per Bianca. Mentre il Papa da Roma e i suoi stretti congiunti Cappello da Venezia cercavano di coinvolgere Francesco I in un'alleanza militare della Cristianità per una spedizione navale contro i Turchi, il granduca voleva evitare di impegnare la sua flotta in questa avventura e fu irremovibile, nonostante le insistenze di Bianca. In quella fase la Serenissima, dopo Lepanto, aveva ricominciato a commerciare col Turco anche se gli stati europei, Spagna in testa, disapprovavano apertamente la cosa. Per Venezia però il commercio col levante era vitale e da sola non era abbastanza forte per combattere il Turco.

Nel 1585, accettando un invito a Roma del Papa, la Serenissima inviò i propri ambasciatori in Vaticano per provare a costruire un'alleanza col papato e la Toscana in previsione di una crociata antiturca che Sisto V voleva. Venezia si era dichiarata disponibile ad attaccare gli infedeli, ma solo nel caso si fosse formata un'alleanza militare molto forte in Italia. Il Papa, dopo aver ricevuto a Roma i Veneziani, chiese diplomaticamente al granduca Francesco I di accoglierli anche a Firenze con la massima ospitalità mentre rientravano a Venezia e di accettare le loro proposte. Bianca si entusiasmò oltre misura per l'arrivo a Firenze degli ambasciatori della sua Venezia, ma il marito granduca non ne fu per nulla lieto. Nonostante le raccomandazioni papali non voleva neppure lasciare la villa di Poggio a Caiano, dove spesso si recava per le sue battute di caccia. La granduchessa si preoccupò molto di non poter accogliere decorosamente gli ambasciatori veneti ma, insistendo con dolcezza, riuscì finalmente a convincere Francesco a rientrare a Firenze.

Fece addobbare sontuosamente il palazzo della Signoria e si racconta che confessasse al capo delegazione veneziano Badoer *"...quei disgusti di mio marito con Venezia finirebbero per trarmi a morte..."*. Bianca faceva da mediatrice fra la Toscana, la nuova patria dove era giunta esule, che amava di un sentimento sincero, e l'altrettanto amata Venezia per la quale il suo cuore batteva sempre. E dato che il marito Francesco voleva tenere le distanze dalla Serenissima per ragioni politiche, nel profondo del suo animo soffriva molto.

Per l'arrivo degli ambasciatori veneziani da Roma organizzò magnifiche feste e balli con le più belle gentildonne di Firenze nelle sale di palazzo Pitti. I rapporti fra lei e Francesco, che si volevano veramente un bene sincero, non furono per nulla intaccati da questa loro diversa visione politica. Qualche storico sostiene che la visione di Bianca fosse più ampia e moderna rispetto a quella del marito: un'Italia federale e unita. Tutti i Medici della storia mantennero invece il Granducato di Toscana sempre isolato, anche per il timore di perdere l'autonomia. Suscitava un certo timore soprattutto Venezia perché era pur sempre la potenza navale più forte del Mediterraneo.

Il MATRIMONIO DI ELEONORA DÈ MEDICI E VINCENZO GONZAGA (1584)

Eleonora de' Medici, nata nel 1567, era la figlia maggiore del granduca di Toscana Francesco I. La mamma, la granduchessa Giovanna d'Austria era stata la prima moglie di Francesco e, come si ricorderà, era morta nel 1578 di parto, quando Eleonora aveva solo 11 anni. Da allora Bianca Cappello, succeduta a Giovanna nel 1579, si era presa cura di sua figlia con grande affetto.

Nel 1584 Eleonora aveva ormai 17 anni e Bianca, che l'aveva allevata con amore fin da piccola anche perché aveva visto nella storia triste di questa fanciulla orfana qualcosa della propria storia, cercò di combinarle un matrimonio importante per lei e strategico per il Granducato di Toscana. La strategia dei granduchi di Toscana era quella di imparentarsi con le signorie confinanti più potenti. La figlia di Bianca, Pellegrina, come si è raccontato in precedenza, era già andata in sposa a Ulisse Bentivoglio signore di Bologna. Oltre a Bologna, era molto utile per Firenze anche la parentela con i Gonzaga, signori di Mantova.

Per Mantova bisognava trattare con il signore della città, che allora era Guglielmo Gonzaga, l'ormai anziano padre di Vincenzo, un giovane duca già in età per prendere moglie. Suo padre gli aveva combinato il matrimonio con Margherita, la figlia di Alessandro Farnese, duca di Parma e Piacenza. Il matrimonio fra Vincenzo e Margherita però non fu consumato per ragioni fisiologiche. I ginecologi di allora attribuirono la cosa ad un problema anatomico della principessa. Guglielmo Gonzaga chiese allora al pontefice lo scioglimento dell'unione fra il figlio Vincenzo e Margherita. La delicata pratica venne affidata al cardinale Carlo Borromeo. Rimaneva però sempre l'incertezza sul fatto che la causa fisiologica fosse magari da ascrivere a Vincenzo piuttosto che a Margherita. Il Borromeo, pressato dal padre di Vincenzo, che gli chiedeva lo scioglimento delle nozze del figlio il più presto possibile, consigliò saggiamente Margherita di prendere il velo.

A quel punto il pontefice dichiarò sciolto il vincolo matrimoniale e Vincenzo fu libero di cercarsi un'altra moglie, possibilmente importante. Guglielmo Gonzaga prese contatti con la corte Toscana ma, nel frattempo, i granduchi Francesco e Bianca avevano tentato di sposare Eleonora con un principe di casa Savoia. Il padre di questi, Carlo Emanuele, che non aveva la minima intenzione di imparentarsi con i Medici, chiese beffardamente un milione di scudi (circa 110 milioni di euro) come dote della ragazza. Si trattava di una somma impossibile per qualsiasi signoria del tempo. La richiesta equivaleva ad un netto rifiuto e costituiva un evidente dileggio.

Così fu accolta la proposta del vecchio Gonzaga, signore di Mantova, di far sposare la principessa Eleonora de' Medici con suo figlio Vincenzo. Dato che non era ben chiaro se fosse magari Vincenzo

Gonzaga ad avere qualche problema tale da non poter consumare i matrimoni, piuttosto che Margherita Farnese, ormai monaca, il nuovo matrimonio fu subordinato alla famosa "prova".

La granduchessa Bianca Cappello, con risolutezza dato il suo veneziano pragmatismo, pretese una prova pratica della virilità di Vincenzo. Questa prova passò alla storia per la sua curiosa originalità e su questo episodio fu realizzato persino un film nel secolo scorso. Per il "collaudo" che doveva dimostrare in modo inequivocabile le doti virili del futuro sposo, venne costituita a Firenze una commissione "tecnica" mista. Era formata da medici e diplomatici sia toscani che mantovani. Per i Gonzaga nella commissione c'erano il cardinale Cesi, il vescovo di Mantova ad alcuni medici mantovani fra cui Marcello Donati, medico di corte dei Gonzaga, mentre per i Medici vi era il cardinale Ferdinando, fratello di Francesco, l'arcivescovo di Firenze ed alcuni esperti di medicina toscani.

Il granduca Francesco e la granduchessa Bianca furono un po' criticati per avere richiesto questa prova, ma loro fecero sapere che volevano salvaguardare l'immagine pubblica di Eleonora, cioè impedirle l'umiliazione e gli scherni di cui era stata fatta oggetto a suo tempo Margherita. Ma c'era anche il rischio politico di possibili dissapori tra i due Stati.

Come arbitro super partes fu scelto il cardinale Borromeo. La prima verifica "operativa" si tenne a Firenze dove Vincenzo Gonzaga arrivò a cavallo da Mantova, pieno di entusiasmo assieme al suo seguito, pregustando il suo accoppiamento "di prova" con una bella fiorentina ottimamente retribuita per la sua disponibilità al test. Però dovette battere in ritirata perché "qualcosa" non aveva funzionato a dovere. Affermò, a sua discolpa, che quella sera si era sentito molto stanco per il lungo viaggio a cavallo fra Mantova e Firenze. Il secondo "collaudo" si tenne il 15 marzo 1584 a Venezia con Giulia Albizzi, una bellissima giovinetta di 21 anni scelta da Belisario Vinta, il segretario di stato del granduca di Toscana. Il Vinta si era recato apposta a Venezia per stare "sul pezzo" e la ragazza gli era stata "preselezionata" da Vettore Cappello, fratello di Bianca, fra alcune bellissime donzelle della Venezia bene. Lo stesso segretario dei granduchi, Belisario Vinta, fu testimone oculare del test piazzandosi nell'anticamera della stanza in cui avvenne l'amplesso.

Con un documento ufficiale certificò l'esito positivo del nobile coito. Tutto era andato bene ed il 29 aprile 1584 Vincenzo, vinto ogni sospetto dei Toscani, sposò la diciassettenne Eleonora de' Medici che fu accolta alla corte dei Gonzaga con tutti gli onori. Vincenzo andò a prendere la sposa a Firenze e la condusse personalmente fino a Mantova, ove si festeggiarono le nozze. I granduchi Francesco e Bianca assegnarono alla coppia una dote di centomila scudi (circa 11 milioni di euro) oltre a una serie di ricchi doni d'oro e d'argento che furono trasportati al seguito degli sposi dentro ben venticinque casse.

Partiti da Firenze, Eleonora e Vincenzo attraversarono l'Appennino e raggiunsero Modena dove furono accolti da salve d'artiglieria e colpi d'archibugio. Dopo aver pernottato nella reggia estense della città, raggiunsero Carpi, accompagnati da una scorta armata di cavalieri del duca di Ferrara che era il padrone del territorio attraversato. La sera arrivarono a San Benedetto Po e, dopo un breve riposo, danzarono fino alle due. Alla festa presero parte tutte le dame della corte mantovana venute ad accogliere i novelli sposi, oltre a quelle locali. L'indomani ascoltarono tutti la messa e poi si posero in viaggio per Revere ove pernottarono sul fiume Po in un luogo detto "Isola", pieno di splendidi boschi, allora di proprietà della casa d'Este. Si imbarcarono poi su una specie di Bucintoro, arricchito da finissimi bronzi che diffondeva un dolcissimo concerto di canti e di suoni in onore degli sposi. Sbarcati presso Mantova li attendevano cinquecento cavalleggeri e altrettanti archibugieri a cavallo.

A Mantova trovarono ospitalità nel Palazzo ducale, dove il cardinale Ferdinando de' Medici, in rappresentanza dei granduchi Francesco e Bianca (rimasti a Firenze) fu molto riverito dai Gonzaga. La principessa Eleonora prese poi alloggio al palazzo Te, dove la accolsero le numerose dame mantovane e si ballò fino a tarda notte. L'indomani la coppia salì su una carrozza scoperta, piena di fiori, tirata da quattro bellissimi cavalli bianchi e seguita da gentiluomini fiorentini e mantovani. Il corteo entrò nella chiesa di S. Andrea dove era in attesa il cardinale di Verona, il quale, pronunciato un breve discorso, benedisse l'anello e sancì la loro unione matrimoniale. Cenarono con la corte mantovana e il loro seguito fiorentino e si coricarono solo alle cinque, dopo altre danze.

E, come scrisse il ministro che vide gli sposi l'indomani: "*...questa mattina alli occhi del Signor Principe si vede che non ha dormito molto...*". Evidentemente la giovane sposa "collaudò" con successo Vincenzo anche quella notte e, nel tempo, varie altre volte perché ebbe sei figli da lui.

UN ALTRO MATRIMONIO STRATEGICO: VIRGINIA DE' MEDICI E CESARE D'ESTE

Qualche anno dopo, nel 1586, sempre per merito della accorta politica diplomatica di Bianca, Virginia de' Medici, figlia di Cosimo I (il padre di Francesco I) e di Camilla Martelli (la seconda moglie di Cosimo) a diciotto anni convolava a nozze con don Cesare, un nipote di don Alfonso d'Este duca di Ferrara. Questa volta l'obiettivo delle "strategie nuziali" dei Medici era un buon vicinato con la città estense. Il duca Alfonso era sempre stato un antagonista dei Medici, ma in questo caso acconsentì di buon grado all'unione di suo nipote con la figlia di Cosimo. I matrimoni di Eleonora e di Virginia ebbero il salutare effetto di far uscire ulteriormente il Granducato di Toscana dal suo storico isolamento e di saldare stretti rapporti anche con Ferrara oltre che con Mantova. La Toscana acquisì così due altri importanti alleati: i Gonzaga e gli Estensi. Per quanto riguarda i regni esteri, la Spagna era già in ottimi rapporti con il Granducato di Toscana, e in Francia la regina Caterina de' Medici ordinava addirittura ai suoi ambasciatori a Firenze di rivolgersi direttamente alla serenissima Bianca per ogni possibile controversia. Infine da Vienna l'Imperatore asburgico del Sacro Romano Impero teneva ottimi rapporti con la granduchessa come la regina di Polonia che le dimostrava particolare simpatia, scambiando spesso con lei lettere e doni.

Bianca, nei suoi otto anni da granduchessa, si fece benvolere dalle più importanti corti europee del tempo e mantenne ottimi rapporti fra Firenze e la sua Venezia, compatibilmente con il carattere diffidente del marito granduca Francesco. Lei aveva una concezione politica aperta e moderna per un'Italia unita sotto l'autorità religiosa del papa, pur nel rispetto dell'autonomia delle varie signorie. Più tardi il cognato Ferdinando, dopo essere diventato granduca al posto del fratello Francesco, diede continuità all'azione di Bianca Cappello nonostante le sue sordide azioni per distruggerne la memoria.

Grazie allo studio comparato dei documenti originali, gli storici più seri hanno ricostruito la vera personalità della granduchessa ed evidenziato il suo elevato spessore politico. Bianca oggi è riconosciuta come una delle figure più interessanti e lungimiranti del Rinascimento italiano e questi storici ritengono che la sua intelligenza politica sia stata superiore a quella del granduca Francesco.

UNA GRANDUCHESSA CARITATEVOLE (1579-1587)

Durante i suoi otto anni da granduchessa, Bianca ebbe intensi rapporti epistolari e diplomatici non soltanto con le signorie italiane, gli stati europei e la Santa Sede. Incredibilmente trovava il tempo di dedicarsi anche alla carità. Sono rimaste conservate centinaia di lettere originali indirizzate a Bianca da suore, monaci e religiosi di ogni parte d'Italia. Tutti la ringraziavano per le somme di denaro ricevute a copertura delle spese dei loro conventi. Alcune di queste lettere esprimono alla granduchessa riconoscenza per avere provveduto, con cospicue somme, a costituire le doti per permettere ad alcune ragazze povere di sposarsi onorevolmente. Queste giovanette speravano di maritarsi ma non avevano nessun aiuto economico.

Nel provvedere ad aiutarle si può ravvisare la volontà di Bianca di evitare loro quello che era successo a lei. Come si ricorderà, dopo la sua fuga d'amore, era stata privata dell'eredità della mamma che le spettava di diritto e si era dovuta sposare povera a Firenze.

Gli innumerevoli contatti epistolari fra Bianca e i monasteri italiani che riportano le sue opere di carità costituiscono esempi tangibili della sua personalità di governante concreta ma molto attenta anche alla spiritualità ed ai valori religiosi.[27]

Significative in proposito le sue fitte corrispondenze con Santa Caterina De' Ricci. Caterina era nata nel 1522 da una nobile famiglia fiorentina e, curiosamente, era cugina di quei De' Ricci, parenti di Cassandra Bonciani, la giovane libertina molto chiacchierata a Firenze per i suoi molti amanti. Se ne è accennato in precedenza a proposito della fine violenta di Pietro Bonaventuri, il primo marito di Bianca. Caterina invece ebbe tutt'altra fama. Al secolo il suo nome era Alessandra De' Ricci e fu una religiosa italiana molto nota perché si dice che avesse le stimmate come San Francesco e come, più recentemente, aveva San Pio (Padre Pio). Caterina aveva avuto una vocazione religiosa fin da piccola: a soli 14 anni, entrò come domenicana nel monastero di San Vincenzo a Prato, divenendone priora a 25 anni. Si narra che già allora avesse speciali carismi soprannaturali. Secondo le testimonianze dei contemporanei, Caterina faceva frequenti digiuni e aveva ferite permanenti nelle mani, nei piedi e nel costato, in corrispondenza di quelle di Gesù sulla croce. Ma, fatto unico nella storia dei santi stigmatizzati, le ferite di Caterina emanavano una misteriosa luce ed un profumo soave. Viveva di continuo la passione di Gesù sul suo corpo ed il fenomeno delle stimmate era particolarmente intenso durante il periodo pasquale. Il venerdì santo le ferite cominciavano a sanguinare in corrispondenza dei chiodi di Cristo

---

[27] *Archivio di Stato di Firenze – Corrispondenze con la granduchessa Bianca Cappello - Mediceo del principato Filza 5947a*

sulle mani e i piedi, dal costato e dal capo, in corrispondenza della corona di spine. Gli osservatori diretti del fenomeno riportano che, in quei momenti, appariva misteriosamente un anello al suo dito anulare, ad indicare il suo matrimonio con Cristo, al quale aveva consacrato la sua vita. Uno dei numerosi miracoli documentati durante il processo di canonizzazione di Santa Caterina fu quello della bilocazione. Nell'occasione fu documentato che lei fosse apparsa a migliaia di chilometri dal luogo dove era fisicamente in un dato momento. Il fenomeno della bilocazione è comune a molti santi della chiesa cattolica.

Di questo fenomeno di Caterina e di altri mistici esistono descrizioni circostanziate nell'opera di Alban Butler, un teologo cattolico inglese che aveva condotto una ricerca dettagliata sulle vite dei santi del calendario della chiesa cattolica. Il suo lavoro si articola in dodici volumi, uno per ogni mese dell'anno. Butler dedicò tutta la vita ai suoi studi sui santi. Il vicario della diocesi dal quale Butler dipendeva così raccontò di lui: *"Butler impiegava a studiare ogni istante che non dedicava al governo della parrocchia. Quando doveva uscire per andare dai fedeli leggeva anche camminando: lo incontravo con due libri sotto le ascelle e un terzo in mano"*. Butler non accettava che la Santa Sede mantenesse nascoste nell'archivio segreto vaticano le numerosissime testimonianze di fatti miracolosi, inspiegabili razionalmente, accaduti ai veri santi, a partire dal tempo di Cristo fino agli anni in cui visse lui (1710-1773). Riteneva che questo atteggiamento della Chiesa dipendesse dal timore di essere giudicata male dai razionalisti del tempo. Nel caso avesse divulgato queste decine di migliaia di miracoli la Chiesa sarebbe stata dileggiata quando non attaccata pubblicamente. Sosteneva che questo timore della Chiesa era una vigliaccheria ed un tradimento dell'opera che lo Spirito Santo aveva operato sulla Terra nei secoli attraverso i santi. Osservava che Gesù aveva costantemente basato la sua predicazione sui miracoli, dal primo di Cana, alla moltiplicazione dei pani e dei pesci, dalla resurrezione di Lazzaro dai morti alla propria clamorosa trasfigurazione nella Luce davanti ai tre apostoli, dalla sua stessa resurrezione alle apparizioni agli apostoli a porte chiuse, dopo aver attraversato il muro, come riportato nei Vangeli. E tutto questo proprio perché Gesù voleva mostrare all'Umanità, in particolare ai materialisti, la superiorità dello spirito di Dio sulla materia e l'esistenza dell'Aldilà (la Rivelazione).

Dopo una vita in odore di santità, santa Caterina morì il 2 febbraio del 1590. Fu beatificata nel 1732 e fu proclamata santa il 29 giugno 1746. Nel calendario è ricordata il 2 febbraio.

Bianca Cappello aveva un accesissimo interesse verso tutto ciò che era spirituale, data la sua cultura cattolica di veneziana e volle conoscere personalmente Caterina De' Ricci. La visitò spesso nel monastero di Prato a partire dal 1580 (l'anno successivo alla sua incoronazione a granduchessa di Toscana) fino al 1587, quello della sua misteriosa morte avvenuta 11 ore dopo quella del granduca. Ebbe con lei intensi scambi epistolari.[28]

Bianca spesso affermava che la propria morte sarebbe avvenuta poco dopo quella del marito granduca e qualcuno sostiene che fosse stata proprio la santa a profetizzarle quello che poi effettivamente successe nell'ottobre 1587 (come vedremo).

IL RUOLO DEL FRATELLO DI BIANCA NELLA CORTE MEDICEA

Avevamo lasciato Vettore Cappello, il fratello di Bianca nato un anno dopo di lei, a Firenze a partire dal 1578. Era giunto in Toscana dopo la sua veloce galoppata notturna di attraversamento dell'Appennino. Aveva annunciato per primo alla sorella ed al granduca Francesco, sposati segretamente da poco, la nomina di Bianca a: *"Particolare e vera figliola della Serenissima"*, avvenuta soltanto il giorno prima, da parte del Senato veneziano e del doge Nicolò da Ponte. Vettore, dopo la delibera della Signoria, aveva lasciato subito Venezia, via nave, per la Romagna e poi, via terra, aveva raggiunto la Toscana a tappe forzate, a cavallo. Ricordiamo che la sorella ed il granduca lo avevano accolto di notte direttamente nella loro camera di palazzo Pitti.

Vettore, dopo l'incoronazione di Bianca a granduchessa, era poi rimasto a Firenze su richiesta del granduca Francesco che lo aveva nominato suo ministro e consulente speciale per gli affari di corte. Ovviamente Bianca era felicissima per la presenza di suo fratello alla corte medicea e naturalmente questa situazione fu molto gradita anche alla Serenissima. Il Senato veneziano, sempre pragmatico e diplomaticamente molto avveduto, aveva da tempo considerato Bianca un importante anello di congiunzione fra Venezia e la Toscana e la presenza alla corte medicea di suo fratello Vettore poteva assicurare ulteriori vantaggi strategici a Venezia.

Da quel momento, a Venezia, la famiglia Cappello fu incaricata dalla

[28] *Archivio di Stato di Firenze - Corrispondenze di Santa Caterina De' Ricci con la granduchessa Bianca Cappello - Mediceo del principato - Lettere di diversi Filza 5933.*

Signoria di tessere le migliori relazioni possibili col granducato fiorentino attraverso Vettore. Va ricordato che il padre suo e di Bianca era il magnifico ser Bartolomeo Cappello, il ricchissimo patrizio che ricopriva da anni incarichi di primo piano nella Repubblica ed era amico personale del doge. La posizione di Vettore Cappello a Firenze era molto autorevole anche per la viva simpatia personale che Francesco I aveva per lui e i Cappello. Suo padre Cosimo, come si ricorderà, era stato ospitato nel loro palazzo a Venezia quando, da fanciullo, si era rifugiato in laguna con la madre, dopo la loro fuga da Firenze per la rivolta anti-medicea. Oltre a nominare Vettore suo ministro, il granduca gli aveva conferito privilegi importanti come l'incarico di gestire le produzioni di grano, del vino e degli olii di tutta la Toscana.

Ma in quei tempi, a Firenze, un forestiero che deteneva un potere economico e politico così grande non poteva certo essere ben visto dai ministri e segretari fiorentini del granduca e dalle altre figure di potere a lui più vicine. Per essere il fratello della granduchessa, a Vettore spettava il primo posto a corte e questi suoi privilegi suscitarono le prime gelosie ed invidie nella corte fiorentina. Le maldicenze cominciarono già dopo due anni.

Nel settembre 1581 Ercole Cortile, l'ambasciatore di Ferrara a Firenze, scriveva al suo duca, don Alfonso d'Este, che Vettore *"…si occupava, in prima persona, di tutto nel governo del granducato"* (oggi si direbbe che era un accentratore) e che *"si erano accese grandi gelosie di corte"*. Il Cortile aggiungeva alcuni altri dettagli. Faceva sapere a Ferrara che Vettore gli aveva confidato la decisione di ritornare a Venezia perché Jacopo Salviati, un importante banchiere fiorentino molto amico del granduca Francesco, non sopportava che qualcuno godesse a corte di una posizione più elevata della sua.

I Salviati erano una famiglia potentissima ed erano molto ascoltati dal granduca. Per curiosità il loro sontuosissimo palazzo, tuttora esistente nel centro di Firenze, oggi è un albergo a sette stelle (la camera per una notte costa 1.300 euro). Il Cortile riferiva inoltre al duca Alfonso che Vettore Cappello era odiato dal Salviati soprattutto perché questi non tollerava di essere preceduto in carrozza da chicchessia, tantomeno da un veneziano forestiero, pur se fratello della granduchessa Bianca. Nella lettera il Cortile confermava che a breve Vettore avrebbe lasciato per sempre Firenze con la moglie, donna Elena, ed i figli ma aggiungeva che *"….il granduca si pentirà di averlo lasciato partire poiché Sua Altezza Francesco li aveva confidato* (a Vettore Cappello ndA) *i più riposti segreti del Granducato. Avrebbe invece dovuto tenerselo vicino e non era bene che il principe desse a credere al mondo di non far conto dei virtuosi ma solo dei viziosi favorendo Jacopo Salviati che è uno dei più viziosi corpi che siano in Toscana.".*

Il granduca Francesco, accogliendo le lagnanze dei cortigiani, ritenne comunque di rimandare il gentiluomo Cappello a Venezia anche perché, proprio in quegli anni, aveva cominciato a tenere le distanze da Venezia per motivi politici. Per i suoi gusti la Serenissima gli sembrava troppo determinata a voler accogliere gli inviti dei papi (prima Gregorio XIII e poi Sisto V) a formare una nuova crociata anti turca che lui non approvava. Vettore era perciò diventato una figura scomoda a Firenze. Aveva la cittadinanza veneziana e ovviamente tendeva a sostenere, assieme a Bianca, le istanze dalla Serenissima verso questa crociata. L'orientamento del granduca ad allontanare Vettore dalla corte medicea addolorò Bianca che vedeva nel fratello un suo protettore speciale oltre che l'unico legame che le rimaneva a Firenze con la sua amata Venezia.

A fine 1581 Vettore era ormai atteso a Venezia e l'ambasciatore toscano residente in laguna riportava così alcuni commenti dei Senatori della Serenissima: "*...dimani si attende l'illustrissimo ser Vettore Cappello. Qui si dice che non sia più in buona col granduca e viene biasimato che non abbia saputo mantenersi la grazia di sì gran principe*" .

Da questi commenti risulta evidente il disappunto dei Veneziani che consideravano Vettore la loro "longa manus" alla corte medicea. La Signoria veniva a perdere un importante elemento di congiunzione fra Venezia e la Toscana. Al suo ritorno a Venezia il Senato comunque elesse Vettore Provveditore proprio "*sopra gli oli*". Soltanto nel giugno 1585, per intercessione di Bianca, il granduca Francesco si riconcilierà con l'illustrissimo Vettore come riportava il Nunzio pontificio di quel periodo, in alcune lettere giunte sino a noi.

FERDINANDO DÈ MEDICI, IL COGNATO CARDINALE

Il cardinale Ferdinando, fratello del granduca, non aveva mai accettato la scelta di Francesco di sposare Bianca Cappello. Il suo astio verso la veneziana era cresciuto negli anni perché la considerava un corpo estraneo ai Medici. Invece Bianca, da parte sua, si manteneva sempre cortese con lui. L'astio di Ferdinando era ulteriormente aumentato da quando era nato don Antonio, il figlio naturale di Francesco e, forse (ma solo forse) anche di Bianca. Nessuno aveva la certezza che lei fosse la vera madre di don Antonio. Indubbiamente in un primo momento Bianca era stata messa incinta da Francesco, ma ebbe un aborto spontaneo, come lei stessa aveva indicato in una sua lettera ai cugini veneziani. Il granduca voleva a tutti costi un erede maschio ma la moglie Giovanna gli aveva dato solo femmine. Abbiamo visto che in quel tempo le regole della discendenza consentivano ai governanti di ripudiare la moglie qualora non potesse avere figli maschi, anche se al marito ne fosse nato uno fuori dal matrimonio. Francesco aveva convinto Bianca ad avere un figlio da lui con la promessa segreta che avrebbe poi ripudiato la moglie e avrebbe sposato lei.

Bisogna considerare che la struttura di potere in Toscana era totalmente in mano alla famiglia Medici e che la discendenza dinastica si poteva mantenere solo attraverso un erede maschio. Francesco si mise in testa di averlo da Bianca. L'aborto spontaneo di Bianca aveva però vanificato il progetto del granduca e i due, in accordo fra loro, pare avessero deciso subito dopo di far nascere comunque un figlio almeno di Francesco. Il granduca avrebbe ingravidato una giovane prezzolata e la maternità del bambino sarebbe stata attribuita a Bianca la quale, innamoratissima di Francesco, aveva accettato anche questa cosa.

Come si legge nelle sue lettere originali inviate ai cugini veneziani riportate in precedenza, Bianca, fino a metà 1574, aveva deciso di ritornare a Venezia perché a Firenze non voleva assumere il riduttivo e degradante ruolo di amante del granduca, sposato con Giovanna. Ma nel 1575 aveva ceduto alle insistenze di Francesco di avere un erede maschio da lei.

Il cardinale Ferdinando, che risiedeva a Roma, affidò al fratello minore, Pietro de' Medici, l'incarico di sorvegliare a Firenze quello che accadeva a proposito di questa presunta maternità di Bianca. Ferdinando fece spiare Bianca e fin da subito mise in dubbio che don Antonio fosse figlio di Francesco e tantomeno di Bianca. Insinuava che la gravidanza della cognata fosse stata simulata e che il bambino fosse addirittura estraneo alla famiglia Medici.

Su questo punto gli storici sono ormai quasi tutti concordi nel ritenere invece che don Antonio fosse effettivamente figlio di Francesco ma non certamente di Bianca. Se era stata prezzolata una giovane sconosciuta per fare da madre biologica ovviamente il granduca non poteva far conoscere al popolo questa situazione per non screditare pubblicamente Bianca e per non avvallare le illazioni dei fratelli. Non poteva certo rendere note le sue strategie segrete per assicurarsi la discendenza con un metodo che, se fu quello descritto sopra, oggettivamente non appare troppo ortodosso.

Nel 1582 comunque Francesco I riconoscerà ufficialmente don Antonio come suo figlio. Ma a Ferdinando rimase sempre il dubbio che don Antonio non fosse un Medici e dal suo punto di vista non poteva accettare che un "non Medici" succedesse a suo fratello Francesco al trono del granducato di Toscana. Qualche storico ritiene che furono queste le ragioni che portarono Ferdinando a concepire il supposto duplice omicidio del fratello e della cognata (o almeno di quello della cognata).

Il movente sarebbe stato di voler subentrare lui al governo della Toscana per dare, con certezza, continuità ai Medici. Ferdinando temeva che, in caso di morte prematura del fratello granduca, il potere sarebbe andato ad un figlio di Francesco solo presunto e che la cognata veneziana Bianca sarebbe stata la reggente del trono di Toscana fino alla maggiore età del bambino (cosa per lui totalmente inaccettabile). Qualcuno invece sostiene che la morte del fratello non fu un omicidio e che sia avvenuta per cause naturali (febbre terzana) e per una concomitanza di improvvise infermità gravi come per esempio un infarto o ictus. Questi stessi storici ritengono che Ferdinando, alla morte inaspettata del fratello abbia fatto eliminare la cognata. Bianca, in quanto vedova del fratello, avrebbe governato il granducato di Toscana fino al raggiungimento della maggiore età di don Antonio. Questi, al momento del decesso dei due granduchi aveva solo 11 anni e la reggenza della veneziana Bianca Cappello al governo della Toscana sarebbe durata altri nove anni almeno.

Però nel 1577 ci fu un colpo di scena. Nacque don Filippino, finalmente il figlio legittimo maschio e tanto desiderato, di Francesco e della moglie Giovanna d'Austria. La nascita di don Filippino assicurava a Francesco la discendenza di un Medici al governo della Toscana. Ma dopo neppure un anno, precisamente nel 1578, Giovanna d'Austria, morì di complicazioni per un ulteriore parto e Francesco decise di sposare Bianca. La situazione a corte peggiorò nel 1582 quando don Filippino morì per una grave malattia congenita, a quattro anni.

Se dal 1579 al 1582 (cioè dalla data della incoronazione di Bianca all'anno della morte di don Filippino) il cognato cardinale Ferdinando aveva sopportato Bianca come granduchessa al posto della defunta Giovanna (pur mantenendo i suoi sospetti sul fatto che don Antonio fosse realmente un Medici), a partire dalla morte del piccolo Filippino cominciò a tramare in maniera più decisa e sistematica contro Bianca. Secondo lui, in caso di morte del fratello, una veneziana non poteva diventare la reggente del trono di Toscana fino alla maggiore età di Antonio. L'autonomia politica della Toscana sarebbe stata in grave pericolo anche perché, da qualche tempo, Firenze non si fidava più tanto della sempre più potente Serenissima.

Ferdinando, da molto giovane, era diventato cardinale senza una particolare vocazione religiosa. Come accadeva in quel tempo, le famiglie più importanti piazzavano a Roma qualche loro figlio per mantenersi vicine al potere temporale della Santa Sede. Nel caso specifico, il cardinale Ferdinando era un personaggio descritto come viscido, avido di danaro e dedito al gioco d'azzardo. Già nel 1575 il papa di allora, Gregorio XIII, aveva segnalato al granduca Francesco che suo fratello Ferdinando conduceva nella capitale una vita dissoluta e faceva parlare male di sé, con grave scandalo per la Santa Sede. A Roma aveva anche un'amante: Clelia Farnese, una donna sposata. Nonostante il suo ruolo di cardinale, Ferdinando cercava spesso di dare suggerimenti politici e militari al fratello Francesco, ma non trovava mai approvazione ai suoi consigli da parte del granduca, di carattere impulsivo e completamente diverso dal suo.

L'altro loro fratello minore, Pietro de' Medici, è descritto come una figura corrotta che dissipava denaro e non tollerava i frequenti rimproveri del granduca. Ferdinando e Pietro erano molto diversi l'uno dall'altro, ma si trovavano sempre uniti contro Bianca. Lei fece l'impossibile per attirarli a sé con ogni cortesia fino a coprire i loro gravi debiti di gioco, ma questo non bastava. La granduchessa era consapevole che, per la serenità del granducato, doveva cercare di avvicinare almeno Ferdinando al marito Francesco, ma l'impresa era molto difficile. Si ricorderà che nel 1579 il cardinale non aveva voluto nemmeno presenziare alle sue nozze col granduca e alla sua incoronazione.

L'improvvisa morte di don Filippino, nel 1582, quando non aveva neppure cinque anni, lasciò i due granduchi sconvolti. Francesco, era sempre d'umore cupo. Sapeva che i fratelli mettevano in dubbio che don Antonio fosse suo figlio. Qualche mese dopo, il 19 ottobre 1582, Francesco fece emanare dal Consiglio fiorentino dei Dugento un decreto di emancipazione ufficiale del fanciullo, qualificando don Antonio come suo figlio naturale e legittimo. Con questo decreto il granduca Francesco assegnava ufficialmente a lui la successione al trono di Toscana. Questo avrebbe dovuto mettere tutti a tacere ed avrebbe assicurato la successione ad un Medici.

Qualche indicazione a favore dell'ipotesi che don Antonio fosse figlio almeno del granduca, anche se non con certezza di Bianca, si ha leggendo alcune lettere di Francesco indirizzate al piccolo. Da queste lettere, appare impossibile che non ci fossero legami di sangue, almeno fra Francesco e don Antonio. Leggiamo cosa gli scrive, con grande tenerezza, il granduca da Livorno nel 1582, dopo un mese dalla morte di don Filippino. *"… io le porterò certe belle cose che le piaceranno et vedrà che mi sono ricordato di lei, si che seguiti ad essere buono che noi torneremo presto et la Signora madre Bianca et queste Principesse se la raccomandano: che Dio la conservi et prosperi. Di Sua Eccellenza amorevole padre Granduca di Toscana. Di Livorno, il 28 maggio 1582".*

Ma don Antonio in quel momento aveva solo sei anni e se Francesco fosse morto o fosse stato ucciso, la reggente sarebbe stata, per almeno 14 anni, la veneziana Bianca. Da qui le ire del cardinale Ferdinando, il cui odio per Bianca, sempre dissimulato, si evidenzierà con la sistematica distruzione dell'immagine della cognata dopo la morte, come vedremo. Bianca a Francesco sapevano bene che don Antonio era figlio solo di lui e Bianca era al corrente del fatto che i cognati avevano le prove che don Antonio non fosse anche figlio suo. A questo punto per la granduchessa diventava fondamentale poter avere da Francesco un figlio pienamente dimostrabile come nato da entrambi.

Temeva che, in caso di vedovanza dal granduca, se fosse rimasta priva di figli maschi riconosciuti anche come suoi, avrebbe potuto finire in un monastero per imposizione dei cognati. La stessa cosa era successa a Camilla Martelli la seconda moglie di Cosimo I, monacata a forza da Francesco in modo che non avesse figli da altri, con pretese sul trono di Toscana. Bianca, in coscienza, sapeva di correre grandi rischi senza una sua effettiva gravidanza da Francesco.

BIANCA ALLA RICERCA DELLA MATERNITÀ

Da qui i febbrili tentativi di Bianca di rimanere incinta dal granduca, ormai suo legittimo marito. Questi tentativi di avere un figlio insieme dimostrano quindi che don Antonio era figlio solamente di Francesco. Se fosse stato figlio di entrambi si sarebbe trattato di tentativi superflui. In quegli anni la coppia granducale viveva comunque pienamente la propria vita coniugale. Il granduca era finalmente felice con la donna che aveva sempre amato anche se Bianca non rimaneva incinta.

La coppia si distraeva con le cacce, una delle passioni di Francesco. I testimoni dell'epoca riportano che il granduca esigeva che anche Banca si appostasse fra i boschi, nelle fosse dove lui si piazzava a tirare d'archibugio. Voleva di continuo con sé la consorte e possiamo immaginare gli strapazzi di lei durante queste gite di caccia nel freddo dicembre.

La granduchessa soffriva di aborti spontanei. Già ne aveva avuto uno nel 1575 quando probabilmente aveva perduto l'unico figlio di lei e di Francesco. Ma dopo la sua incoronazione del 1579 aveva avuto sicuramente almeno un altro aborto spontaneo. Lei stessa lo aveva definito "sconciatura" in un'altra delle sue lettere ai parenti veneziani, giunte fino a noi. Nonostante la delusione di questo secondo aborto, il granduca continuava a sperare ancora che sua moglie gli potesse dare un figlio.

Qualche tempo dopo Bianca si era gonfiata in tutta la persona e i dottori, lieti di illudere don Francesco, lo avevano fatto sperare in una nuova maternità. Bianca però era poco persuasa di essere in attesa di un figlio e non diceva nulla finché la gravidanza non fosse stata accertata dai dottori di corte. Il solito cardinale Ferdinando, intanto, metteva in giro la voce da Roma che Bianca non sarebbe divenuta madre né allora né mai. Nel luglio del 1584 Bianca, seguendo i consigli dei medici, si sottopose ad una serie di cure molto drastiche per rimanere incinta, compresa quella di bagnarsi nelle acque dell'Arno. A questo scopo era stato espressamente allestito un padiglione in mezzo al fiume, sopra una base galleggiante con una capanna di legno capace di contenere un letto. Grazie ad una scaletta, Bianca si immergeva ogni giorno nel fiume assieme alla figlia Pellegrina, mentre il granduca Francesco le raggiungeva nuotando. Ma anche queste immersioni e le cure dei medici non portarono a nulla. Bianca stessa in un altro carteggio coi suoi parenti veneziani diceva di non credere più possibile una sua maternità. Si sentiva intanto sempre assediata dalle spie dei due cognati. Il cardinale Ferdinando, da Roma, aveva organizzato, con il fratello minore Pietro, una fitta rete di spie che a Firenze tenevano d'occhio costantemente Bianca. Pietro riportava a Ferdinando per iscritto tutto quanto accadeva. A titolo di esempio ecco una delle sue lettere in cui riferiva al cardinale quanto gli confidava la stessa Bianca: *"...et dissemi liberamente, da granduchessa et gentildonna veneziana, che lei non pensava di esser gravida, ma che il granduca si era intestato che ella lo fusse in ogni modo et questa fantasia vi era entrata di sorte che nessuno lo poteva spuntare. Et promissemi sicuramente che il primo a sapere il si o il no sarei stato io, che subito che si fusse risoluta o all'una o all'altra me l'avrebbe detto...et che se pur ella era, non poteva essere di più che di tre mesi..."*

Bianca intanto, per chiedere la grazia della propria gravidanza, frequentava spesso le funzioni nella chiesa di San Lorenzo di Firenze, pregando intensamente. Il periodo dal 1584 al 1586 fu particolarmente triste per i granduchi: Francesco, contestato e sbugiardato dai due fratelli, era sempre più taciturno e cupo, tanto che i cortigiani cercavano di interagire il minimo possibile con lui perché si infastidiva per un nonnulla.

Qualche contemporaneo riporta che in quel periodo il granduca fu ancora soggetto a febbri terzane (le subiva spesso perché andava a caccia in zone malariche presso Poggio a Caiano). Altri aggiungevano che i malesseri del granduca Francesco dipendevano anche dal suo regime alimentare un po' eccessivo. Gian Vittorio Soderini, uno dei novellieri toscani del tempo, maestro della satira e della dissacrazione dei potenti, descrisse così (con evidenti esagerazioni) le abitudini alimentari del granduca *"...Il suo liquore preferito è un elixir vitae che distilla da sè: acqua d'argento mescolata con minerali polverizzati e olio di vetriolo. Non si sazia mai abbastanza di acqua di cannella distillata. Si nutre di torte confezionate con ogni sorta di spezie; ginepro, noce moscata, chiodi di garofano, pepe macerato, fegato di cappone, fagiano, pernice grigia e rossa, bene impastati con tuorlo d'uovo, zucchero polverizzato e farina di zafferano. Prima e dopo i pasti beve uova con pimento di Spagna. Si alimenta con cibi grossolani e difficili a digerire come agli d'India, cipolle crude, pepe nero, agli nostrani, semi di rosolacci, carciofi, cardoni, sedano e prezzemolo di Macedonia, cerfoglio, crescione indiano, castagne, pere, funghi, tartufi, in quantità esorbitante, oltre ad ogni qualità di formaggio. Dopo aver mangiato così, tracanna vini crudi, piccanti e indigesti, vini greci fumanti e alcoolici e ancora vini di Spagna, del Reno, Lacryma Christi, Moscato, vino di Cipro, di Malvasia, di Candia, di Corsica, di Pietranera, tutti ghiacciati, avendo egli lo stomaco e il fegato molto caldi...*" Esagerazioni certamente, ma il granduca amava molto il cibo, pur essendo fisicamente atletico e prestante secondo quanto riporta il filosofo francese Montaigne che fu più volte gradito ospite alla corte medicea, spesso a pranzo con i due granduchi.

Durante il 1585 si parlò di una nuova gravidanza di Bianca riportata nei dispacci fra Firenze e Roma. I dottori, convinti da certi sintomi e dal gonfiore della granduchessa, credevano sinceramente alla sua maternità. Lei, su loro consiglio, stava sempre distesa e mentre da un lato si persuadeva alle loro parole, dall'altro, non avvertendo alcun movimento del nascituro, rimaneva perplessa e preoccupata. Aveva la responsabilità della successione al trono per compiacere Francesco e quindi permetteva che dame, ambasciatori, ministri e parenti, e persino il cognato maldicente don Pietro, le premessero con la mano l'addome per verificare direttamente perché era corsa la voce che simulasse la gravidanza con un cuscino. Ma il suo stato non si evolveva in una gravidanza certa ed il granduca ripiombò nel pessimismo, dileggiato e attaccato dai due fratelli.

Bianca, stanca per questa situazione d'incertezza, chiese che si consultassero due delle migliori levatrici fiorentine. Queste furono di parere opposto; l'una dava per certa la maternità, l'altra la negava. Passati i mesi necessari per le verifiche, fu poi chiaro che la gravidanza non c'era mai stata. Erano stati solamente rigonfiamenti e alcune forti coliche che furono prese per doglie. Dopo altre settimane il gonfiore non era scomparso ed i medici cominciarono a pensare ad una sua malattia inguaribile. Principesse, duchi e regnanti indirizzarono lettere di conforto alla granduchessa. Persino il papa Sisto V, attraverso il Nunzio apostolico a Firenze, le fece avere le sue benedizioni.

Si fece vivo da Roma anche il cardinale Ferdinando che intanto era caduto in disgrazia da Sisto V. Il Papa era stato informato dell'atteggiamento conflittuale di Ferdinando verso i due granduchi e la cosa lo aveva irritato molto. Diede ordine all'arcivescovo di Firenze, Alessandro de' Medici, di occuparsi della riconciliazione fra i due fratelli che ormai erano in aperto contrasto fra loro anche per ragioni di soldi. Il cardinale dilapidava nel gioco enormi somme e Francesco non voleva più sostenere i suoi sprechi. Il Papa, da parte sua, voleva evitare che le discordie fra i due fratelli portassero in rovina il

Granducato di Toscana e quindi gli equilibri politici in Italia. La Toscana costituiva un importante elemento di stabilità per l'intera Italia delle signorie e Sisto V cercò di coinvolgere anche Bianca perché riportasse la serenità a Firenze fra i due fratelli.

Un riavvicinamento di Francesco col fratello cardinale Ferdinando era ormai necessario anche per la incolumità stessa dei due granduchi che, continuamente presi di mira dai due fratelli minori di Francesco, cominciarono a temere perfino per la sicurezza della loro vita. Sapevano che gli enormi debiti dei due fratelli potevano essere coperti solo se i due fossero riusciti a mettere le mani sul tesoro del Granducato e cominciarono a temere un colpo di stato.

Ma il cardinale Ferdinando era un esperto nell'arte della dissimulazione: non faceva mai capire i suoi veri obiettivi. Se macchinava nell'ombra, si mostrava sempre cordiale. La seguente lettera da lui inviata da Roma in quei giorni alla cognata Bianca sembrò un segnale positivo perché le chiedeva di essere mediatrice fra lui e il fratello Francesco. Ecco uno stralcio: "*...Io ho amata e stimata sempre Vostra Altezza per i molti suoi meriti ma particolarmente per averla sempre reputata et provata ottimo istrumento di conservar l'amor reciproco et l'unione di casa (*qui Ferdinando elenca i vari motivi dei dissensi familiari ndA*)* e aggiunge*: ...così seguitando ci va di mezzo la reputazione comune et si dà da ridere a chi ci vuole male...*"

Il granduca Francesco però non voleva assolutamente riconciliarsi col fratello Ferdinando. Bianca, coadiuvata dal cardinale di Firenze e dalle cortesi, ma ferme, pressioni del Papa riuscì infine a convincere il marito a farlo. Il granduca decise di pagare i nuovi forti debiti romani del fratello cardinale, pur se nella forma di un prestito perché le casse del granducato non erano più così floride come un tempo. Le enormi spese in ricevimenti, matrimoni e feste avevano intaccato il tesoro granducale e Francesco aveva attivato da qualche tempo una politica economica di austerity. Cortigiani, paggi, ufficiali, staffieri e persino i cavalli delle scuderie furono ridotti di numero. I parassiti allontanati e gli incapaci licenziati senza indugio.

Il papa, che aveva seguito di persona le precedenti vicissitudini fisiche della granduchessa per la supposta gravidanza e teneva tantissimo alla serenità del granducato di Toscana, nel 1586, a mezzo del suo Nunzio a Firenze, faceva dire a Bianca e a Francesco che: "*...amava l'uno e l'altro come figlioli*".

In particolare Sisto V aveva preso sotto la sua particolare protezione Bianca la quale, da parte sua, gli aveva fatto sapere in una lettera segreta e cifrata, di sentirsi in grave pericolo a Firenze. Il papa nel 1587 parlava così di Bianca al suo Nunzio: "*scrivete a Sua Altezza che se ne stia pur allegramente et con l'animo quieto, perché noi l'avremo sempre in protezione come le cose nostre*".

La granduchessa riprese con rinnovato fervore le sue opere di pietà e cominciò ad occuparsi anche dell'anima di suo marito. Raccomandò al vescovo di Chiusi, Masseo De' Bardi, che se ne prendesse la cura spirituale e che gli desse dei saggi consigli per il governo dello Stato. Di Bianca è rimasta una lettera indirizzata al suddetto vescovo in cui gli scrisse che le stava molto a cuore anche la salvezza spirituale eterna di colui che lei amava sopra ogni altra cosa al mondo.

LA FINE DEI DUE GRANDUCHI

(Poggio a Caiano - ottobre 1587)

Poggio a Caiano è un piccolo paese presso Pistoia dove sorge la maestosa villa medicea (patrimonio dell'Unesco e visitabile). Fu teatro dei fatti che portarono alle misteriose morti dei due granduchi Francesco e Bianca, avvenute fra il 19 e il 20 ottobre 1587 ad 11 ore di distanza l'una dall'altra. Nel prosieguo saranno ricostruite le singole fasi e la sequenza degli avvenimenti secondo la stretta cronologia di questo che ancora oggi appare un giallo irrisolto. Nel corso degli ultimi 450 anni la vicenda è stata oggetto di oltre 200 libri e di centinaia di pubblicazioni, anche scientifiche.

Qui cercheremo di indagare sulle ultime ore dei granduchi tenendo conto di ciascuno dei personaggi che erano presenti nella villa in quei giorni. Ci chiederemo chi dei presenti poteva avere qualche motivazione per uccidere i due sovrani (o quantomeno Bianca) tenendo conto che potrebbe anche non essersi trattato di un duplice omicidio, come invece sostenuto dalla maggioranza degli storici. Come nel famoso film "Dieci piccoli indiani", ispirato all'omonimo libro di Agatha Christie, andremo per esclusione cercando di isolare il colpevole (oppure i colpevoli) di questo eventuale duplice delitto. Valuteremo anche gli elementi che potrebbero indurre a ritenere tutti innocenti. Sarà il lettore ad emettere, in cuor suo, la sentenza dopo aver esaminato i fatti storici ricostruiti grazie ai numerosi documenti originali dell'epoca.

Martedì 6 ottobre 1587

Il mattino del sei ottobre a Poggio a Caiano l'aria era frizzante e una gaiezza generale animava la villa e i suoi dintorni. I granduchi e i loro ospiti erano pronti per la caccia al daino. I guardiacaccia erano già sparsi per la vasta tenuta di circa 10 km quadrati fino al borgo di Quarrata nella direzione di Pistoia. Il granduca Francesco era in compagnia del fratello cardinale Ferdinando, giunto nella villa il 25 settembre da Roma con il suo seguito. Dopo anni di contrasti c'era stata finalmente la riconciliazione fra i due fratelli Medici dovuta soprattutto alla diplomazia della grandu-chessa Bianca. Nonostante questa tregua, tempo prima erano corse delle voci secondo le quali Ferdinando avesse minacciato di morte il fratello. Perciò a Poggio a Caiano, durante i colloqui, erano sempre presenti a titolo cautelativo alcune guardie del corpo armate che dovevano intervenire se uno dei fratelli avesse attaccato l'altro. Un clima non troppo rassicurante.

Villa Medici di Poggio a Caiano (Po)
(Foto dell'autore)

Nella villa erano ospiti anche il conte Ulisse Bentivoglio con la moglie Pellegrina, figlia della granduchessa Bianca, il conte Sigismondo De' Rossi di San Secondo, generale della cavalleria del Granducato di Toscana e gentiluomo di camera del granduca, il conte Pandolfo De' Bardi, fedele segretario di corte (che andrà poi a vivere a Venezia) ed il cavaliere Traiano Bobba deI signori di Rosignano nel Monferrato. Quest'ultimo era stato nominato Cavaliere di Santo Stefano dal padre di Francesco I, il duca Cosimo I, del quale era stato il fedele segretario. Era considerato tra gli uomini più fidati del granduca. Con la corte fiorentina era presente anche l'arcivescovo di Firenze Alessandro de' Medici, cugino di secondo grado di Cosimo I. Nel 1605 Alessandro diventerà papa col nome di Leone XI.

I due fratelli Medici sembravano ormai rappacificati. Oltre all'intermediazione di Bianca era intervenuto nella loro disputa lo stesso arcivescovo di Firenze, su specifica richiesta del papa Sisto V che teneva moltissimo alla serenità del Granducato. Ma nel caso di Ferdinando la riappacificazione era veritiera oppure una simulazione? Quella mattina tutti gli illustri ospiti erano già pronti in sella, circondati dai cortigiani e dai servitori. La caccia riuscì bellissima e piena di piacevoli situazioni venatorie. La caccia a cavallo, soprattutto quella ai daini e ai cervi, era lo sport preferito dai potenti. In quella serena giornata di ottobre, con il passare delle ore, l'aria era diventata calda e quasi soffocante. L'avere inseguito furiosamente un bellissimo daino per qualche chilometro, senza poterlo raggiungere, aveva affaticato il granduca Francesco che da qualche giorno si dice fosse affetto dai primi sintomi di febbre terzana, di cui però non si era troppo preoccupato. L'area intorno a Poggio a Caiano allora era molto paludosa e, per la presenza naturale di acqua stagnante, il granduca vi aveva introdotto la coltivazione del riso. Le risaie, se da un lato davano un buon raccolto dall'altro costituivano un pericoloso ricettacolo di virus e batteri. Periodicamente si erano verificate epidemie che avevano decimato la popolazione locale. La sera di quella giornata di caccia il granduca era stanchissimo e faticava perfino a conversare con i suoi illustri ospiti.

Mercoledì 7 ottobre

Il giorno successivo, mercoledì, i due fratelli Francesco e Ferdinando, vollero raggiungere in carrozza Villa Magia presso Quarrata, sulla strada verso Pistoia, a cinque miglia circa da Poggio a Caiano. La villa era stata rilevata da Francesco I nel 1583, dopo il fallimento di Niccolò di Gualtieri Panciatichi. Il granduca l'aveva ristrutturata dotandola di un grande magazzino per i vini, gli oli e i formaggi. L'aveva anche arricchita di mirabili architetture e di pregiati dipinti sulle pareti delle stanze, ancora oggi visibili.

Villa Magia – Quarrata (Pt)
(Foto dell'autore)

I dintorni della villa erano pieni di boschi, di alberi secolari, torrenti e fonti d'acqua. Francesco, che amava la vita all'aperto e la natura, li aveva ulteriormente abbelliti con piante e laghetti artificiali. Era un vero esperto di biodiversità vegetale e provava grande piacere nel curare personalmente le sue piante e le diverse coltivazioni che selezionava. (Villa Magia è patrimonio dell'Unesco ed è visitabile su appuntamento). Durante il tragitto verso la villa, Francesco aveva accusato forti dolori che attribuì al mal di reni di cui soffriva da tempo per le sue intemperanze alimentari. Appena giunto nella villa, avendo la gola molto secca, volle bere alcuni bicchieri di mosto bianco ancora bollente. Pur non sentendosi troppo bene volle ugualmente assistere ad un taglio di alberi che apriva un nuovo viale nella foresta intorno alla villa, impegnandosi in prima persona nel lavoro. Al termine di queste fatiche, molto sudato per il sole di ottobre ancora forte, pranzò con il fratello cardinale ed alcuni del seguito assumendo più cibo del solito. Poi, sentendosi ancora accaldato, pensò di rinfrescarsi immergendosi in un laghetto alimentato da una sorgente di acqua fredda (entrambi tutt'ora presenti nella villa) dalla quale bevve a sazietà secondo le sue abitudini disordinate ed eccessive. Il che gli provocò alcuni forti crampi ed un malessere diffuso che durò tutto il giorno.

Giovedì 8 ottobre

La mattina successiva, alla villa di Poggio a Caiano, ebbe crampi allo stomaco ancora più violenti seguiti da vomito. La sera, nonostante la febbre alta, volle giocare a picchetto col conte di San Secondo (picchetto o piquet è un gioco di carte di origine francese fra due soli giocatori ndA). Ancora prima di terminare la partita, vinto dalla spossatezza, svenne e fu portato nella sua stanza. Riavutosi, volle prendere un po' di brodo con un'aggiunta di una spezia persiana detta Belzuar. I Belzuar (o Bezoar) erano pseudo medicamenti tratti dalle viscere di animali, considerati la panacea d'ogni male.

La biochimica di oggi ha evidenziato l'errore: i cosiddetti *bezzuarri* sono concrezioni di diversa natura che si formano negli intestini di certi animali ma non danno alcun sollievo all'uomo. Verso tarda sera Francesco ritornò ancora nella sala principale della villa e rimase a parlare per qualche tempo con la granduchessa Bianca. Anche lei era febbricitante, pur se in forma più leggera di Francesco. Dal giorno prima anche lei aveva cominciato ad avere continue vampate di calore, però sopportabili. Il granduca si sentì di nuovo molto male verso le due di notte. Allora fu chiamato nella sua camera Giulio Cini, il medico del cardinale Ferdinando, stranamente l'unico dottore presente in quel momento in villa, nonostante che i granduchi di solito avessero sempre con loro quelli di corte per ragioni di sicurezza. Subito questi furono chiamati da Firenze. Erano Pietro Cappelli e Puccio Baldini e si adoperarono assieme al medico del cardinale per prestare le prime cure ai granduchi.

Venerdì 9 ottobre

Il mattino dopo la febbre era ritornata alta e i medici prestarono a Francesco nuove cure ordinandogli di rimanere a letto. Diagnosticarono il male del granduca come una di quelle febbri, che allora si dicevano terzane doppie, e cercarono, con gli scarsi mezzi della scienza del tempo, di abbassare la sua temperatura corporea. Durante la notte la febbre divenne più alta e il granduca rimase per ore agitato, in preda a continui tremori. Essendo un tipo molto testardo e sempre sospettoso di venire avvelenato, non voleva però che gli venissero somministrati i farmaci prescritti dai dottori i quali invece cercavano, con i mezzi allora noti, di sanarlo prescrivendogli anche il quasi digiuno. Il granduca si riteneva più competente di loro e non rispettava minimamente la dieta che gli veniva indicata. Ordinarono all'ammalato anche purghe e clisteri che il granduca rifiutò fieramente.

Sabato 10 ottobre

Il mattino del sabato i medici, molto preoccupati e non sapendo più come abbassare la temperatura elevatissima del granduca, gli levarono circa mezzo litro di sangue. Tuttavia la febbre non accennava a diminuire ed il vomito continuava. Intanto, per quanto riguarda Bianca, ci sono documentazioni contradditorie. Nello stesso giorno il Nunzio del papa a Firenze inviava a Roma un dispaccio indicando che la granduchessa era febbricitante ma stava abbastanza bene. Il cardinale Ferdinando e il segretario ducale, Belisario Vinta, sostenevano che il malessere di Bianca dipendeva solo dalla sua forte preoccupazione per la salute del granduca. Il male della granduchessa veniva quindi descritto come passeggero e poco grave. Da quel momento i due granduchi furono tenuti separati fra di loro su ordine del cardinale Ferdinando che intanto aveva preso in mano la situazione nella villa. Bianca fu confinata nella sua camera, che era posta ad una certa distanza da quella occupata dal marito.

Oggi la stanza della granduchessa nella villa di Poggio a Caiano è rimasta identica ad allora ed è visitabile. Ha al suo interno una pregevole scala a chiocciola di marmo che collegava le stanze dei due granduchi. Si racconta che da quel giorno la servitù fu costretta dalle minacce dal cardinale Ferdinando a sbarrare la porta di comunicazione fra le due camere. La notte di quel sabato il granduca, indebolito dalle cure dei medici ma forse alleggerito per la dieta ferrea cui l'avevano obbligato, finalmente si addormentò e riposò tranquillo.

Domenica 11 ottobre

La domenica, una volta sveglio e nonostante i medici fossero contrari, Francesco si mise a discutere con i suoi segretari di questioni riguardanti il Granducato. Nello stesso giorno il cardinale Ferdinando volle informare il papa del miglioramento del granduca con un dispaccio. Sisto V si teneva informato su quanto stava accadendo nella villa di Poggio a Caiano anche mediante un suo canale riservato perché non si fidava molto delle notizie del cardinale Ferdinando. Il papa era molto affezionato al granduca Francesco e, conoscendolo come un grande buongustaio, nel passato gli aveva spesso inviato dei consigli per un regime alimentare più sano e più razionale (consigli che il granduca naturalmente non seguì mai). Il papa aveva incaricato di seguire gli eventi il suo pronipote Alessandro Peretti, noto come "il cardinale di Montalto" ed il Nunzio della Santa Sede a Firenze. Alessandro era entrato giovanissimo a far parte del clero romano grazie al prozio papa ed era diventato cardinale all'età di appena 14 anni. Esiste una sua lettera del 17 ottobre da Roma in risposta ad un dispaccio del cardinale Ferdinando (che voleva tranquillizzare la Santa Sede) dalla quale é ben evidente l'interessamento del papa alla strana situazione. Ecco uno stralcio della lettera del cardinale di Montalto a Ferdinando: *"...l'avviso del miglioramento del serenissimo granduca et della serenissima granduchessa, che con sommo contento ho inteso, ho fatte subito io stesso sapere a Sua Santità, la quale con tenerissimo affetto, ha reso subito grazie alla Divina Maestà, et supplicatala per l'intera sanità di ambo due le serenissime Altezze, le quali paternamente e sopramodo ama "*.

Lunedì 12 ottobre

Il 12 ottobre il Nunzio del papa a Firenze, informato riservatamente da alcuni cortigiani di sua fiducia di quanto accadeva nella villa di Poggio a Caiano, faceva sapere a Sisto V che negli ultimi due giorni Francesco aveva riposato ed aveva anche trattato alcune questioni di stato con i suoi segretari. Il granduca continuava ad essere curato dai medici, ma inspiegabilmente era stato privato della presenza diretta della sua Bianca la quale, con il suo tatto speciale, con il suo affetto e con la sua dolcezza, sarebbe forse riuscita a convincerlo a non dare seguito alle sue cure basate su rimedi pseudo-medici un po' strambi, ma a fidarsi invece dei dottori. Francesco non ubbidiva loro quasi mai e preferiva fare di testa sua. In particolare aveva la mania di chiedere continuamente bevande fredde, teneva in bocca due sfere di cristallo raffreddate di continuo nel ghiaccio e nel letto aveva uno "scaldino" che voleva fosse sempre pieno di ghiaccio.

Non è chiaro quali siano state le ragioni addotte dal cardinale per tenere Bianca fuori dalla stanza del granduca. Alcuni ipotizzano che i dottori l'avessero convinta che era necessario evitare tra loro qualsiasi contatto per prevenire nuovi tipi di contagio, vista la debolezza di entrambi. Altri ritengono che il cardinale la tenesse sequestrata nella sua camera, sorvegliata dai propri fedeli, per impedirle di interferire con il colpo di stato in atto. Pellegrina, la ventitreenne figlia di Bianca, rimaneva costantemente nella stanza di Francesco (era il suo patrigno) e lo assisteva per alleviarne le sofferenze.

Come racconterà lei stessa più tardi alla moglie dell'ambasciatore di Ferrara a Firenze, Ercole Cortile, che riportò la cosa al suo duca Alfonso D'Este, continuava a mettere sulla schiena di Francesco delle foglie di vite bagnate d'acqua di rose, e che: *"...queste foglie in un momento si scaldavano come se fossero state messe nel fuoco"* Francesco era tutto infiammato per la febbre e chiedeva di continuo da bere perché si sentiva straziare dall'arsura. Pellegrina è un elemento importante della vicenda perché fu una testimone diretta delle giornate di agonia e dei decessi dei due granduchi (di Francesco e, dopo undici ore, di Bianca).

Martedì 13 ottobre e mercoledì 14

Sempre secondo il resoconto dei dottori, peraltro redatto molto dopo la morte dei granduchi, il martedì Francesco ebbe di nuovo un violento attacco febbrile. Tutto il corpo era madido di sudore e non gli fu permesso nemmeno di firmare i dispacci e le lettere. Con la sua solita testardaggine volle ricominciare a bere i suoi "elisir vitae", i suoi sciroppi gelati e mandare giù certe pillole di sua invenzione costitute da palline di mollica di pane raffreddate nel ghiaccio. Chiese poi altro ghiaccio per tenervi infilate dentro anche le mani e continuava a bere acqua gelata e latte freddo. *"Cure"* che, affermarono poi i medici, *"...avrebbero ucciso anche una persona sana"*. Passarono più o meno così altri due giorni.

Intanto il fratello cardinale, che ormai controllava completamente la villa, faceva in modo che nessuno ne uscisse o vi entrasse ed obbligava il segretario ducale, Belisario Vinta, a diffondere informazioni positive e tranquillizzanti sullo stato fisico del granduca. In particolare il 14 ottobre inviò di persona al papa un dispaccio con notizie rassicuranti sulle sue condizioni. Quindi, mentre si svolgevano i fatti, venivano inviate notizie positive alle varie corti. Ma dalla relazione dei medici, redatta dopo la morte dei granduchi, si venne a sapere che in quegli stessi giorni le condizioni di Francesco erano state invece in continuo peggioramento. Un elemento da non sottovalutare che rafforza l'ipotesi dei colpevolisti. Questi sostengono che nella villa i due granduchi fossero nella condizione di sequestrati e che il cardinale Ferdinando, proibendo ai medici di curare il fratello, ne attendesse pazientemente il decesso. Quindi l'ipotesi di una specie di "omissione di soccorso" per Francesco e l'eventuale omicidio per Bianca subito dopo la morte del granduca. La successiva relazione dei medici, ovviamente controllata dal nuovo granduca Ferdinando, cercò di attribuire al comportamento di Francesco, descritto come refrattario alle loro cure e fiducioso solamente nei propri inutili e dannosi rimedi, la causa della propria morte.

Da giovedì 15 ottobre a sabato 17 ottobre

Il giovedì il segretario granducale, Belisario Vinta, diffuse da Poggio a Caiano alcuni dispacci ufficiali con la notizia che la febbre del granduca era diminuita e che, nella notte fra il 15 e il 16, egli aveva preso sonno abbastanza serenamente. Queste ulteriori informazioni positive erano diffuse ad arte per contrastare alcune voci, trapelate dalla villa, che avevano messo in allarme chi stava seguendo la vicenda dalle altre corti e dal papato. Ma anche questi dispacci furono contraddetti dalla successiva relazione che i medici scrissero dopo le morti dei granduchi. Vi si legge che il granduca aveva febbri molto alte anche in quei giorni. Queste incongruenze dimostrano che Ferdinando manteneva il controllo delle comunicazioni, oltre agli accessi alla villa. Voleva che all'esterno apparisse tutto a posto ed impediva che Bianca e Francesco potessero essere avvicinati da qualsiasi ambasciatore esterno. Evidentemente c'erano delle ragioni precise, legate alla volontà del cardinale di non far sapere a nessuno la reale situazione forse per consentire l'evolversi in peggio della malattia del granduca.

Fra il 16 ottobre ed il 19 ottobre (qualche storico indica la prima data, altri la seconda) fu inviata a Venezia, da parte della granduchessa Bianca, una lettera al fratello Vettore Cappello. Anche questa lettera desta qualche sospetto. Alcuni storici sostengono che fosse stata effettivamente dettata da Bianca, il che indicherebbe che, in quei giorni, almeno lei fosse in discreta salute. Altri ritengono invece che sia stata inviata a suo nome, ma scritta da qualcuno dei segretari di Ferdinando, su sue precise indicazioni. Lo scopo sarebbe stato quello di far credere anche a Venezia che la granduchessa fosse in discreta salute, in modo che anche là nessuno si allarmasse.

La lettera potrebbe essere sua, ma si invita il lettore a valutarla come se fosse stata scritta su indicazioni di Ferdinando. Formalmente appare la risposta ad una lettera inviatale dal fratello qualche giorno addietro. Ecco il testo: "… *Ho preso il solito gusto della lettera di Vostra Signoria Illustrissima per la sicurezza ch'ella mi dà che tutti, benché non ebbi lettera dal signor padre, stiate bene: di che mi rallegro come d'avviso che mi ha dato e qualche consolazione in un tempo di mio travaglio, aggravatomi da una buona febbre che ebbe hier l'altro il Granduca mio Signore: la quale fu cagione che anch'io fui sorpresa da un attacco simile. Della mia come accidentale son quasi rimasta libera, e quella di sua Altezza, sebbene ieri sera la riavesse, fu tanto minore della prima che speriamo non abbia a tornare altro. Maxime che si sta preparando a tagliarla via con rimedi potenti e con l'emissione del sangue, quando sia giudicata necessaria: così s'è fatta questa mattina con molto suo giovamento. Ma io poco ne godo, poiché non posso trovarmi e servirlo, bisognandomi stare in letto: del che non faccia motto a mio padre, per risparmiargli questo travaglio…".*

Come accennato, questa lettera potrebbe spiegare la condizione coatta dei granduchi. Le notizie che venivano inviate alle varie corti dal segretario granducale, Belisario Vinta, sul decorso della loro malattia, erano sempre rassicuranti ma, durante quei giorni, nessuno potè mai entrare nella villa per verificare come effettivamente stavano i due granduchi.

L'ambasciatore dei Gonzaga a Firenze informò di questa strana situazione i propri signori di Mantova: Eleonora Medici (figlia di Francesco I) e suo marito, Vincenzo Gonzaga. Quando questi vennero a sapere che neppure il loro ambasciatore a Firenze era stato ammesso all'interno della villa, nonostante che Francesco I fosse il padre della duchessa mantovana, si misero nei sospetti. I due Gonzaga si convinsero che a Poggio a Caiano stesse accadendo qualcosa di anomalo ed inviarono subito là un loro inviato di massima fiducia: il vescovo di Acqui. L'indicazione per lui era precisa: entrare nella villa e informarsi direttamente ad ogni costo. Questi raggiunse Poggio a Caiano il 16 di ottobre dopo un viaggio a tappe forzate durato un'intera notte. Chiese subito di entrare nelle stanze del granduca e della granduchessa ma Ferdinando gli rispose che non era possibile: al granduca avrebbe nuociuto troppo ricevere persone e *"ragionare in longo"* Il vescovo di Acqui si mise ulteriormente nei sospetti. Continuava l'evidente contraddizione fra le notizie positive sullo stato dei granduchi ed il fatto che Ferdinando non volesse ammettere nessuno, neppure lui, al loro cospetto nella villa.

Il vescovo d'Acqui era però un personaggio piuttosto deciso e vedendo che il cardinale Ferdinando aveva creato un muro impenetrabile di omertà, cercò di aggirarlo piazzandosi intorno alla grande villa per provare ad avere notizie dirette da qualcuno dei servitori e dei cuochi che entravano e uscivano per svolgere i loro servizi. Con qualche astuzia riuscì a far avere un messaggio alla granduchessa nel quale la avvisava di essere presente all'esterno della villa. Lei riuscì ad inviargli una persona di sua fiducia per dirgli che doveva comunicargli un fatto importante. Allora lui cercò di farle avere un altro messaggio riservato che però, molto probabilmente, fu intercettato.

Sulla base di questi misteri, alcuni storici colpevolisti ritengono che la villa fosse ormai sotto il controllo armato del cardinale e dei suoi uomini. Ritengono che Ferdinando tenesse i due granduchi prigionieri e qualcuno sostiene che impedisse loro le cure per attendere pazientemente che, almeno Francesco, morisse di malattia (la febbre malarica che aveva contratto con certezza e qualche altro grave malanno).

Il vescovo d'Acqui, non essendo ancora riuscito ad entrare in contatto diretto coi granduchi, rientrò a Firenze per cercare di avvisare da lì i Gonzaga a Mantova. Cercò di trasmettere un dispaccio urgente in cui segnalava che, secondo lui, nella villa stava succedendo qualcosa di grave. Ma la guardia della cinta muraria di Firenze, già sotto il controllo del cardinale, non faceva uscire alcun dispaccio che non fosse controllato. Allora il vescovo d'Acqui, per tentare di avere informazioni dirette, decise di contattare, a Firenze, Luigi Dovara, un militare e diplomatico di fiducia dei granduchi che era stato sempre fedelissimo a Francesco I. Il Dovara faceva la spola fra la villa di Poggio a Caiano e Firenze, quindi doveva essere ben informato. Ma anche il Dovara ormai era evidentemente passato al servizio di Ferdinando perché il vescovo si sentì dire anche da lui che in villa andava tutto bene. Luigi Dovara certamente parlava su istruzioni del cardinale Ferdinando. Questi voleva evitare che informazioni incontrollate sulle condizioni dei due granduchi innescassero disordini in città e nell'intero Granducato.

I tre dottori che in quei giorni stavano assistendo il granduca, successivamente firmarono quel resoconto ufficiale degli ultimi giorni di Francesco di cui si accennato.[29]

Vi si legge che nei giorni 16 e 17 ottobre la febbre del granduca Francesco non era affatto diminuita ma era sempre alta, con convulsioni continue. Nel resoconto i medici riportano anche che rifiutasse le medicine. Riuscirono solo ad estrargli ancora del sangue ma questo non servì a nulla. La relazione ufficiale dei tre dottori fu evidentemente ispirata dal cardinale, una volta diventato granduca. Voleva addossare a Francesco ed al suo rifiutare le cure dei medici la causa del progressivo peggioramento, fino alla morte.

Il vescovo d'Acqui intanto era riuscito ad avere, da qualcuno che era nella villa, qualche notizia molto più preoccupante rispetto ai comunicati ufficiali. Cercò allora "in extremis" di avvisare il medico

---

[29] *Archivio di Stato di Firenze - Relazione sulla malattia e autopsia di Francesco I e Bianca Cappello (26-28 ottobre 1587) - Miscellanea Medicea Filza 28-ins. 22 cc.*

Marcello Donati che stava a Mantova. Questi era il dottore di fiducia dei Gonzaga, ma era anche in buona familiarità con Francesco e Bianca perché aveva fatto parte della commissione di controllo per la famosa "prova di virilità" di Vincenzo Gonzaga qualche anno prima (vedi in precedenza).

Ma Ferdinando, con diplomatica gentilezza, si oppose all'ammissione nella villa anche del medico di fiducia dei Gonzaga. A questo punto il vescovo d'Acqui si rese definitivamente conto che Ferdinando stava nascondendo qualcosa di molto grave ed in data 17 ottobre inviò un dispaccio disperato di allarme ai suoi signori a Mantova. Ecco una parte del testo da cui si evince l'impotente disperazione dell'inviato dei Gonzaga che ribadisce i suoi infruttuosi tentativi di indagare: *"…né si dubiti, ch'io non habbi cercato di spiare et penetrare da tutte le parti, ché io l'ho fatto diligentissimamente"* [30]

Non è escluso che il cardinale Ferdinando sia riuscito a far leggere anche questo dispaccio a qualcuno dei suoi fedeli prima del suo invio a Mantova perché, subito dopo, fu ordinato al vescovo di non farsi più vedere intorno alla villa e di starsene confinato come "gradito ospite" a palazzo Pitti a Firenze.

Gli storici che sostengono la tesi dell'avvelenamento dei granduchi ritengono che il 16 e il 17 ottobre furono i due giorni durante i quali il cardinale abbia ordinato l'omicidio mediante avvelenamento. Sempre secondo loro, Ferdinando aveva concepito questo colpo di stato da tempo. Altri sostengono invece che il cardinale si sia limitato a tenere isolati i granduchi fino alla morte per malaria di Francesco e poi abbia fatto uccidere Bianca. Il medico personale del cardinale, Giulio Cini, già dopo i primi giorni della malattia dei granduchi, gli avrebbe confidato che, senza adeguate cure, suo fratello sarebbe deceduto dopo pochi giorni. Questa indicazione è scritta in un diario, mai pubblicato, tenuto da Pietro Usimbardi, il segretario di Ferdinando che era presente nella villa. Evidenzierebbe la responsabilità del cardinale nel "omettere il soccorso".

Indubbiamente questi due giorni furono quelli di maggiore vulnerabilità di Francesco e Bianca, in particolare del granduca. Durante i dieci giorni precedenti Francesco aveva mostrato ochiaramente i sintomi della febbre terzana, ma va anche ricordato che ne era già stato colpito con certezza almeno altre due volte, nel 1578 e poi alcuni anni dopo. Qualche autorevole medico contemporaneo

---

[30] *Archivio di Stato di Mantova (ex Archivio dei Gonzaga) – Corrispondenze da Firenze (ottobre 1587) Busta 1090).*

sostiene che un soggetto adulto colpito da febbre terzana, ma in precedenza sopravvissuto, acquisisce un'immunità che, in caso di nuovi contagi, lo protegge dalla morte. Francesco (e anche Bianca) erano già stati colpiti da febbre terzana anni prima, ma quello che stava peggio in quei giorni sembrò essere il granduca. Questa sua situazione di debolezza avrebbe consentito al cardinale Ferdinando di attentare alla vita del fratello, senza grosse difficoltà, già nei primi giorni di febbre. Ma la malattia durò 12 giorni, quindi è da escludere l'avvelenamento subito. Invece dal 15 ottobre in poi sarebbe stato sufficiente fargli somministrare del veleno da parte di qualche fedele sicario.

Qualcuno sostiene che l'avvelenamento non fu necessario. Fu sufficiente impedire che il granduca venisse curato adeguatamente "pilotando" i medici. Se uno di loro era addirittura il medico personale di Ferdinando gli altri due erano facilmente condizionabili se, come aveva intuito il vescovo d'Acqui, nella villa c'era stato un colpo d stato. Da parte nostra però ci sentiamo di escludere l'ipotesi dell'arsenico, anche se alcune ricerche del 2005 lo rilevarono nelle interiora dei granduchi (vedi oltre). Un avvelenamento provocato da arsenico produce un effetto mortale dopo circa un'ora mentre Francesco, anche secondo le dichiarazioni incrociate dei religiosi presenti, rimase con certezza in vita altri giorni da quando aveva manifestato i sintomi della febbre terzana.

Come vedremo, la morte di Francesco avvenne il 19 ottobre, dopo ben 12 giorni di malattia. Durante questo periodo il cardinale avrebbe avuto diverse occasioni per agire con il veleno. Ovviamente non si può escludere nulla con certezza. Neppure l'ipotesi seguente, avanzata da qualche studioso. Cioè che il granduca fosse stato colpito da febbre terzana e avvelenato da arsenico, assunto però accidentalmente. Non dimentichiamo che dal 25 settembre al 5 ottobre del 1587 il granduca si era dedicato a diverse battute di caccia nelle tenute fra Poggio a Caiano e villa Magia. E che, accaldato, aveva bevuto direttamente dalle acque dei laghetti e delle fonti che zampillavano da bacini sotterranei intorno a villa Magia. Le acque sotterranee possono essere contaminate da arsenico di origine naturale. In questo caso chiunque le beva può essere avvelenato accidentalmente.

L'avvelenamento da arsenico contenuto nell'acqua contaminata non uccide subito come il veleno assunto in forti dosi. Provoca forti dolori addominali, crampi, diarrea, febbri, edemi, arrossamenti fino a problemi cardiaci. Proprio i sintomi che aveva manifestato Francesco a partire dal 7 ottobre, come poi fu descritto nella relazione dei dottori.

Non si può però neppure escludere che, a un certo punto, Francesco "sia stato aiutato" a morire con una dose più adeguata di veleno.

Domenica 18 ottobre e Lunedì 19

Sempre secondo il resoconto post-mortem dei dottori, la mattina di domenica 18 il peggioramento del granduca era ormai molto grave. Oltre alla febbre comparvero altri sintomi e forti convulsioni. Sembra che i dottori siano stati incolpati per aver estratto troppo sangue e per aver lasciato il granduca troppo a digiuno.

Riportiamo quanto accadde da quel momento in poi, in base ai resoconti dei religiosi convocati in villa, i quali descrivono le ultime ore del granduca. Francesco era ancora lucido ma comprese di essere ormai giunto alla sua fine. Chiese i conforti della religione e fu chiamato d'urgenza da Prato il frate domenicano Maranta, da tempo il suo confessore. La richiesta di un'ultima confessione del granduca dimostra la sua personale fede di convinto cattolico, al di là delle critiche generiche sul non elevatissimo livello morale dei maschi della famiglia Medici. Il granduca si confessò all'alba del 18.

Il frate raccontò più tardi (senza svelare i segreti confessati) che il granduca aveva chiesto umilmente il perdono a Dio e si era pentito di tutto il male che poteva aver commesso nella vita. Gli era apparso straziato nell'anima e nel corpo. Raccontò che Francesco rispose al Confiteor e al Miserere, moribondo ma sempre lucido, durante una breve messa che fu officiata solo per lui. Al termine ricevette il Viatico dall'arcivescovo di Firenze, Alessandro de Medici cugino del padre, il granduca Cosimo. Il Viatico è l'ultima comunione nella vita di una persona e viene data al fedele quando ormai è in evidente punto di morte. Per la Chiesa questa ultima comunione è l'alimento sacro che assicura, a chi lo riceve, di affrontare il viaggio nell'altra vita verso la salvezza spirituale, cioè di evitare l'eventuale inferno, qualsiasi male abbia commesso nella vita. In punto di morte viene data anche l'Estrema Unzione con l'Olio santo. Questo è invece il sacramento che assicura, a chi lo riceve, la certezza assoluta della salvezza spirituale, nel caso esista l'Aldilà. Dona una speciale grazia che deriva direttamente dalla morte di Gesù sulla croce. Per chi ha fede anche nella sua Divinità, il supplizio, ordito dal Male contro di Lui perche ci ha confermato l'esistenza certa dell'Aldilà (la Rivelazione), fu subìto consapevolmente e liberamente proprio allo scopo di generare le grazie salvifiche per noi. L'Estrema unzione viene impartita solo dai ministri della Chiesa.

A Francesco fu conferita da monsignor Ottavio Abbioso, vescovo di

Pistoia. Il granduca in quel momento era molto sofferente ma sempre lucido. Chiamò a sé il fratello cardinale Ferdinando, che stava con gli altri illustri ospiti nella stanza attigua e gli parlò, faticosamente e a bassa voce, degli affari segreti di Stato. Gli consegnò le chiavi del deposito che conteneva l'enorme tesoro dei Medici: monete preziose in grande quantità, cataste di lingotti d'oro e numerosissimi gioielli. Gli affidò i contrassegni dei Medici, raccomandandogli don Antonio (anche in punto di morte indicò il giovanetto, ormai undicenne, come suo figlio), le sue figlie femmine, la granduchessa Bianca e i suoi sudditi. Questo fatto, documentato dai presenti, sembra escludere qualsiasi contesto di odio fra i due fratelli, di recente rappacificati, almeno da parte di Francesco. Si fece promettere dal fratello di eseguire le ultime disposizioni che aveva indicato qualche ora prima a padre Maranta.[31] Aveva prescritto di elargire cinquantamila ducati (circa 5.600.000 euro) ai servitori della sua corte. Per il resto indicò a Ferdinando di attenersi al suo testamento (compilato nel 1582).[32]

In questo atto ufficiale, che porta il sigillo mediceo, il granduca aveva indicato don Antonio de' Medici erede universale e legittimo successore al trono di Toscana. Nel testamento è anche indicato che dopo don Antonio gli altri successori sarebbero stati i figli maschi che lui avrebbe eventualmente avuto. Quell'anno non escludeva di poterne avere da Bianca. Nello stesso 1582 lo aveva riconosciuto ufficialmente come suo figlio naturale.[33] Il granduca, sempre nel testamento del 1582, aveva eletto la serenissima granduchessa Bianca Cappello (definita nel testo sua ottima sposa) tutrice del figlioletto e custode della sua educazione fino alla maggiore età. Aveva disposto che, rimanendo Bianca in Toscana, avrebbe dovuto percepire duemila scudi d'oro fiorentini all'anno (circa 230.000 euro). Se invece Bianca si fosse allontanata da don Antonio e, volontariamente, si fosse rinchiusa in un monastero oppure fosse tornata a Venezia senza risposarsi, avrebbe avuto diritto al medesimo appannaggio. Se invece avesse rinunciato alla

---

[31] *Archivio di Stato di Firenze - Testamento originale del Granduca Francesco de' Medici prima della morte (19 ottobre 1587) - Miscellanea Medicea Filza 16 ins.10*

[32] *Archivio di Stato di Firenze - Testamento di Francesco I Granduca di Toscana a favore del figlio don Antonio de' Medici (28 aprile 1582) - Pergamene Medicee N. 511*

[33] *Archivio di Stato di Firenze - Legittimazione del principe don Antonio da parte del Granduca Francesco I de' Medici (24 aprile 1582) - Pergamene Medicee n. 510*

vedovanza e fosse passata a seconde nozze *("...il che non sembra probabile..."* aggiungeva nel testamento l'evidentemente geloso Francesco "*ella doveva essere privata di ogni cosa*". Dal testamento appare con evidenza che don Antonio fosse figlio almeno del granduca. Un Medici non avrebbe mai affidato la successione al trono di Toscana ad un estraneo (nel caso don Antonio fosse stato un bambino altrui, adottato alla nascita).

Come spiegato in precedenza, ci sono invece forti dubbi che don Antonio fosse figlio anche di Bianca. Ferdinando promise al fratello moribondo di seguire i suoi desideri, ma noi sappiamo che, una volta diventato lui il granduca, non mantenne queste promesse. Come vedremo in maggiore dettaglio, prima sembrò mantenerle emettendo un decreto che conferiva tutti i beni a don Antonio (il decreto era però inutile dato che i beni erano già suoi dal testamento del padre). Ma prima della "pseudo donazione" aveva fatto redigere un documento segreto con alcune riserve di tipo formale che subordinavano la donazione agli accertamenti sulla nascita di Antonio. Ferdinando considerava il documento segreto un suo pieno diritto essendo diventato il nuovo granduca. Grazie a queste sue riserve, anni dopo disconobbe il suddetto conferimento e si appropriò nuovamente di tutti i beni del figlio naturale di Francesco.

Intanto la morte del granduca si avvicinava. Alle 12 dello stesso giorno entrò in agonia e vi rimase per circa quattordici ore. Nell'estrema lotta, orrenda per chi lo assisteva, si agitava di continuo fino a gettarsi dal letto con furia e forza improvvisa, come se fosse un invasato, tanto che i presenti riuscivano appena a contenerlo. Emetteva urla così forti e strazianti da essere udito anche nelle stanze più lontane della villa. Anche Bianca forse le udiva senza poter fare nulla perché era trattenuta in camera sua da incaricati di Ferdinando che qualcuno ritiene fossero armati.

Il principe moriva alle ore quattro di lunedì 19 ottobre dopo avere perduto la parola sei ore prima ed aver perso conoscenza da due ore. Al momento del decesso Francesco aveva quarantasei anni e mezzo.

LA MORTE DI BIANCA (20 ottobre 1587)

11 ore dopo quella del granduca Francesco

La malattia di Bianca all'inizio si era dimostrata dello stesso tipo di quella del marito. Ma mentre, per quanto riguarda Francesco le testimonianze sul decorso, fino alla morte, ci sono giunte dalla relazione dei dottori, nel caso della granduchessa non sono disponibili molti dettagli. Comunque, dalle informazioni che venivano diffuse all'esterno della villa, sembra che anche lei fosse curata dagli stessi dottori e che stesse un po' meglio del marito. Quando, il 18 ottobre, Bianca fu informata dalla figlia Pellegrina che Francesco, dal quale dipendevano il proprio futuro e la sua stessa vita, stava peggiorando gravemente, fu presa dalla più grande disperazione. Si sentì persa perché le stava capitando quello che aveva sempre temuto.

Qualche anno prima, come si legge in alcune sue corrispondenze originali, si era rivolta a papa Sisto V affidandosi a lui in caso di pericolo (temeva di essere uccisa in caso di morte del marito). Il papa la rassicurava promettendo che, in caso di vedovanza, l'avrebbe aiutata. In proposito esiste un importante dispaccio inviato dall'ambasciatore veneziano in Vaticano, Giovanni Gritti, da Roma al doge di Venezia dopo la notizia delle morte dei granduchi. Vi si legge: *"...la granduchessa Bianca aveva fatto sapere al papa che temeva molto di sé medesima quando fusse successa alcuna cosa del marito, et che sua Santità le aveva promesso, di tuor in ogni caso la sua protezione, et se fusse bisognata (il che non credeva ch'avesse ad essere), l'averia fatta venir qui a Roma, dove saria stata sicura."*

E, incredibile a dirsi, pare che la veggente stigmatizzata, Santa Caterina de' Ricci (con la quale Bianca si consultava spesso, come detto in precedenza), anni prima le avesse profetizzato che sarebbe morta poco dopo suo marito. La granduchessa talvolta, negli anni precedenti, aveva citato questa profezia che riteneva indicasse il suo destino. Ora stava capitando proprio quello che aveva sempre temuto. La sera del 18 ottobre la figlia Pellegrina, il genero Ulisse Bentivoglio, il cardinale Ferdinando, il vescovo di Pistoia, monsignor Ottavio Abbioso, e il segretario ducale, Pandolfo de' Bardi. avvisarono Bianca che il granduca aveva chiesto i sacramenti. Non sappiamo di preciso cosa sia successo nelle ore successive. Si disse che la granduchessa si fosse aggravata ulteriormente a questa notizia, ma le testimonianze sono contradditorie. Si disse anche che la granduchessa fosse stata tenuta all'oscuro del decesso del marito. Un primo punto oscuro.

Pellegrina in quella fase era certamente nella stanza della madre con altre donne a vegliarla ed assisterla perché ormai il granduca era già morto. Oltre a loro c'erano il medico personale di Bianca, Pietro Cappelli, il frate Maranta, che aveva confessato il granduca poche ore prima, il vescovo di Pistoia, Ottavio Abbioso, il medico di corte Giulio Angeli e la dama di compagnia della granduchessa, Lena Arrighi. Intanto il cardinale Ferdinando aveva lasciato la villa di Poggio a Caiano per raggiungere Firenze e per prendere formalmente il potere sul Granducato.

Pellegrina e suo marito, il conte Ulisse Bentivoglio, rimasto anche lui nella villa, erano da tempo parte integrante della corte medicea. Quindi erano perfettamente al corrente dei diritti economici della granduchessa sui lucrosi redditi da frumento dell'intera Toscana. Questo era uno dei privilegi speciali che il granduca Francesco aveva assegnato da tempo alla consorte. Pellegrina, probabilmente consigliata dal marito Ulisse Bentivoglio, chiese al frate Maranta di preparare una dichiarazione in cui fosse indicato espressamente che, in caso di morte di Bianca, il danaro proveniente dal privilegio sui frumenti fosse lasciato a lei, in quanto sua figlia.[34]

Desta una certa sorpresa che in quei momenti, terribili e concitati, Pellegrina abbia pensato al denaro. Questo documento potrebbe però costituire un importante indizio. Cioè rivelarci che la granduchessa, pur sofferente, in quelle ore fosse invece ancora lucida e che, preoccupata per il suo destino, volesse favorire sua figlia. In questa fase una figura un po' ambigua rimane quella del marito di Pellegrina, Ulisse Bentivoglio che era certamente molto interessato, per la propria avidità, alle ultime volontà di Bianca a favore della moglie. La dichiarazione fu scritta dal frate Maranta e controfirmata dalle autorevoli persone presenti nella stanza della granduchessa: il frate stesso, il vescovo Ottavio Abbioso ed i medici Pietro Cappelli e Giulio Angeli. Poi fu letto ad alta voce alla granduchessa.

Ma dopo circa un anno dall'insediamento del fratello cardinale al vertice del Granducato entrò in scena il vescovo di Pisa, Carlo Antonio dal Pozzo che, su richiesta di Ferdinando stesso, contattò ciascuno dei quattro firmatari delle ultime volontà di Bianca per fare loro sconfessare il documento. Il vescovo Abbioso, temendo le ire del nuovo granduca, rinnegò la sua firma con questa dichiarazione capziosa che contraddice quanto sottoscritto dalle altre persone presenti (alcuni di questi infatti sostennero che Bianca rimase lucida fino alla fine).

Ecco uno stralcio da testo originale della ritrattazione del vescovo: *"...fu letta la scrittura alla granduchessa che era sorretta da alcune donne che le stavano intorno tenendola quasi a sedere. Noi leggevamo la scrittura nella parte stretta del letto perché la sponda e i due lati erano tutti circondati da persone, tanto che io non potei accostarmi di più a lei. Prima di finire la lettura alcuno disse: non*

---

[34] *Archivio di stato di Firenze - Atto originale delle ultime disposizioni di Bianca Cappello firmato da padre Domenico Maranta, dal vescovo Ottavio Abbioso e dai dottori Giulio Angeli e Pietro Cappelli (20 ottobre 1587) – Mediceo del principato Filza 5947 Doc. IX.*

vedete che non sente et è già passata? Altri dicevano: leggete sino alla fine perché ode et è viva. Allora m'appressai al letto e mi parve come in estasi e ormai fuori dai sensi ed ebbi l'impressione che fosse spirata. Ma essendo stata Sua Altezza deposta dalle donne, in quel mentre io la vidi fare qualche moto tanto che le diedi l'Estrema Unzione. Tuttavia, mentre leggevo, non fece mai alcun atto di conferma, nemmeno del capo".[35]

In effetti il vescovo Abbioso diede l'estrema unzione a Bianca, ma i fatti non si svolsero esattamente con questa sequenza temporale. Le ultime volontà di Bianca furono dettate al frate Maranta alcune ore prima dell'estrema unzione impartita dal vescovo: quando lei era ancora lucida e ne aveva persino definito i contenuti con sua figlia Pellegrina. Come riportato in precedenza, Bianca aveva già scritto un suo testamento anni addietro, ma in quelle ore, sentendosi in pericolo di vita, aveva voluto fare una donazione aggiuntiva a vantaggio della figlia. Anche il medico di corte, Pietro Cappelli, dopo un anno, sconfessò la dichiarazione riguardante le ultime volontà di Bianca, peraltro firmata anche da lui, dicendo che non aveva sentito bene se le era stata letta. Lo stesso fece il medico Giulio Angeli.[36]

L'unico a rifiutare il sottile e minaccioso invito del vescovo di Pisa a ritrattare il documento fu il frate Maranta. Era un prelato onesto ma anche lui era terrorizzato dalle eventuali ire del nuovo granduca Ferdinando e se la cavò con eleganza clericale. Affermò che il documento era reale e la sua firma anche, ma non era certo che il testo fosse stato letto bene alla granduchessa perché lui si era spostato nella stanza accanto.

Da queste firme e dalle successive sconfessioni si potrebbe pensare che le ultime volontà di Bianca siano state raccolte mentre il cardinale Ferdinando era già a Firenze, senza che lui lo sapesse. Nel documento risulta che l'importo proveniente dalla vendita del frumento fosse di 30.000 scudi (circa 3.400.000 euro).

Oppure che Ferdinando stesso abbia imposto a Bianca di lasciare questa somma a Pellegrina e a suo marito per ottenere il loro silenzio su come si era svolto il colpo di stato, con l'intenzione di fare invalidare

---

[35] *Archivio di stato di Firenze - Lettera del vescovo Ottavio Abbioso a Carlo Antonio Dal Pozzo, Vescovo di Pisa, in cui ritratta la sua testimonianza (20 gennaio 1589) – Mediceo del Principato Filza 5947 Doc. IX.)*

[36] *(Archivio di stato di Firenze - Lettera di Giulio Angeli all'arcivescovo di Pisa Carlo Antonio Dal Pozzo in cui ritratta la sua testimonianza (9 gennaio 1589) - Mediceo del Principato Filza 5947 Doc. IX).*

successivamente il documento. Come dire: "facciamo fare a Bianca un testamento a favore della figlia (e del marito) per farli stare zitti, qualsiasi cosa abbiano visto in villa, poi uccidiamo Bianca col veleno in un momento in cui la figlia è fuori stanza. Successivamente (come infatti avvenne un anno dopo ndA) facciamo sconfessare il testamento e recuperiamo i soldi".

Di fatto le ultimissime volontà di Bianca furono disattese. Il nuovo granduca Ferdinando le fece sconfessare da chi le aveva sottoscritte e trattenne la somma per sé rifiutandosi di riconoscerla a Pellegrina. Nell'ipotesi dell'assassinio di Bianca, la presenza di Pellegrina e del marito Ulisse Bentivoglio nella villa costituiva un'importante polizza di assicurazione di Ferdinando per tranquillizzare soprattutto il sospettoso papa Sisto V.

I due coniugi (Pellegrina e il marito) furono ben presto allontanati dalla corte fiorentina e rientrarono a Bologna (ricordiamo che Ulisse Bentivoglio era il signore della città felsinea, stretta alleata di Firenze). Entrambi sapevano perfettamente come si erano svolte le cose a Poggio a Caiano dal 7 ottobre fino alla quasi contestuale morte dei due granduchi dodici giorni dopo.

Una misteriosa testimonianza collegata alle vicende di Pellegrina e Ulisse Bentivoglio è riportata da un'altra fonte. Si tratta di un documento, scritto in quegli anni a Bologna da un anonimo cronista e conservato nella Biblioteca comunale della città emiliana. Riporta che Pellegrina, qualche anno dopo questi fatti, fu uccisa, affogata nelle acque vicine ad Argenta dal marito Ulisse Bentivoglio. Nel documento si ipotizza che il mandante dell'omicidio fosse stato il nuovo granduca Ferdinando. Forse Pellegrina sapeva troppo della misteriosa morte di Francesco, di quella della madre Bianca e di qualche altra faccenda avvenuta in quei giorni nella villa di Poggio a Caiano?

All'alba del 20 ottobre, anche la granduchessa ricevette il sacramento della comunione (il Viatico). Quasi certamente non sapeva ancora della morte del granduca perché, poche ore prima di morire, aveva sussurrato al domenicano Maranta: *"Fate fede al Serenissimo don Francesco, mio consorte, che sempre gli sono stata fedelissima et amantissima e chiedetegli perdono se gli avessi mai fatto qualche offesa"*.

Poi pare chiedesse al vescovo Abbioso di informare della propria infermità suo padre, ser Bartolomeo a Venezia. La lettera che informava il padre di Bianca fu inviata dall'Abbioso il 22 ottobre, due giorni dopo.

Altro mistero. La lettera sembra confezionata dall'Abbioso su propria iniziativa (o forse "ispirata" da Ferdinando?). Attribuisce a Bianca alcune affermazioni sulla propria morte che sarebbe stato impossibile venissero espresse da lei. Qui un passo molto strano della lettera. L'Abbioso riporta al padre di Bianca il rammarico di lei per non avergli potuto dare i suoi ultimi baci, come se "sapesse di morire". Qui lo stralcio sospetto della lettera *: …con farle fede in suo nome, che per nessuna altra cosa li pesava l'uscir di questa vita, se non per il dolore che conosceva doverne sopravvenire a lei, et si affliggeva in estremo di non aver potuto darle gli ultimi baci….*

La frase è incongruente con la sequenza temporale dei fatti. Come poteva l'Abbioso attribuire ad una persona morta, il cruccio di non aver potuto, da viva, dare al padre gli ultimi baci prima della propria morte? Ecco il testo integrale della lettera sospetta scritta dall'Abbioso: *«Haverà Vostra Eccellenza inteso la grave nostra iattura della perdita, che l'altro giorno facemmo delli serenissimi Gran Duca et Gran Duchessa, che siano in gloria, seguita, di lui la sera del 19 a quattro ore e mezzo di notte, di lei il giorno susseguente intorno alle sedici: avendo eglino fatto il lor passaggio cristianissimamente et con tutti gli ordini di Santa Chiesa: gli ultimi dei quali è convenuto a me di dare a Loro Altezze, con la raccomandazione dell'anima, per compimento della mia obbligatissima et devotissima servitù. Tuttavia perché detta serenissima mia Signora di scrivere mi comandò a Vostra Eccellenza Illustrissima con farle fede in suo nome, che per nessuna altra cosa li pesava l'uscir di questa vita, se non per il dolore che conosceva doverne sopravvenire a lei, et che si affliggeva in estremo di non aver potuto darle gli ultimi baci, et pigliar da lei la sua desideratissima benedizione, a sapendo certo che anco Vostra Eccellenza Illustrissima si sarebbe di ciò grandemente rammaricata; però non ho potuto mancare di farle questi pochi versi per significarle, con infinito mio cordoglio, quanto di sopra. È ben vero che io non posso interamente soddisfare al comandamento di detta Altezza, la quale mi soggiunse con tenerezza e abbondanza di lacrime, di consolare Vostra Eccellenza Illustrissima e l'Eccellentissimo signor Vittorio* (Vettore, il fratello di Bianca ndA), *et il clarissimo signor Girolamo* (Girolamo Cappello. amato cugino di Bianca, ancora vivo mentre l'altro cugino Andrea era mancato tempo prima ndA), *quali tutti si rappresentava afflittissimi. Mi trovo di maniera stordito di questo inaspettato o doppio et durissimo colpo, che non solo io non sono atto a obbedire a detta Altezza in questa parte, ma neanco a farne la scusa che dovrei*".

A circa 11 ore dalla morte di Francesco, si racconta che Bianca abbia pronunciato queste parole *"…pur ancora a me conviene morire col mio signore*" e, dopo aver mandato un gemito straziante, morì alle 16 circa di martedì 20 ottobre.

Al momento della sua morte non aveva raggiunto il quarantunesimo anno. Il mistero della fine di Bianca rimane. In particolare non è credibile che due persone ammalate di malaria, con decorso della malattia molto differente (forma grave per Francesco e più leggera per Bianca) siano deceduti nello stesso giorno, a sole 11 ore l'una dall'altro. Alcuni cronisti dell'epoca riportano un'indiscrezione secondo la quale l'allora speziale di corte, Borbottino detto "Il vecchio", abbia descritto così ad alcuni confidenti la morte di Bianca: *"…le fu portata una medicina ma nonostante l'apportatore le dicesse che la prendesse per confortarsi, ricusando ella di pigliarla, egli dovette ritornare a riferire che ella non la voleva. Gli fu allora commesso che gliela facesse prendere a forza o che si strozzasse. Ond' ella, fatta della necessità virtù, non giovandole dir di no, inteso il gergo, bevve per dormir presto, sì come fece, sonni eterni…".*

Qui può essere utile ricordare che Isabella de' Medici, sorella di Francesco I, il 14 luglio 1576 fu strozzata con un lenzuolo dal marito Paolo Giordano Orsini che era venuto a sapere dell'infedeltà della moglie con il cugino di lui. L'omicidio fu compiuto lontano da occhi indiscreti, in una villa a Cerreto Guidi. Pochi giorni prima c'era stato un altro delitto in casa Medici: l'assassinio di Leonora, cugina per parte di madre di Isabella de' Medici. Anche lei fu strozzata con un lenzuolo dal marito, Pietro de' Medici, nella villa medicea di Cafaggiolo nel Mugello. Leonora aveva una tresca amorosa con Bernardo Antinori della nobile famiglia fiorentina. Pure Petro la soffocò con un lenzuolo. Evidentemente, in casa Medici, le ville e le lenzuola erano un po' pericolose per le signore.

Bianca morì misteriosamente proprio in una villa e fra le lenzuola del suo letto…

FU UN DUPLICE DELITTO?

Questa la vicenda dei due granduchi secondo i documenti originali dell'epoca, i racconti dei cronisti del tempo e numerosi testi (questi ultimi più o meno affidabili) scritti dal 1587 fino a oggi. Qui si è cercato di selezionare le fonti più credibili e di incrociarle fra loro. Come accennato il resoconto ufficiale degli ultimi giorni e della morte dei due granduchi è contenuto nel citato documento, conservato nell'Archivio di Stato di Firenze, redatto dai dottori che li assistettero. Esso fu però scritto il 27 ottobre 1587, dopo che l'ex cardinale Ferdinando era già diventato granduca, quindi fu certamente "filtrato" da lui. L'atto è scritto in latino. Porta la firma autentica di Pietro Cappelli, il medico di corte e docente di medicina nell'accademia di Pisa. Era il già citato e fidato medico personale della granduchessa Bianca. Le altre firme sono quella di Giulio Cini, il medico personale del cardinale Ferdinando e di

Baccio Baldini, docente nell'ateneo di Pisa, che era stato il protomedico di Cosimo I. Questi tre dottori furono presenti a Poggio a Caiano per tutti i giorni della malattia dei granduchi fino alla loro morte (circa due settimane).

Da questa relazione appare che il granduca morì di una febbre terzana intermittente mentre della malattia di Bianca, che da altre fonti sembrò meno grave, nel resoconto non si parla. Oltre a questo documento, esistono alcuni carteggi fra il Vaticano e il Nunzio del papa presso la corte Toscana. Questi dispacci, quasi giornalieri, sono conservati in parte negli Archivi segreti vaticani ed in parte nell'Archivio di Stato di Firenze. Si aggiungono a questi documenti i dispacci che, nei giorni della malattia, venivano inviati di continuo alle corti degli altri stati e le relative risposte. Sono importanti perché evidenziano il diverso livello di gravità della malattia fra i due granduchi e le contraddizioni del documento ufficiale dei dottori. In pratica da questi dispacci sembra che tutto fosse sotto il controllo medico e che il decorso non fosse preoccupante mentre dal resoconto dei dottori si evince il progressivo peggioramento della malattia del solo granduca.

Cosa pensare? Una fonte "provocatoria" del tempo sostenne senza mezzi termini che la morte dei granduchi fosse stata un duplice omicidio. Si tratta di una lunga lettera inviata da Gian Vittorio Soderini (un personaggio che si opponeva ai Medici) a Silvio Piccolomini a Siena il 21 dicembre 1587 (due mesi dopo i fatti). Il documento afferma che la morte di Francesco e Bianca fu un duplice omicidio su mandato di Ferdinando. Alla data della lettera l'ex cardinale era già il nuovo granduca e poichè il contenuto di questa era gravemente diffamatorio nei suoi confronti ed era stato esteso a tutte le corti europee da altri cronisti "scandalistici" del tempo, il Soderini fu fatto condannare a morte per decapitazione. Successivamente la pena gli fu commutata in una lunga detenzione nel carcere di Volterra, noto per le sue sofisticate macchine di tortura. Il nuovo granduca ritenne che decapitare il Soderini avrebbe avuto l'effetto "boomerang" di confermare la diceria del delitto.

Fino a questo punto abbiamo analizzato gli eventi di Poggio a Caiano quasi ora per ora. Ora, postulando l'omicidio, proviamo ad ipotizzare chi sia stato l'eventuale colpevole (o i colpevoli). Monitoriamo uno ad uno i personaggi presenti nella villa e le loro eventuali motivazioni. Andando per esclusione, si ritiene di assolvere dai sospetti la figlia di Bianca. Pellegrina aveva provveduto per tanti giorni, ora per ora, ad assistere personalmente sia Francesco che Bianca. La sua successiva uccisione, di cui riparleremo fra poco, fa però pensare che lei fosse a conoscenza di qualche grave segreto. Sono esclusi dai sospetti i tre religiosi: il vescovo Ottavio Abbioso, il domenicano Maranta ed il parroco della vicina basilica di S. Maria in Bonistallo, il luogo dove si provvide a conservare gli organi interni dei corpi dei granduchi dopo l'autopsia. Ci sembra di poter escludere dai sospetti anche alcuni ospiti della villa: il conte Sigismondo De' Rossi di San Secondo che era il fedele generale della cavalleria del Granducato di Toscana, il cavaliere Traiano Bobba dei signori di Rosignano nel Monferrato, carissimo amico della coppia di granduchi e il conte Pandolfo De' Bardi, che fu sempre il fedele segretario di corte di Francesco e Bianca.

Il fatto che quest'ultimo, dopo le morti dei granduchi, sia andato a vivere a Venezia ha insospettito qualche storico. Fu ipotizzato che la Serenissima fosse stata la mandante dell'eventuale omicidio del granduca Francesco il quale, come abbiamo visto, dopo il 1585 aveva preso le distanze politiche da Venezia. Ma questa ipotesi comprenderebbe anche l'uccisione di Bianca, dato che ad agire sarebbe stata la stessa mano. Non sembra sostenibile. Venezia non avrebbe mai ucciso una sua "*Figlia dilettissima*" e comunque la Serenissima ricorreva alla sua tradizionale diplomazia con le altre signorie del tempo, e non agli omicidi.

Ci sembra di poter concludere che per Francesco quasi certamente non ci fu avvelenamento. È poco probabile che il fratello cardinale abbia ucciso, o fatto uccidere, uno della famiglia Medici. Se ne avesse avuto veramente l'intenzione avrebbe potuto farlo entro la prima settimana di malattia che invece durò 12 giorni. Va tuttavia ricordato che verso il 16 ottobre, quando la situazione di Francesco sembrava migliorare un po', tutto precipitò in soli due giorni. Ricordiamo che il granduca allora aveva chiamato a sé il fratello Ferdinando per confidargli i segreti più importanti del Granducato e gli aveva consegnato le chiavi del tesoro e i sigilli del potere. Quindi che bisogno aveva Ferdinando di uccidere il fratello che ormai gli aveva conferito il potere? Ma qualche colpevolista ritiene che, nelle ore che precedettero quel momento, Ferdinando facesse in modo che il granduca fosse "aiutato" a morire. Qualcun altro ritiene invece che la vicenda ebbe una disgraziata evoluzione naturale e Ferdinando ne abbia approfittato privando il fratello, da un certo momento in poi, di una reale assistenza medica. Su due dei tre dottori non sembra esservi alcun sospetto. Dalla relazione postuma risulta che cercassero di salvare il granduca, pur con gli scarsi mezzi di allora per questo tipo di malattie. Qualcuno ha dei dubbi su Giulio Cini, il medico di Ferdinando, che fu il primo a curarlo. Ma risulta che anche lui abbia collaborato per 12 giorni con i due dottori della corte medicea.

Si ipotizza però che i tre non abbiano effettivamente curato il granduca, ma solamente finto di farlo su ordine di Ferdinando e redatto poi una relazione falsa. Un'ipotesi che farebbe quadrare molte cose, tranne il troppo breve intervallo fra la morte di Francesco e quella di Bianca (11 ore). Tornerebbe tutto solo se, dopo il decesso di Francesco per la malattia non curata, Bianca fosse stata finita col veleno. Giulio Cini era l'unico dei medici agli ordini di Ferdinando. Fu forse lui a preparare il "medicamento" terminale per Bianca di cui raccontava quello speziale di corte citato in precedenza? L'esecutore materiale avrebbe potuto essere un sicario qualunque, ma chi fu l'eventuale mandante? Andando sempre per esclusione rimangono solo due persone sospette: lo stesso cardinale Ferdinando, fratello del granduca, ed Ulisse Bentivoglio, il genero di Bianca e marito di Pellegrina.

Per valutare chi fu l'eventuale mandante va fatto un ragionamento dinastico. Ferdinando osservava il fratello morire (in modo naturale o meno, non si sa). Da politico fine, quale egli era, gli apparve certamente, in un "flash", la successiva situazione politica del granducato. Bianca sarebbe stata la granduchessa reggente fino a che don Antonio (che secondo lui forse non era neppure un Medici) avesse raggiunto la maggiore età. Quindi una veneziana avrebbe governato il Granducato di Toscana per almeno nove anni. La sua mente intelligente già vedeva la Serenissima Repubblica di Venezia al potere anche nella sua Toscana grazie a Bianca. Una situazione per lui inaccettabile, da fargli perdere la testa. Da qui la probabile tentazione di eliminare Bianca dopo aver assistito impotente (o coadiuvante) alla morte del granduca.

Anche per la morte di Bianca non ci sono prove. Una volta Ferdinando aveva redarguito il fratello Francesco (che aveva ucciso personalmente un suo oppositore) dicendogli che queste cose non si fanno mai in modo diretto, si utilizzano i sicari.

Ecco. Per mantenere il trono di Toscana in mano ai Medici bastava che qualcuno semplicemente fornisse una "certa medicina", con effetto rapido, a Bianca. Lei morì misteriosamente poche ore dopo il granduca Francesco, dopo aver dettato con lucidità le sue ultime volontà a favore della figlia e del genero Ulisse Bentivoglio (quindi stava già meglio dalla febbre terzana). In questa ipotesi, chi potrebbe essere stato l'esecutore materiale dell'eventuale ordine di Ferdinando, dato che nella notte fra il 19 e il 20 ottobre lui era già partito per Firenze? Magari il medico di Ferdinando, non più controllato dagli altri medici nella villa e nella camera di Bianca. Oppure quello stesso Ulisse Bentivoglio che convinse, con perfetto tempismo (quasi già sapesse che Bianca "doveva" morire) l'affranta Pellegrina a far scrivere al frate Maranta quella dichiarazione sul denaro del frumento, poco prima del decesso della granduchessa. Non ci sono le prove neppure per queste ipotesi. Esiste solo quello strano documento, conservato nella Biblioteca di Bologna.

Ricordiamolo ancora qui. Un anonimo del tempo scrisse che Pellegrina, qualche anno dopo, fu uccisa dal marito, Ulisse Bentivoglio, per affogamento in un canale presso Argenta. Vi è indicato che l'ordine fosse partito da Firenze. Ma chi fu l'anonimo che lo scrisse? Era un cronista attendibile, uno della famiglia Bentivoglio oppure il solito contemporaneo in vena di gossip? Certamente la figlia di Bianca, che si era prodigata per 12 giorni ai capezzali dei due granduchi, aveva visto tutto. In particolare, su come era morta (o uccisa ?) sua mamma Bianca, la granduchessa. E chi sa troppo di un delitto, quasi sempre viene eliminato.

L'AUTOPSIA DEI DUE GRANDUCHI

In quel tempo era prassi effettuare l'autopsia dei governanti deceduti per verificare le cause delle loro morti. Già subito dopo quella del granduca Francesco, fu richiesto ai medici di procedere in tal senso. Il cardinale Ferdinando (ormai nuovo granduca di Toscana) era rientrato a Firenze per la serie infinita di incombenze che si può immaginare lo attendessero in città. Intanto era venuta a mancare anche la granduchessa Bianca, ma per le consorti dei regnanti non era prevista nessuna indagine post mortem. Il vescovo Abbioso e il genero di Bianca, Ulisse Bentivoglio, mandarono immediatamente da Poggio a Caiano a Firenze un dispaccio diretto a Ferdinando per sapere cosa dovevano fare del corpo di Bianca. Ferdinando, attraverso il suo segretario Usimbardi, ordinò a quello dei granduchi, Serguidi, che era rimasto con loro a Poggio a Caiano per custodire i corpi, che provvedessero all'esame degli organi interni di entrambi, anche quelli di Bianca, per evitare sospetti di qualsiasi tipo.[37]

L'autopsia della granduchessa venne eseguita alla presenza della figlia Pellegrina e del genero Ulisse Bentivoglio. Qualcuno riporta che fosse stato obbligato ad assistere all'operazione anche don Antonio (allora

---

37 *Archivio di Stato di Firenze – Ordine di Ferdinando I al suo segretario cav. Serguidi di far aprire anche il corpo della granduchessa Bianca Cappello (20 ottobre 1587) - Mediceo del Principato Filza 5947 ins. 2.*

undicenne), ma non lo riteniamo credibile. L'esame necroscopico fu eseguito dai dottori Pietro Cappelli, Giulio Angeli de Barga, Jacopo Soldani e Baccio Bertini, rimasti tutti a Poggio a Caiano. La relazione ufficiale dell'autopsia, firmata dai medici è conservata a Firenze. [38]

Vi si legge che il granduca aveva lo stomaco e il fegato infiammati per l'abuso continuo del suo "elisir vitae" e dello spirito di vetriolo, i polmoni risultavano in pessimo stato, la milza malata, i reni ingrossati e di colore insolito. Vi si legge anche che la granduchessa aveva un polmone leso e il fegato e l'utero ammalati. Per lei furono evidenziati anche i segni della idropisia (di cui in effetti Bianca era afflitta da almeno due anni). Il 28 ottobre i tre dottori sottoscrissero anche quel citato documento sul decorso della malattia. Le due date sono successive a quella della presa di potere da parte di Ferdinando per cui qualcuno dubita della loro obiettività.

Il quadro descritto nella relazione autoptica appare esageratamente catastrofico: indica la malaria come causa della morte, ma sembra scritto apposta per far pensare che in ogni caso, la vita dei due granduchi non sarebbe durata troppo a lungo. Un quadro che alcuni ritengono facesse molto comodo a Ferdinando per giustificare la necessità della propria successione al trono del granducato.

Dalle testimonianze del tempo risulta invece che i due granduchi conducessero una vita complessivamente sana. Francesco, in particolare, fino a quindici giorni prima del decesso aveva trascorso intere giornate a caccia intorno alla villa e si era dedicato ad altre piacevoli attività all'aperto, tipiche di una persona in perfetta salute. Come anticipato nell'introduzione, nel 2005 alcuni docenti dell'università di Firenze presero in esame alcuni tessuti delle interiora attribuiti a Francesco e Bianca. Furono reperiti, da questi stessi ricercatori, in alcuni vasi di ceramica trovati sotto il pavimento della chiesa di S. Maria in Bonistallo, che si trova a un chilometro dalla villa di Poggio a Caiano, il luogo dove fu effettuata l'autopsia. Tali tessuti furono identificati come appartenenti ad un uomo e ad una donna del XVI secolo.

Quelli dell'uomo furono confrontati con alcuni frammenti appartenenti al corpo del granduca Francesco, riesumato per l'occasione dalle Cappelle medicee a Firenze. I professori fiorentini

---

[38] *Archivio di Stato di Firenze – Relazione autopsia dei fisici e cerusici della sezione dei cadaveri del granduca Francesco I e della granduchessa il 26-28 ottobre 1587 - Miscellanea Medicea Filza 28 ins. 22 cc.5-8.*

scoprirono che il dna dei tessuti delle interiora trovate a Bonistallo coincide con quello dei tessuti del solo Francesco (il corpo di Bianca non è mai stato ritrovato).

L'esame ha anche confermato la presenza nei tessuti di arsenico in quantità letale, per cui è stata avanzata l'ipotesi di avvelenamento. Occorre però considerare che in quel tempo l'arsenico era utilizzato per la migliore conservazione delle salme. Qualche anno dopo alcuni professori dell'università di Pisa contestarono le indagini fiorentine ed evidenziarono, nelle ossa di Francesco, la presenza di *Plasmodium falciparum*, un protozoo parassita della malaria (causa della febbre terzana maligna).

Successivamente una professoressa di questo secondo team, pur riconfermando l'ipotesi della morte per febbre terzana, dichiarò ad alcuni studiosi che non si poteva comunque escludere l'arsenico come concausa delle morti dei due granduchi.

LE TUMULAZIONI DEI DUE GRANDUCHI A FIRENZE

I cronisti del tempo come Agostino Lapin. nel suo Diario Fiorentino, ed altri ci hanno lasciato la descrizione di come avvennero le tumulazioni dei granduchi. Le salme di Francesco e Bianca furono poste in lettighe coperte di velluto nero con frange d'oro, ornate da una croce di raso rosso e trasportate dalla villa di Poggio a Caiano in città. A Firenze giunse per primo il corpo del granduca (la notte del 20 ottobre alle tre). Quello di Bianca arrivò la notte dopo. Oltre centocinquanta staffieri con torce bianche circondavano il feretro del granduca che entrò in San Lorenzo fra due ali di folla. In tutta la città le campane suonavano a morto, con lenti rintocchi. I Cavalieri di Santo Stefano portarono a spalle la lettiga fino all'altare maggiore e il giorno seguente il granduca venne esposto al popolo in abito ducale con la corona in capo, lo scettro in mano, la spada al fianco, abbigliato con l'abito di Gran Maestro dell'Ordine di Santo Stefano.

E cosa avvenne delle spoglie di Bianca? Alla porta della città mossero incontro alla bara molti fiorentini. La salma della granduchessa, attraversò Firenze accompagnata da 30 torce, dai suoi fedelissimi a cavallo, dai cortigiani e dai servitori più affezionati a lei. Bianca appariva in abito vedovile e venne deposta sullo stesso palco dove era stato prima il corpo del marito. Finito il breve ufficio funebre l'artista Bernardo Buontalenti, che aveva realizzato tante scenografie e numerose opere artistiche per i due granduchi, chiese a Ferdinando se anche la granduchessa si doveva esporre in chiesa con la corona, come si era fatto per Francesco. Il nuovo granduca, ora ex cardinale, che odiava la veneziana, lo proibì dicendo che Bianca si era vista anche troppo con la corona. Gli fu allora chiesto dove doveva essere tumulata. Ferdinando rispose sarcasticamente: "*Dove volete, ma non la vogliamo tra i nostri*". Ovviamente non fu gettata in una fossa comune come riportarono più tardi alcuni che però non erano stati testimoni diretti.

Tra i presenti c'erano la figlia Pellegrina, il genero Ulisse e don Antonio perciò questa offesa alla salma fu certamente evitata. In un manoscritto del diarista Moreni è scritto: "*..fu la Bianca portata di notte in Fiorenza e immediatamente sotterrata sotto le logge di San Lorenzo in un avello senza alcuna pompa, né mostrata ad alcuno*".

Un altro fiorentino il 28 novembre del 1587 (il mese successivo ai fatti) scriveva al genero che si trovava a Vienna e narrandogli le esequie del granduca, a proposito di Bianca si espresse così: "*...della granduchessa però nessuno parla. Fu messa fuori della chiesa di San Lorenzo appiè della scala dalla parte del fianco*". Il vescovo di Arezzo, Piero Usimbardi, nella "Storia di Ferdinando" scrisse che, per ordine del nuovo granduca "*fu seppellita nella chiesa inferiore di S. Lorenzo, separatamente*".

Forse questa è la notizia più attendibile. Lo scrittore Enrico Guglielmo Saltini nel XIX secolo indicava che fino alla metà del 1800 si sapeva per tradizione il luogo dove Bianca era stata sepolta.

In un sotterraneo di S. Lorenzo era presente una semplice iscrizione: Biancha Cappello. L'iscrizione fu poi rimossa e della tomba si perdettero le tracce. Quando nel 1906 fu costruito un nuovo ingresso in S. Lorenzo, gli operai colpirono accidentalmente una tomba senza nessuna iscrizione e vi trovarono un corpo di donna con capelli biondi, vestita di abiti rinascimentali.

LE QUATTRO AZIONI DI FERDINANDO

Sulla figura di Ferdinando gli storici sono divisi. C'è chi ritiene che avesse progettato da tempo un colpo di stato per prendere il potere sul granducato di Toscana mediante l'omicidio del fratello granduca Francesco e della cognata granduchessa Bianca, c'è invece chi lo ritiene innocente.

In questo secondo caso la morte dei granduchi sarebbe stata causata dalla malattia e lui avrebbe rinunciato al suo ruolo di cardinale per necessità di successione. Noi qui non vogliamo esprimere giudizi a favore di una o dell'altra tesi. Ci siamo limitati a riportare i fatti documentati. Sarà il lettore a fare le sue valutazioni sulla base delle proprie osservazioni, tenendo però conto del seguente comportamento del cardinale dopo la morte dei due granduchi.

Già abbiamo visto come Ferdinando avesse ordinato l'autopsia per entrambi, quando di norma veniva eseguita solo per i regnanti e non era prevista per le mogli. Ci viene in mente istintivamente il vecchio detto latino: *"excusatio non petita, accusatio manifesta"* (un'autopsia non richiesta da nessuno poteva servire ad allontanare i sospetti più o meno fondati e, nello stesso tempo, potrebbe confermare l'eventuale validità delle ipotesi accusatorie che furono formulate da molti).

Il comportamento di Ferdinano appare poco giustificato anche nella fase delle tumulazioni dei granduchi. Per il fratello Francesco esequie solenni e il sepolcro nelle Cappelle medicee (tutt'ora visitabili), per Bianca (che era la granduchessa di Toscana da nove anni) una tumulazione nell'anonimato. Già così c'è da porsi qualche domanda.

Ma esaminiamo gli altri comportamenti dell'ex cardinale nelle settimane immediatamente successive e nel tempo a seguire.

Saranno presi in considerazione quattro elementi storici pienamene documentati: la "*damnatio memoriae*" della granduchessa Bianca con l'eliminazione sistematica, da lui orchestrata, di ogni traccia della cognata, le sue comunicazioni post-decesso con il papa Sisto V e con le altre corti del tempo, le sue delibere per escludere dall'eredità e dalla successione don Antonio (il figlio che il granduca Francesco aveva riconosciuto con un documento ufficiale del 1582 e quindi legittimo erede al trono della Toscana), infine le sue interazioni con la veneziana famiglia Cappello e con la Signoria veneta in riferimento alle morti dei due granduchi.

Dall'esame di ciascuno di questi quattro elementi si potrà avere un quadro complessivo per valutare meglio se Ferdinando va considerato l'artefice di una precisa strategia per prendere il potere al posto del fratello oppure se tutto sia avvenuto in modo naturale (quindi che la malattia di Francesco e Bianca abbia giocato solo casualmente una opportunità a suo favore).

Va considerato anche che a Roma Ferdinando aveva una voragine di debiti di gioco e, una volta al potere, trovò un patrimonio intatto ed un enorme tesoro.

PRIMO. LA "DAMNATIO MEMORIAE" PER BIANCA

Subito dopo le tumulazioni dei due granduchi (come detto, non si è mai saputo di preciso dove fu sepolta la granduchessa) Ferdinando volle eliminare ogni traccia della memoria di Bianca e fece sparire le sue immagini dai palazzi medicei e da ogni luogo pubblico. La sua azione in tal senso fu sistematica e ha lasciato sconcertati gli storici nei secoli successivi, perfino quelli a favore di Ferdinando stesso. Sembra quasi che il nuovo granduca fosse animato da un particolare ed ingiustificato odio contro di lei. Qualcuno, per spiegare questo strano atteggiamento di Ferdinando, ipotizza che, alla morte di Francesco (ammettiamo naturale, per malaria) il nuovo granduca abbia proposto a Bianca di diventare sua consorte, ma che lei abbia rifiutato la proposta con sdegno. E che anche per questo sia stata uccisa poche ore dopo la morte di Francesco. Questi storici considerano che la sua morte sia tata un femminicidio in piena regola, da parte di uno spasimate rifiutato.

Non si tratta di fantasie del tutto campate in aria. Pare proprio che, da tempo, Ferdinando avesse l'ossessione di sostituirsi al fratello. E non solo al potere del Granducato, ma anche sposando Bianca, da tutti considerata una bellissima donna. A sostenere questa tesi alcuni storici indicano che nel suo palazzo romano dei Medici aveva fatto dipingere una scena erotico-soft in cui lui appariva nudo in atto di sposare Giunone, la moglie di Giove. Qualche esegeta rileva che Giove (Giove: colui che detiene il potere) potrebbe riferirsi proprio a Francesco e Giunone a Bianca. Il personaggio nudo del quadro sarebbe Ferdinando che nella scena si sostituisce a Francesco-Giove.

Probabilmente queste sono solo ipotesi di qualche storico, ma non si può escludere nulla. Certamente Ferdinando nutriva grande invidia per il ruolo di potere del fratello del quale (probabilmente a ragione) si considerava più intelligente. E risulta che effettivamente Bianca Cappello fosse una donna in grado di far perdere la testa ad ogni uomo. Per esempio Francesco I si era innamorato di lei dopo averla vista una sola volta e successivamente le aveva fatto lo "stalking" per anni, tampinandola per tutte le chiese di Firenze come riportavano alle loro Signorie sia gli ambasciatori veneziani che quello ferrarese, Ercole Cortile.

Si è anche detto che lo stesso papa, il morigerato Sisto V, aveva preteso dal pittore romano Scipione Pulzone, detto il Gaetano, un ritratto di Bianca da portare nei suoi appartamenti in Vaticano. Come lui, diversi prelati romani ne avevano voluto uno ognuno per sé. Tutti questi religiosi erano certamente attratti dalla bellezza spirituale ma, più terrenamente, anche da quella di alcune e selezionate creature femminili dell'epoca, che certamente consideravano i migliori "prodotti" del Creatore.

Gli stemmi granducali medicei, che da otto anni erano inquartati con quello del casato di Bianca Cappello furono eliminati subito. Ferdinando li sostituì ovunque con quelli dei soli Medici. Poi ordinò che i numerosi ritratti della granduchessa Bianca presenti nei palazzi medicei di Firenze ed in tutta la Toscana, venissero distrutti. Molti di essi erano stati dipinti dai più famosi pittori del tempo come l'Allori (solo lui ne aveva dipinti almeno una ventina). Ecco perché della vera Bianca non è rimasto praticamente nessun ritratto eccetto pochissimi dispersi in Europa. Uno di loro, attribuito all'Allori, è visibile nella Galleria degli Uffizi. Qualche altro ritratto risulta in possesso di alcune famiglie romane e qualcosa è rimasto in Francia, Spagna, Austria e, pare, in qualche palazzo privato a Venezia.

Nessuno può affermare con esattezza come erano le fattezze ed il viso di Bianca Cappello quando era nella sua massima bellezza femminile (si dice che fosse una delle donne più belle d'Europa). Alcuni ritratti la raffigurano un po' appesantita e molto diversa rispetto alla leggiadra bellezza di cui si raccontava in tutte le corti e da chi l'aveva vista dal vivo a Firenze come il filosofo Montaigne. Ci fu un altro tiro mancino di Ferdinando. L'eventuale "rifiutato" fece proditoriamente in maniera che alcuni ritratti appartenenti a qualche corpulenta matrona austriaca o francese venissero associati a Bianca, in modo da screditarla anche fisicamente. La cosa è stata dimostrata da alcuni scrittori e ricercatori che hanno confrontato i ritratti attribuiti a lei ed hanno scoperto che invece si tratta di altre donne.

Fig. 4 Bianca Cappello a circa 20 anni (secondo le descrizioni coeve). Dipinto di Metocchi.

L'unico ritratto attendibile, forse il più fedele alle reali fattezze di Bianca, è presente a Madrid. Ad esso e alle descrizioni dei coevi di Bianca giovane si è ispirato il pittore Metocchi che ha realizzato un dipinto riportato in questa pagina. Forse è uno dei più vicini alla sua oggettiva bellezza di cui parlava l'intera Europa.

Gli storici sono concordi nell'affermare che, in ogni caso, il comportamento particolarmente accanito di Ferdinando nei confronti della memoria di Bianca, dopo la morte della granduchessa, sia stato incomprensibile. In quel momento lui era già al potere e non si capisce perché cercasse in ogni modo di screditare ed oltraggiare la memoria di una persona deceduta, che non gli avrebbe recato più nessun fastidio. Ma Ferdinando aveva covato per anni astio verso la cognata e questo si era trasformato in odio cieco. Paradossalmente odiava Bianca anche per la sua bontà, che lo irritava nel profondo. La granduchessa era riconosciuta universalmente buona e generosa: sia dai Fiorentini (aveva spesso mediato presso il marito granduca per salvare diversi condannati a morte) sia dagli ambasciatori italiani e stranieri che avevano spesso a che fare con lei. Ferdinando non poteva accettare, in particolare, che Bianca lo avesse involontariamente umiliato pagandogli i debiti di gioco contratti nel tempo a Roma. Era un odio sordido e profondo, forse anche originato da un'inconscia gelosia per l'amore che lei aveva per il fratello Francesco. E questo sentimento non si era placato neppure a Poggio a Caiano, nonostante che Bianca avesse contribuito a conciliare fra loro i due fratelli.

Il nuovo granduca, a ben vedere, non rispettò neppure la memoria del fratello. Francesco aveva sempre amato Bianca ma, come visto, Ferdinando non la volle nelle Cappelle medicee, nonostante lei ne avesse il pieno diritto in quanto granduchessa della Toscana. Durante nove anni aveva aiutato il granduca Francesco, di carattere scorbutico e convinto isolazionista, ad ottenere rispetto per la Toscana. Bianca aveva gestito per lui varie questioni diplomatiche, anche molto delicate. I vari ambasciatori delle corti italiane ed europee residenti a Firenze trattavano sempre con lei.

Scrittori italiani e stranieri di ogni tempo provarono stupore dinanzi alla sistematica "*damnatio memoriae*" che Ferdinando riservò a Bianca. Uno di loro, nella metà dell'ottocento, si espresse così: "*La gelosia del cognato e il timore di perdere quella corona, non sua ma del figlioletto del fratello, lo portarono a inventare calunnie, a prezzolare testimoni falsi e sicari. Dopo la morte di Bianca, l'odio di chi raccolse la corona fraterna sottraendola poscia a lei e al figlio legittimo di Francesco potè a suo bell'agio distruggere ogni traccia e rese spregevole la memoria della cognata, che non poteva più difendersi* ".

SECONDO. FERDINANDO CON IL PAPA SISTO V E LE CORTI EUROPEE

Dopo la morte di Francesco, il nuovo granduca Ferdinando dovette ridefinire il suo ruolo presso la Santa Sede e nel contempo chiarire al papa Sisto V ed alle altre corti d'Europa cosa era successo a Poggio a Caiano e quali sarebbero state le conseguenze per il granducato.

Va considerato che Ferdinando era un cardinale ma non "*in sacris*", cioè non aveva mai preso i voti come sacerdote. In quei tempi la dignità cardinalizia era concessa anche ad alcuni laici appartenenti alle famiglie più importanti. Questi laici diventavano cardinali grazie alle abbondanti elargizioni di denaro alla Santa sede da parte delle loro potenti famiglie.

Con questa prassi le corti più importanti entravano a far parte della gerarchia vaticana ponendosi ai massimi livelli di potere.

Il papa allora deteneva anche il potere temporale (era il regnante dello stato pontificio) ed aveva una indiscussa autorità politica, religiosa e morale su tutta l'Europa cattolica. Per esempio era sua prerogativa concedere importanti titoli specifici (molto ambiti dai governanti del tempo). Come quello di granduca che il papa Pio V aveva concesso il 13 dicembre 1569 a Cosimo I de' Medici, padre di Francesco e Ferdinando. Poter avere un proprio cardinale a Roma non costituiva solamente un "must" per le più importanti signorie del tempo: consentiva anche di influenzare la politica nazionale e internazionale. Sia che le morti di Francesco e Bianca siano state accidentali ovvero "provocate", Ferdinando aveva una via obbligata verso il ruolo di granduca perché non c'erano altri eredi. Il dissoluto Pietro de' Medici, fratello minore di Ferdinando e di Francesco, era stato spedito in Spagna da qualche anno e Bianca era morta con il marito. Se la granduchessa fosse sopravvissuta a Francesco, sarebbe diventata lei la reggente della Toscana per almeno nove anni, fino al raggiungimento della maggiore età dell'allora undicenne don Antonio, il figlio naturale riconosciuto ufficialmente dal granduca. Per le famiglie regnanti era questa la regola: in caso di morte del signore ed in presenza di un figlio maschio ancora piccolo, la consorte diveniva reggente fino alla maggiore età del principino. Pertanto dopo i decessi dei due granduchi, Ferdinando abbandonò la porpora cardinalizia per assumere il ruolo di granduca di Toscana. Il papa Sisto V, già molto addolorato per la prematura morte di Francesco e Bianca, rimase sconcertato da questa scelta di Ferdinando. Il Papa, come visto in precedenza, aveva promesso la sua protezione alla granduchessa in caso di morte del marito. La notizia della rinuncia di Ferdinando alla dignità cardinalizia per diventare granduca si sparse per tutta Europa e generò forti critiche al Vaticano. Il fatto suscitò scandalo pubblico ovunque ed il Papa ne soffrì molto.

Ci furono critiche da parte dei movimenti eretici della Germania e degli altri paesi nordici che colsero l'occasione per ridicolizzare il papato. Questa scelta di Ferdinando De' Medici screditò la Santa Sede anche presso la Chiesa ortodossa d'oriente, sempre rivale di quella romana. Tutti i principi europei si erano insospettiti per la misteriosa morte dei due giovani granduchi. Arrivarono dispacci con richieste di chiarimenti dai regnanti di tutta Europa. Dall'imperatore austriaco del Sacro romano impero a Vienna, Rodolfo d'Asburgo al re di Spagna Filippo II. Dalla regina di Francia, Caterina de' Medici, alle corti di Sassonia e di Baviera. Dalla regina di Polonia alle signorie italiche, fino alla Repubblica di Venezia.

A partire dai due decessi (19 e 20 ottobre 1587) fino alla fine dell'anno, si intrecciarono innumerevoli lettere diplomatiche fra il nuovo granduca e tutte le corti del tempo. Da questi documenti si evince l'indubbia abilità di Ferdinando nel fornire le spiegazioni più convincenti sulle morti dei granduchi e sulla sua scelta di abbandonare il suo ruolo di cardinale.

TERZO. IL PLAGIO DI DON ANTONIO E LA SPOGLIAZIONE SISTEMATICA DEI SUOI BENI

Dopo aver provveduto ad oltraggiare e a far cadere nell'oblio la memoria di Bianca, Ferdinando si dedicò all'annullamento dei legittimi diritti ereditari di don Antonio, il figlioletto del granduca Francesco. Attivò una precisa strategia per spogliarlo dei suoi beni immensi e del diritto alla successione al trono. Il ragazzino allora aveva 11 anni e certamente non aveva nessun mezzo per difendersi. Era rimasto scioccato dalla contemporanea e recentissima morte di quelli che lui considerava, entrambi, i suoi genitori. Come riportato in precedenza, nel 1582 (quando Antonio non aveva ancora raggiunto i sette anni) il granduca Francesco lo aveva riconosciuto suo figlio naturale con un decreto ufficiale e, qualche giorno dopo, aveva fatto redigere un testamento a favore del ragazzino. Abbiamo riportato in precedenza un esempio delle lettere affettuose con cui Francesco si rivolgeva al figlio mentre era lontano da Firenze. Se certamente don Antonio era il figlio naturale di Francesco quasi sicuramente non era figlio anche della granduchessa, come sussurravano le dicerie e indiscrezioni di corte. Pare che la vera madre fosse una giovane sconosciuta che si era prestata ad offrire il proprio "utero in affitto" al granduca. Bianca avrebbe accettato il ruolo di madre "putativa" per accontentare Francesco.

I due fratelli del granduca avevano probabilmente intuito questa strategia tesa ad assicurare la successione del granducato ad un vero figlio di Francesco, facendo credere che lo fosse anche di Bianca ma loro sospettavano che il bambino non fosse neppure figlio del granduca. In questa situazione che appariva loro poco chiara, i due fratelli, Ferdinando e Pietro, tennero sempre controllata Bianca mediante spie e misero in giro la voce che Antonio non fosse figlio di Francesco.[39]

Tuttavia i testimoni del tempo riportano che il ragazzo, una volta raggiunta la pubertà, fosse la fotocopia di Francesco giovane. I quadri dove compare don Antonio, dipinti durante la sua maturità, lo confermano identico al padre. Bianca, per amore di Francesco, si comportò sempre come se fosse la sua vera madre. Ma intanto le chiacchiere dei cognati si erano diffuse per l'intera Toscana. Ecco la ragione dei successivi e ripetuti tentativi di Bianca di avere un figlio che risultasse con assoluta certezza suo e di Francesco. Se questo figlio fosse nato, sarebbe stato un erede al trono legittimo e indiscusso e Bianca sarebbe stata definitivamente al sicuro, inattaccabile dai cognati. Tornando ai mesi successivi a quell'ottobre 1587 della morte dei granduchi, nel marzo 1588 Ferdinando fece preparare dei documenti falsi che affermavano che Antonio non fosse figlio di Francesco. Mostrò questi documenti al ragazzino (11 anni) indicandogli che gli avrebbe lasciato i beni donatigli da Francesco solo per la propria magnanimità. Gli disse però anche che, non essendo figlio del fratello, tutti i beni potevano essergli tolti a propria discrezione.[40]

Ferdinando si comportava nei confronti del ragazzino Antonio come se non fosse figlio di Francesco, ma risulta che mantenesse il dubbio. Col tempo, vedendolo crescere, cominciò a pensare che effettivamente fosse figlio almeno del fratello Francesco, al quale, dopo la pubertà, cominciò a somigliare tantissimo. In ogni caso all'inizio lo aveva plagiato per prepararlo a non avere alcun diritto sui beni ereditati dal

---

[39] *Archivio di Stato di Firenze - Carteggio segreto tra il cardinale Ferdinando e don Pietro de' Medici che suppone stratagemmi di Bianca per dare un figlio al granduca Francesco (22 febbraio- 13 maggio 1586) - Miscellanea Medicea Filza 29 ins. 43 cc 2-26*

[40] *Archivio di Stato di Firenze - Dichiarazione del granduca Ferdinando (firmata da Carlo Alberto 40 Archivio di Stato di Firenze - Dichiarazione del granduca Ferdinando (firmata da Carlo Alberto Dal Pozzo e dal segretario P. Usimbardi) in cui dichiara che ogni sua possibile donazione a don Antonio De' Medici deve essere considerata nulla (5 marzo 1588) - Pergamene Medicee N. 573*

padre e, con quegli stessi documenti, gli aveva tolto subito la dignità dinastica. Gli mantenne sempre nascosto il citato testamento del 1582 del granduca Francesco che lo nominava proprio erede universale e successore al trono.[41]

Nel 1589 fece anche sconfessare i tre testimoni che avevano firmato le ultime volontà della madre Bianca che lasciava molti dei propri beni anche ad Antonio. Comunque Ferdinando mantenne il ragazzo a corte assegnandogli ruoli marginali, pur se abbastanza dignitosi. Ferdinando era indubbiamente intelligente e macchinoso, ma era combattuto fra l'incertezza sulla vera origine di don Antonio e la propria cupidigia, ferma restando la sua incrollabile determinazione a voler mantenere il potere sul granducato di Toscana nelle proprie mani per sempre. Non pensò mai, neppure lontanamente, di cederlo ad Antonio al raggiungimento della sua maggiore età, come sarebbe stato doveroso nel rispetto del testamento del fratello. Nel 1590 fece firmare ad Antonio un testamento in cui era scritto che nominava Ferdinando suo erede per tutti i propri beni. Infine nel 1594 gli fece sottoscrivere un lascito a proprio favore anche di quei beni che nel 1588 lui stesso gli aveva lasciato "per magnanimità".[42]

La macchinosa operazione di spogliazione era chiusa: Ferdinando, nel giro di qualche anno, si era appropriato di tutti i beni di don Antonio. Antonio, ormai privo dei diritti dinastici e delle eredità paterna e materna, mantenne il semplice titolo principesco di "eccellenza" ma fu obbligato da Ferdinando a rimanere celibe per sempre. Lo fece entrare giovanissimo nell'Ordine dei Cavalieri di S Stefano che prevedeva il voto di castità, quindi nessun discendente. Una volta adulto, un eventuale figlio di Antonio avrebbe potuto smascherare le manovre di Ferdinando.

Don Antonio, nella sua vita adulta, partecipò ad alcune battaglie contro i Turchi in Ungheria, al servizio del Sacro Romano Impero, alleato della Toscana. Morì di morte naturale nel 1621 all'età di soli quarantacinque anni. La sua salma venne tumulata nella chiesa di S. Lorenzo, ma non nelle Cappelle medicee. Semplicemente presso la

---

41 *(Archivio di Stato di Firenze - Falsa donazione del granduca Ferdinando a don Antonio de' Medici (6 marzo 1588) – Mediceo del Principato Filza 5132)*

42 *(Archivio di Stato di Firenze – "Donazione di tutti li mia beni" di don Antonio de' Medici al granduca Ferdinando (13 aprile 1594) - Miscellanea Medicea. N. 16 ins. 12).*

vecchia sagrestia, in un luogo riservato ai figli naturali dei Medici. L'iscrizione in latino sulla sua tomba: *Dom. Antonius Medices ser Francisci M. D. Etruriae II Filius* (Don Antonio figlio del secondo granduca di Toscana Francesco De' Medici), qualche anno dopo la sua morte fu cambiata: venne tolta la parola "*filius*".

QUARTO. FERDINANDO CON VENEZIA E LA FAMIGLIA CAPPELLO

Nella nuova situazione il granduca Ferdinando doveva affrontare anche la Signoria di Venezia e la famiglia Cappello. Le notizie che nei giorni immediatamente successivi alla morte dei due granduchi arrivavano in laguna da Firenze erano inquietanti. Per esempio era rimbalzata la voce che don Antonio fosse stato cacciato dalla corte medicea. Occorre considerare che a Venezia tutti erano convinti che il ragazzino fosse figlio di Bianca, quindi don Antonio era considerato nipote di Vettore Cappello, il fratello di Bianca.

Ferdinando teneva moltissimo a ripristinare buoni rapporti con la Serenissima dopo che il fratello, come abbiamo raccontato, dal 1585 aveva preso le distanze da Venezia per alcune scaramucce nel sud dell'Adriatico fra le navi toscane e la flotta veneta, avvenute per ragioni di competenza commerciale e territoriale.

Per ricostruire buoni rapporti con Venezia e per far conoscere la propria posizione filo-veneta, Ferdinando inviò in laguna un suo ambasciatore di fiducia: Luigi Dovara, quello stesso che negli ultimi giorni dei due granduchi, aveva raccontato una serie di frottole al vescovo d'Acqui, incaricato dai Gonzaga di seguire la situazione di Poggio a Caiano. Luigi Dovara era stato un militare e diplomatico di fiducia di Francesco e Bianca, ma evidentemente, già poco prima della loro morte, era passato al servizio di Ferdinando.

I Cappello, alla notizia della morte non troppo chiara di Bianca, erano rimasti annichiliti. A Venezia era corsa la voce dei veleni. Sua Eccellenza Bartolomeo, nel suo testamento (giunto fino a noi), indicò il suo sconcerto per la morte della figlia addirittura con queste parole: "*…dopo venuta questa nova, non so come io sia restato vivo…*".

Si era saputo che a Firenze Ferdinando non aveva riservato anche a Bianca le esequie solenni, una procedura che sarebbe stata normale per una granduchessa, quindi a Venezia c'era grande attesa per la visita dell'ambasciatore toscano. Luigi Dovara giunse a Venezia il 16 novembre e volle incontrare per primi i Cappello. La nobile famiglia accolse l'ambasciatore toscano, con la propria abituale dignità principesca, nel palazzo Trevisan-Cappello. Il Dovara, introdotto nella sontuosa dimora, parlò con le loro Eccellenze, Bartolomeo e Vettore Cappello presentando una lettera di condoglianze da parte di Ferdinando.

Durante un pranzo in suo onore non fu affrontato l'argomento della morte di Bianca per rispetto dell'etichetta. Ma dopo pranzo il fratello di Bianca, Vettore, chiese angosciato al Dovara se non avesse da comunicargli nulla a quattr'occhi, in via segreta. L'ambasciatore fiorentino, che era stato per anni un fedelissimo dei due granduchi (Vettore lo conosceva dal tempo in cui era rimasto a Firenze come ministro) ma che ormai era al soldo del solo Ferdinando, gli rispose: "*nulla*".

"*... Ma come è possibile*" - lo incalzò ancora Ser Vettore –"*... che non abbiate notizie precise su come è morta mia sorella e sul conto del mio nipote Antonio?*"

Il Dovara, ben addestrato da Ferdinando, ripetè che non c'era nulla da dire. Allora Vettore, disperato, gli riportò le dicerie che giravano per Venezia sulla morte di Bianca per veleno e sul destino di don Antonio, da cui derivava grave scandalo per la famiglia Cappello.

Il Dovara per la terza volta replicò che non sapeva nulla ma che bisognava fidarsi della magnanimità di Ferdinando. Aggiunse che si considerava sempre amico della famiglia Cappello per la fiducia che la granduchessa Bianca aveva riposto in lui per anni, ma non volle sbilanciarsi nei riguardi della vicenda per riguardo del nuovo granduca. Comunque rassicurò i Cappello sul vitalizio che da tempo era stato assegnato dai granduchi Francesco e Bianca a ser Bartolomeo e confermò anche la cospicua dote che era stata da loro assicurata alla figlia di Vettore, ormai quasi in età da marito.

Ma Bartolomeo, che morì solamente sei anni dopo Bianca, indicò nel suo testamento che il nuovo granduca Ferdinando non era stato di parola: " *questo gran duca d'hoggi fratello di Francesco, mi mandò littere con belle dolci et amorevoli parole, che non sarà mai per mancare di mandare ad esecuzione l'ordine del gran duca Francesco, come anche mi affermò il signor Luigi Adoara suo ambasciatore. Ma al tempo che ci si aspettava di ricevere il denaro risultò tutto alla riversia, et passato l'anno e pochi mesi, non solamente mancò della promessa fatta di maritar la figliola di mio figlio, ma fu levata medesimamente la provisione per noi, con ruina grande della mia casa…".*

Esiste una lettera nell'archivio di Firenze con cui Bartolomeo, nel 1579, aveva chiesto a Bianca, appena incoronata granduchessa, un congruo aiuto pecuniario per la sua posizione di padre di una principessa regnante. L'appannaggio gli era stato concesso personalmente da Bianca (da lui diseredata 15 anni prima per la famosa fuga da Venezia). Effettivamente, dal 1579, quasi ogni giorno i Cappello, a Venezia, ricevevano principi e ambasciatori nella loro grande casa, che ormai aveva anch'essa le esigenze di una piccola corte. Parenti e amici dei Cappello fecero in quei giorni pressioni alla Signoria perché, alla "*Particolare e vera figliola della Repubblica*" Bianca, si tributassero onori funebri con gran pompa a San Marco. Però lo Stato non si mosse. La Repubblica temeva di inimicarsi il nuovo granduca con conseguente danno alla propria politica.

II Dovara a Venezia incontrò poi i Senatori. Il furbo Ferdinando gli aveva ordinato di parlare pochissimo della morte dei granduchi e di blandire la Repubblica in tutti i modi per riallacciare quei rapporti che Francesco aveva preferito mantenere distanti.

Ammesso a parlare in Collegio il Dovara così si espresse: "*…nello stesso modo e nell'istesso tempo seguì la morte della granduchessa Bianca Cappello figliola di questa Serenissima Repubblica. Ma, come gli accidenti di morte et vita sono nella santa mano di Sua Divina Maestà, così non ho io in particolare di che dilatarmi*". Tutta la vasta assemblea di oltre 300 senatori, che comprendeva anche diversi esponenti della famiglia Cappello, rimase ammutolita ed in silenzio per qualche minuto, nel più grande stupore. L'ambasciatore aveva dedicato solo poche parole alla fine misteriosa di una delle più importanti patrizie della città lagunare. La Signoria si sentì colpita nel proprio orgoglio per tale trattamento distaccato riservato dal Dovara ad una importante patrizia veneziana che il Senato aveva insignito del privilegio di "*Particolare e vera figlia della Repubblica*" (concesso ad altre due sole patrizie venete durante l'intera storia millenaria della città).

Con la sua intelligenza diplomatica il doge ruppe il lungo silenzio e rispose così al Dovara: "*Dirà al gran duca Ferdinando il dispiacere nostro per la morte del granduca e della granduchessa et riporterà in nome di tutto questo Senato, quelle più affettuose e pronte volontà ad una maggior soddisfazione sua che la possa desiderare da qualsiasi altro principe, siccome le sarà medesimamente esposto dalla viva voce di un ambasciatore che le manderò*".

Il leggendario pragmatismo veneziano prevalse sullo stupore generale e attonito dei senatori. A Venezia la vicenda di Bianca fu seguita dalla più completa indifferenza. Dopo tanto entusiasmo. la sua patria l'aveva di nuovo emarginata e tradita. Ma sappiamo bene dalla storia quanto Bianca avesse fatto a favore della sua amata patria durante i nove anni in cui era stata la granduchessa di Toscana.

Ferdinando, come politico, fu senza dubbio migliore del fratello Francesco il quale era più portato ai suoi studi scientifici e naturali ed al mecenatismo verso artisti, letterati e scienziati. Quando l'ex cardinale salì al trono toscano, tese la mano a Venezia e seguì pedissequamente la politica di Bianca verso la Serenissima. Ferdinando ebbe tutti gli onori storici e i meriti di quella stessa politica che Bianca aveva cercato di perseguire con la sua visione politica moderna, ma che, come abbiamo visto, non aveva potuto completare pienamente per la diffidenza ed il timore del marito verso la superiore potenza terrestre e navale di Venezia.

E come finirono gli altri parenti di Bianca?

Il fratello Vettore Cappello nell'aprile del 1588, con le nuove nomine del Senato, venne eletto magistrato *supra i beni inculti*. La famiglia Cappello, danneggiata politicamente dalla caduta della stella di Bianca manterrà i suoi palazzi veneziani, ma si ritirerà in quello più sontuoso di Murano. Bartolomeo Cappello, preceduto di poco dalla seconda moglie, Lucrezia Grimani, morirà nel 1593, sei anni solamente dopo Bianca. Vettore invece morì nel 1595 a 48 anni, due anni dopo il padre. Come accennato, non molto tempo dopo la scomparsa di Bianca, sua figlia, Pellegrina Bentivoglio, subirà una morte violenta, pare assassinata dal marito Ulisse: forse strangolata in una barca poi affondata nelle valli d'Argenta oppure strozzata sempre da lui in una carrozza, poi gettata in un canale della stessa zona.

Ecco il testo scritto dall'anonimo di cui si trova traccia nella Biblioteca Comunale di Bologna. Vi si legge: "*… dopo la morte della granduchessa Bianca, Ulisse Bentivoglio fece subito ammazzare Pellegrina, il che seguì nelle valli di Marmorta in una cassa e in quelle acque affondata…*".

La classica fine di una persona che sapeva troppo. Pellegrina aveva assistito la madre Bianca fino alla morte ed era una testimone forse scomoda e potenzialmente pericolosa per il nuovo granduca Ferdinando.

Se è vero il racconto dell'anonimo secondo il quale Pellegrina fu strozzata, si potrebbe osservare che l'evento appare simile all'oscura morte di Bianca.

Talvolta le azioni delittuose, se ordite dalle stesse persone (o dai loro complici) si svolgono in modo identico, per qualche misterioso meccanismo delle menti criminali.

CONCLUSIONI

Comunque siano andate le cose, il nome di Bianca, da secoli unito a quello di Francesco che l'amò sempre di un amore vero (persino idealizzandola), vivrà in perpetuo. Noi abbiamo cercato di far conoscere qualcosa in più della sua eccezionale storia grazie ai documenti originali, in parte inediti, e ad altri più recenti, poco noti ai più. Bianca Cappello è stata una giovane donna costantemente perseguitata dalle vicende della vita perché voleva amare ed essere amata. Ha sempre cercato, con ostinazione, di mantenersi libera affrontando le continue circostanze a lei avverse grazie anche ad un'indubbia intelligenza unita ad una modernità sorprendente per una dama di quei tempi.
Dalla sua tomba ignota oppure, per chi crede, da un'Altra Dimensione, sembra chiederci di avere pietà per i suoi eventuali errori ma rispetto per le sue scelte coraggiose e sempre in anticipo rispetto alla sua epoca. Magari ringrazia chi, come noi, ha cercato di portare dei piccoli raggi di luce e di verità per conoscerla meglio, apprezzare la sua singolare vita e cercare di decifrare le circostanze della sua misteriosa morte.

Questo libro su Bianca Cappello è dedicato a tutti coloro che, nel percorso della loro vita, cercano di costruire il proprio destino con intelligenza, tenacia, fiducia in se stessi e buona disponibilità verso gli altri superando, anche con Fede, le difficoltà in apparenza insormontabili che via via incontrano.

Aude et fiet! (Provaci e ci riuscirai!)
Motto di Bianca Cappello

BIBLIOGRAFIA

Documenti originali riguardanti Bartolomeo Cappello (padre di Bianca) e ai membri della famiglia Cappello

Archivio di Stato e Biblioteca Marciana si Venezia *Nascite, Libro d'oro, Contratti nozze, Cronache matrimoni, Testamenti, Necrologi dei patrizi, Elezioni del Maggior Consiglio, Elezioni dei Pregadi, Consiglio dei Dieci, Secreta, Procuratori di S. Marco, Avogaria de Comun, Balla d'oro, Deliberazioni miste, Provveditori da Tera e da Mar*

Codice miscellaneo, *a c. 83 Copia della querela presentata da Bartolomeo Cappello al Consiglio dei dieci il 9 dic. 1563;* Re*lazione del nobile Bartolomeo Cappello. Pdestà e capitano di Trevis, a cura di C. Pasini, Treviso 1859*

A. Manuzio, *Vita di Cosimo de' Medici*, Bologna 1586, p. 36;

B. Canal, *Il palazzo di Bianca Cappello e la sede vescovile in Murano, in Nuovo* Arch. veneto, n s., VII (1907), 1, pp. 89 ss.;

G. Damerini, *La Ca' grande dei Cappello e dei Malipiero di S. Samuele, ora Barnabò*, Venezia 1962, pp. 25 ss.

Bibliografia di Bianca Cappello

Arrivo Georgia *Scritture delle donne di casa Medici nei fondi dell'Archivio di Stato di Firenze* (Mediceo del Principato, Miscellanea Medicea, Guardaroba Medicea

Carte Strozziane la prima e terza serie, *Acquisti e doni Bianca Cappello* pp. 43-49

Bax Clifford *Bianca Cappello* Ed. G. Howe Limited, Londra 1927

Berti Luciano *Il Principe dello Studiolo: Francesco I dei Medici e la fine del Rinascimento Fiorentino*

Cappelletti Licurgo *Principesse e grandi dame: Bianca Cappello, Maria Stuarda, Cristina di Svezia, la margravia di Bayreuth, la contessa du Barry, madama Elisabetta, la baronessa di Staël* Fratelli Bocca, Torino 1906
Casanova Eugenio *Note di storia senese. Beni concessi a Bianca Cappello nella Maremma Toscana* «Miscellanea di Storia Senese», IV-V, 1898, pp. 1-4.
Cicogna Emanuele *Bianca Cappello: cenni storico-critici*, Venezia 1828
Conforti Prof.ssa Claudia *Pratolino: il giardino come mito della conoscenza e alfabeto figurato dell'immaginario* Dizionario Biografico degli Italiani – Enciclopedia Treccani
De Gubernatis Angelo *La figlia della repubblica di Venezia: Bianca Cappello*, in «Nouvelle Revue»1879,
Di Agresti Guglielmo *Santa Caterina de' Ricci* Ed. Olschki, Parigi 1969
Evangelisti Gino *Pellegrina Bentivoglio, una fuggitiva da romanzo ... e la sua discendenza*" In Strenna storica bolognese, Patron editore, Bologna 1984
Ferretti Emanuela *Bernardo Buontalenti e la fabbrica del palazzo di Bianca Cappello in Via Maggio a Firenze (1573-1578)* Ricerche storiche pp.47-49, Gennaio-Aprile 2002
Ferri Marco e Lippi Donatella *I Medici: la dinastia dei misteri* Giunti 2007
Fiorelli Giacomo *Detti e fatti memorabili del Senato e patrizi* Combi, Venezia 1572
Fubini Leuzzi Maria *Straniere a corte: dagli epistolari di Giovanna d'Austria e Bianca Cappello*, in La scrittura epistolare femminile tra archivio e tipografia, a cura di Gabriella Zarri, 1999, pp. 413-440.
Galletti Paolo *Poesie di Don Francesco dei Medici a Madonna Bianca Cappello* Codice della Torre al Gallo, Firenze 1894
Galli Mastrodonato con Paola Irene *Storia della vita e tragica morte di Bianca Cappello: Genesi di un racconto di successo del Settecento* Nicomp Laboratorio Editoriale, Firenze 2009
Galluzzi Jacopo *Storia del granducato di Toscana* Vol. II
Gargani Gargano (a cura di) *Cinquanta Magrigali inediti dedicati da Torquato Tasso a Bianca Cappello*, Firenze 1871
Gauthiez Pierre *Vie de Bianca Cappello,* Parigi 1929
Giachetti Cipriano *Bianca Cappello. La leggenda e la storia,* Firenze 1936
Giulio Roberto di Sanseverino *Storia della vita, e tragica morte di Bianca Cappello, Gentildonna di Venezia, e Gran Duchessa di Toscana* Firenze 2011
Gualterotti Raffaello *Feste nelle nozze del Serenissimo Don Francesco Medici Gran Duca di Toscana, e della Serenissima sua Consorte Gran Duchessa Bianca Cappello*, Giunti, Firenze1579.

Guasti Cesare, (a cura di) *Le lettere spirituali e familiari di S. Caterina de' Ricci,* Prato1861

Lettera di Gianvettorio Soderini a Silvio Piccolomini *senese Della morte di Francesco I de' Medici e di Bianca Cappello* Relazione storica di Guglielmo Enrico Saltini, Firenze 1863

Loredana (pseudonimo di Anna Loredana Zacchia Rondinini) *Bianca Cappello Patrizia veneta e Granduchessa di Toscana,* Roma 1936

Malespini Celio *Dugento Novelle*, In Venetia1609

Mariotti Masi Maria Luisa *Bianca Cappello: una veneziana alla corte dei Medici*, Mursia, Milano 1986

Micheletti Emma *Le donne di Casa Medici, Bianca Cappello* pp. 140-163, Ed. Sansoni, Firenze 1983

Mobbio Carlo *Cronaca della città di Firenze dall'anno 1848 all'anno 1592*, Milano 1836

Montaigne (De) Michel Eyquem *Viaggio in Italia,* Bari 1972

Muratori Ludovico Antonio *Annali d'Italia,* Ed. Giovambattista Pasquali, Venezia 1744

Neumann Ignazio de' Rizzi *Narrazione degli amori di Bianca Cappello,* Picotti, Venezia 1822

Odorici Federico *Bianca Cappello. Nuove ricerche con lettere inedite della stessa,* Ed. Ripamonti Carpano, Venezia 1858

Osborn Laughton *Bianca Capello, a tragedy*, Publisher: Moorhead, Simpson & Bond, New York 1868

Petri A, *Due lettere alla Granduchessa Bianca Cappello a favore dell'attività tessile laniera* in Archivio Storico Pratese pp. 61-67, 1960

Portigliotti Giuseppe *Donne del Rinascimento* Fratelli Treves, Milano 1927

Ransan Andrè *Bianca Cappello reine de Florence* (French Edition), Ed. La couronne, Parigi 1947

Riva Costanza *Il palazzo di Bianca Cappello a Firenze. Simboli, miti e alchemiche allegorie* Ed- Pontecorboli, Firenze 2018

Saltini Guglielmo Enrico *Bianca Cappello e Francesco I de' Medici,* Ufficio della Rassegna nazionale, Firenze 1898

Saltini Guglielmo Enrico *Della morte di Francesco I de' Medici e di Bianca Cappello*, str. da «Archivio Storico Italiano, Firenze 1863

Sansovino Francesco *Origine e fatti delle Famiglie illustri d'Italia,* Venezia 1582

Sansovino Francesco *Venetia città nobilissima et singolare, descritta in XIV Libri*, Venezia 1582

Soderini Gianvittorio *Lettere a Silvio Piccolomini in ragguaglio alle esequie del granduca Francesco I*, 1587
Siebenkees Johann Philipp *Descrizione della vita di Bianca Cappello de' Medici,* trad, di E. Cicogna, Gale Ecco Editions 2010
Siebenkees Johann Philipp *Storia della vita di Bianca Cappello*, Gotha, Berlino 1789
Steegman Mary G. *Bianca Cappello* Ed. Constable Limited, Londra 1913
Strozzi Riccardo *Storia di Bianca Cappello*
Ticozzi Stefano *Memorie di Bianca Cappello*, Ed. Lerici, Milano 1966
Tomitano Giulio *Bianca Cappello e Pietro Bonaventuri*, Tipografia di Alvisopoli, Venezia 1815
Toso Fei Alberto *Un giorno a Venezia con i Dogi*, Newton Compton, Roma 2017
Zangheri Luigi *Pratolino, il giardino delle meraviglie,* Ed. Gonnelli, Firenze 1979

Opere letterarie ispirate dalla figura di Bianca Cappello:

Bencivenni I. *Bianca Cappello. Racconto storico,* Torino 1878
Bulwer R.D. *Bianca Cappello. An historical romance*, Londra1843
Calvi Pietro *Bianca Cappello: dramma in versi in un prologo e 5 atti*, Roma 1884
Kinney E.C. *Bianca Cappello. A tragedy [in five acts and in verse]*, New York 1873
Rastrelli M. *Bianca Cappello. Tragedia in cinque atti e in versi*, Firenze 1792
Bianca Cappello diede protezione ad artisti e poeti come Torquato Tasso che le dedicò una serie di madrigali: Gargani G.T. *Cinquanta madrigali inediti del signor Torquato Tasso alla granduchessa Bianca Cappello de' Medici*, Firenze 1871

Fonti documentali

Archivio abbaziale di Nonantola

Lettere di Bianca Cappello a Mons. Bolognetti, Nunzio del Papa

Archivio di stato di Modena

Documenti di Stati esteri (1572-1587)

Archivio di stato di Firenze

(Carteggi dei principi e delle granduchesse)

- Lettere e minute di Bianca Cappello a membri della famiglia Cappello e da questi a Francesco I ed alla granduchessa, 1561-1629, f. 5947°.

- *Lettere della granduchessa ai suoi parenti a Venezia, 1573-1586, filza 5947b*
- *Lettera manoscritta di Bianca Cappello al cugino Girolamo, 1579 filza 5947b*
- *Matrimonio della granduchessa e sue elemosine a monasteri, 1575-1587, filza 5947*
- *Decimarlo dei beni della signora Bianca, 1572-1586.*
- *Deliberazioni dei Pregadi e Privilegio del Senato veneto a favore della granduchessa, 1579*
- *Istrumento matrimoniale delle nozze fra Francesco I e Bianca Cappello, 1579*
- *Dispacci di ambasciatori e agenti diversi, B. 24.*
- *Testamento di Francesco I de' Medici granduca di Toscana, 28 aprile 1582 IV ce. 266, 70*
- *Documenti criptati del Granduca e chiavi di lettura (corrispondenze fra alfabeto e numeri segreti)*
- *Testamento di Bianca Cappello (16 settembre 1575) a firma Ser Guidi di Sigismondo de Conti*
- *Atto originale con ultime sue disposizioni, 1587*
- *Ordine di Ferdinando I di far aprire anche il corpo della granduchessa, 1587*
- *Documenti di acquisto della granduchessa Bianca di palazzo Trevisan a Venezia, 1577-1578, filza 5947*

Lettere di Bianca Cappello divise per anno:
1582 ott.18 - 1583 mar.25, filza 5931 1583 gen. 7 - 1584, filza 5932 (apr. 11 - lug. 31), filza 5933 (ago. - nov. 30), filza 5934) 1584 gen. - 1585 mar., filza 5935 (apr. 1 – giu)., filza 5936 – (lug. 1 - nov. 30), filza 5937) (1585 gen. - 1586 mar), filza 5938 (apr. 1 - lug. 31), filza 5939,(ago. 1 - nov. 30), filza 5940 (1586 gen. - 1587 mar), filza 5941 (apr. 1 – lug), filza 5942 (ago.- nov.), filza 5943 - 1587 (apr. 1 – giu). filza 5944 – (lug. 1 ott.), filza 5945

Archivio di stato di Venezia

- *Rif. Bianca Cappello, Cod. CXLV, Cod. CCCLXXXVIII.*
- *Deliberazioni Senato - Bianca Cappello, 1587-88 - «Secreta» R. 86, F. 89*
. *Registri Raspe Avogaria, 3-7 gennaio 1563-64.*
- *Consiglio dei Dieci – Bianca Cappello "Secreta" anni 1579-82, F. 43*
- *Originale del Privilegio del doge "Bianca Cappello Particolare e vera figlia della Serenissima"*
- *Autografi di Principi, 1585-87, Filza 47.*
- *Cerimoniali, II, fol. 58.*
- *Esposizione Principi, 1579-82 - Fol. 86.*

- *Testamento della N. D. Pellegrina Morosini consortis N.H. Barlholamei Cappello – Busta 100, n. 116.*
- *Testamento del N. H. Bartolomeo Cappello, Busta 302, n. 138.*

Archivio Vaticano

- *Nunziature di Firenze e di Venezia, 1577-87*

Biblioteca Universitaria di Bologna

- *Francesco I de' Medici Granduca di Toscana annunzia le sue nozze con Bianca Capello (10 giugno 1579)*
- *Approvazione della parte in Pregadi "Bianca Cappello Particolare e vera figlia della Serenissima" (15 giugno 1579*
- *Documento di delibera ufficiale "Bianca Cappello Particolare e vera figlia della Serenissima" (17 giugno 1579)*
- *Nicolò Da Ponte, doge di Venezia, annunzia a Francesco I la nomina di Bianca Capello(17 giugno 1579)*
- *Bianca Cappello. Lettera di ringraziamento al Senato di Venezia (giugno 1579)*
- *Lettera di Bianca Cappello al doge di Venezia Nicolò Da Ponte*
-. *Lettera del Doge Da Ponte Nicolò a Bianca Cappello*
- *Due vite di Bianca Cappello - Manoscritto.*

Biblioteca Estense

- *Codici Estensi, 533: filze. 242, 535, 537*

APPENDICE ICONOGRAFICA

(foto dell'autore)

1) *Palazzo Cappello - Calle Longa Campo S Maria Mater Domini Sestiere di S Croce*

Costruito nel 900 d.C. circa. Il più antico Palazzo Cappello di cui si abbia notizia. Fu abitato dall'eroe "Generale da Mar" Vettore Cappello (1400-1467)

2)*Palazzo Cappello - Sant'Apollinare, 2569 vs Ponte storto Sestiere di S. Croce*

Vi nacque e visse Bianca Cappello prima della sua fuga a Firenze

3)*Palazzo di Bianca Cappello Via Maggio 26 Firenze*

Fu abitato da Bianca, non ancora granduchessa, dal 1570 al 1574

4) *Villa "La Tana " di Bianca Cappello - Bagno a Ripoli (FI)*

Fu la residenza estiva di Bianca e del suo primo marito Pietro Bonaventuri dal 1570

5) *Palazzo di Bianca Cappello Via Orti Oricellari 10 Firenze*

Lo abitò (non ancora granduchessa) dal 1574 al 1578 Vi svolse importanti incarichi diplomatici per conto del Granducato di Toscana

6) *Palazzo di Bianca Cappello a Venezia (oggi Palazzo Trevisan-Cappello)*

Fu acquistato per procura da Bianca nel 1577. Lo donò alla famiglia nel 1578 quando si sposò con il Granduca di Toscana

7) *Villa Medicea di Pratolino (oggi villa Demdoff) Via Bolognese Loc. Vaglia (FI)*

Una delle residenze estive dei granduchi Francesco I e Bianca

8) *Palazzo Pitti (reggia dei Medici)*

Dimora di Francesco I e Bianca, Granduchi di Toscana dal 1578 al 1587

9) *Villa Medicea di Poggio a Caiano*

Una delle residenze preferite dei granduchi Francesco I e Bianca. La villa fu il teatro del- la loro misteriosa morte (a 11 ore l'uno dall'altra)

Ovale con il Ritratto del granduca Francesco I di Benvenuto Cellini Fu donato dal Granduca a Bianca Cappello nel 1572, sei anni prima del loro matrimonio.

Nell'ovale la scrtta: "*Amata Bianca, fino da Pisa v'invio il mio ritratto che 'l nostro Maestro Cellino m'ha fatto, in esso il mio core prendete. Don Francesco*"

Durante il governo dei Granduchi Francesco I Medici e Bianca Cappello (1579-1587) l'arma della famiglia Cappello fu inserita a destra di quella dei Medici.

Il fratello e cognato Ferdinando, dopo la morte dei due granduchi, fece eliminare questo stemma ovunque in Toscana e ripristinò quello dei soli Medici.

Bianca Cappello (Venezia 1546 - Poggio a Caiano 19/10/1587)
Francesco I De' Medici (Firenze 1541 - Poggio a Caiano 20/10/1587)

Medaglia dedicata a Bianca Cappello (Intorno la scritta: Blancha Cappello)

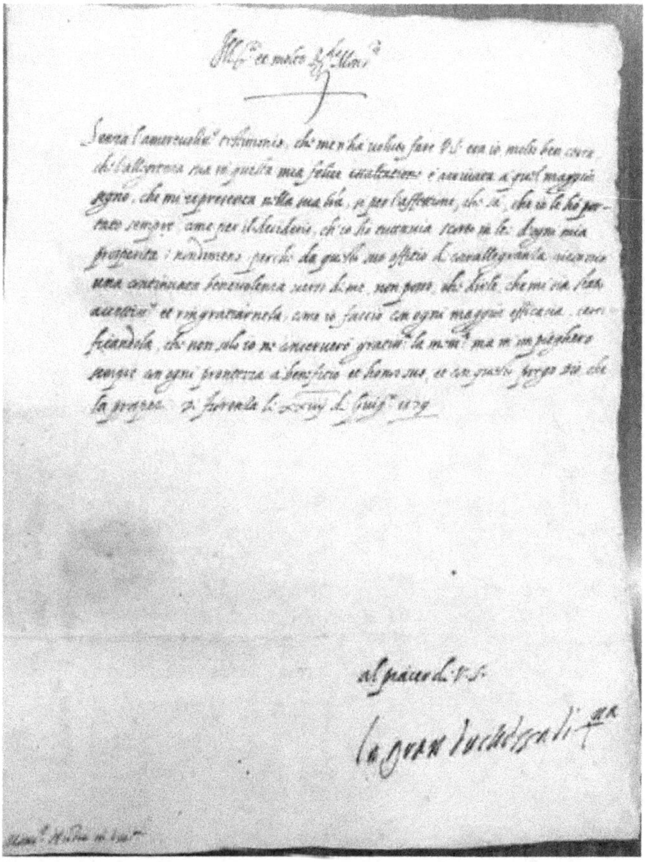
al piacer di V.S.

la gran duchessa di T.na

Lettera originale di Bianca Cappello inviata il 23 giugno 1579 da Firenze a Venezia al Nunzio Apostolico del Papa, cardinale Alberto Bolognetti (Copyright: Arcidiocesi di Modena e Nonantola- Archivio storico Abbazia di Nonantola)

Si noti la firma originale: "la Granduchessa di T.na" (Bianca abbreviava la parola "Toscana" in un "T" con i caratteri "na" sopra la T)

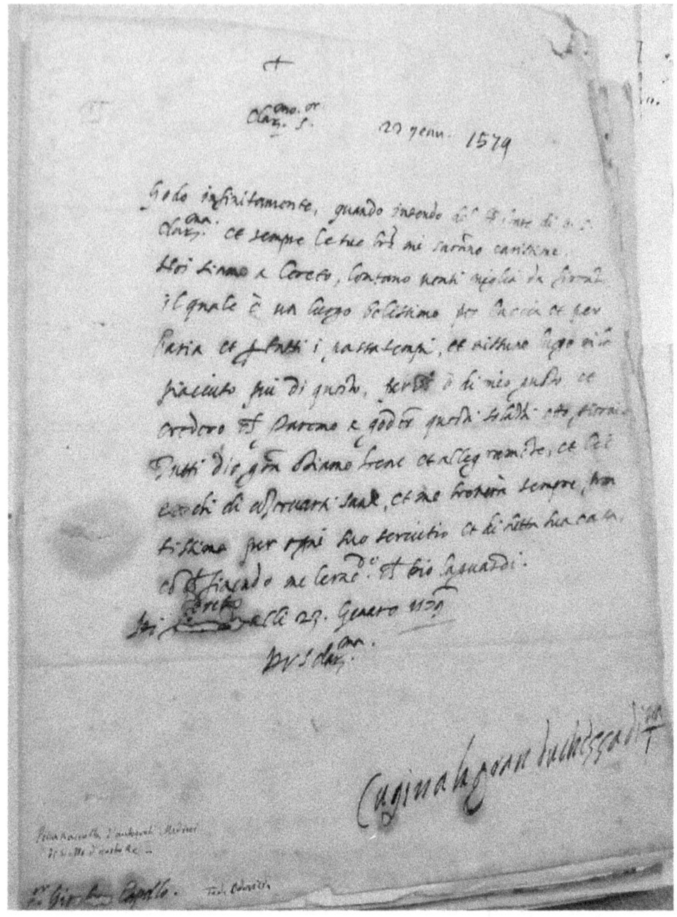

Lettera originale di Bianca Cappello inviata il 23 gennaio 1579 da Cerreto Guidi (FI) al cugino Girolamo Cappello a Venezia (Bianca era sposata con Francesco I De' Medici dal 1578)

Si noti la firma originale: "Cugina la Granduchessa di T.na" (Bianca abbreviava la parola "Toscana" in un "T" con i caratteri "na" sulla T

Tav. I

Molto mag.co s.r cugino e fratello onor.do (. Andrea Cappello)

e li giuro sopra la vita mia che
io ho tanto desiderio di venire a venetia, per rivedere così loro
non meno del clar.mo mio padre e mag.co fratello che dio me con
cedi la gratia che segua quello che sia meglio per me perché sebene
io ho lasciato la patria per mia mala fortuna non ho lasciato per que
sto lamore che io porto a tutti

di fiorenza el di
5 di setenbre 1573

di v.s. mag.ca cugina e come
sorella Bianca Cappello

Lettera di Bianca Cappello al cugino Andrea (5 settembre 1573)

"*Molto magnifico signor cugino e fratello onorando (Andrea Cappello)... e li giuro sopra la vita mia che io ho tanto desiderio di venire a Venetia per rivedere così loro non meno del clarissimo mio padre e magnifico fratello che dio mi conceda la grazia ché segua quello che sia meglio per me perché sebbene io ho lasciato la patria per mia mala fortuna non ho lasciato per questo l'amore che io porto a tutti.*
Di vs. magnifica cugina e come sorella Bianca Cappello
Da Fiorenza il 5 settembre 1573"
(10 anni dopo la sua fuga da Venezia)
Nota: Nel 1573 Bianca Cappello non era ancora Granduchessa di Toscana (lo sarà nel 1578). La lettera dimostra con certezza che fino al 1573 lei era decisa a ritornare a Venezia (Cap. 4)

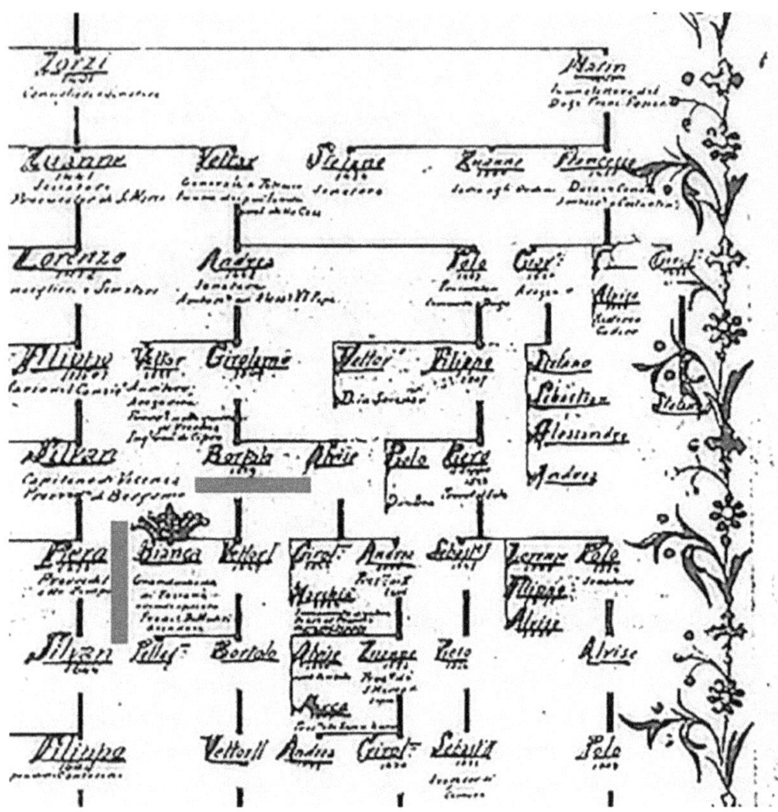

Estratto dall'albero genealogico della famiglia Cappello (dall' 850 d.C. ai giorni nostri): ramo di Santa Maria Mater Domini (periodo di riferimento 1400 -1650)

In evidenza: Bianca Cappello (1546-1587) di N.H. Bartolomeo Cappello e N.D. Pellegrina Morosini (sposata nel 1578 con Francesco I de' Medici e incoronata Granduchessa di Toscana nel 1579)

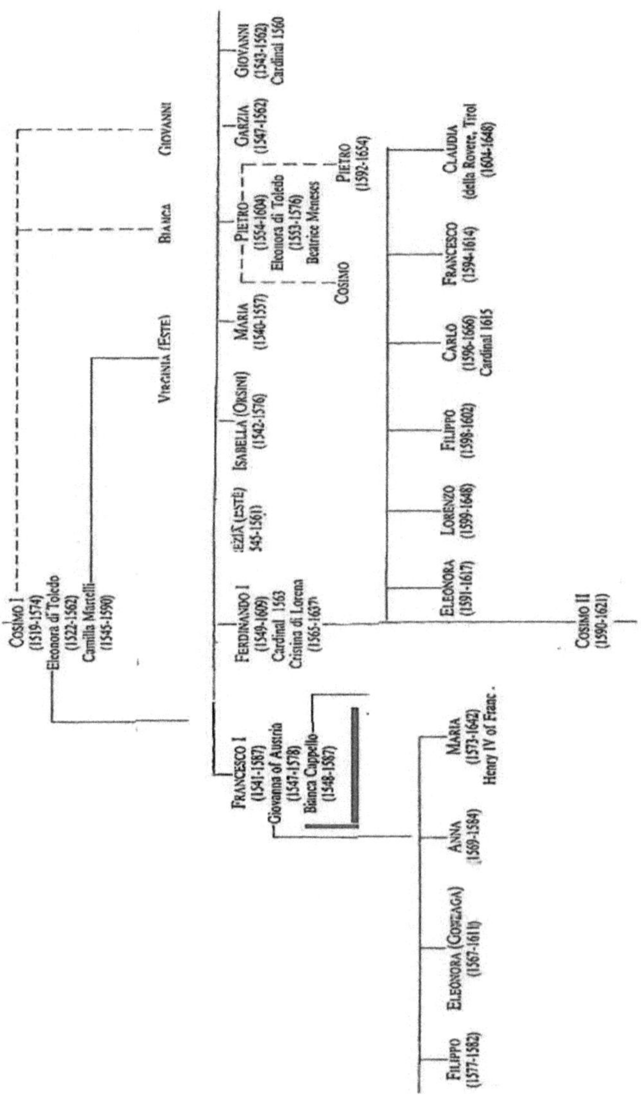

Estratto albero genealogico della famiglia De' Medici (periodo 1519 - 1621)

In evidenza: Bianca Cappello (seconda moglie del Granduca Francesco I de' Medici)

IN MEMORIA

N.D. Irma, Maria, Eleonora, Bruna, Anna, Esterina Cappello
N.H. Silvano e Luigi Cappello
e
Contessa Egloge e Conte Armano Cappello

www.ingramcontent.com/pod-product-compliance
Lightning Source LLC
LaVergne TN
LVHW050542160826
845677LV00011B/2142

* 9 7 9 1 2 2 1 0 6 9 6 9 3 *